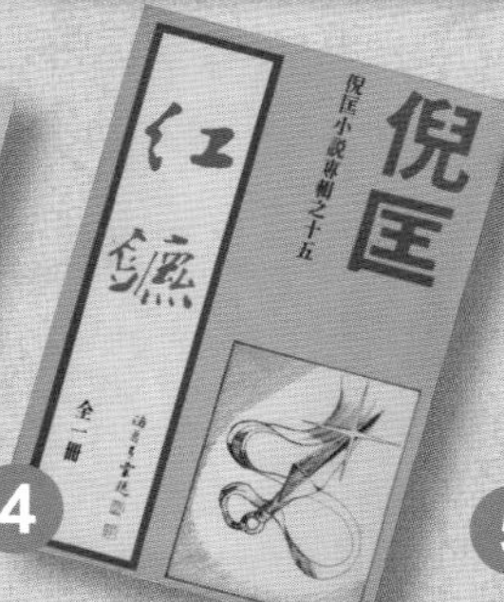

用心棒
觀影隨筆
倪匡

1. 初到香港的倪匡先生所拍攝的第一張照片。
2. 倪匡中短篇武俠小説書影，香港武林出版社出版。
3. 武俠小説《煞手神劍》書影，香港南天出版社 1960 年出版。這是倪匡先生第一部出版單行本的武俠小説。
4. 民初動作小説《紅鏢》，台灣金蘭出版社出版。
5. 劍俠神怪小説《紫青雙劍錄》，改編自還珠樓主的《蜀山劍俠傳》，香港明窗出版社出版。
6. 1959 年 11 月起，在《真報》以「倪匡」為筆名，開設雜文專欄「觀影隨筆」。

明報
MING PAO
現代武俠言情小說
鑽石花
今起在第二版刊出

鑽石花
衛斯理著
一：將鑽石拋入海的人

7. 1963 年 3 月 11 日，明報頭版刊登衛斯理故事連載啓事，並煞有其事地虛構了作者衛斯理其人，稱其為「足跡踏遍全球的旅行家，又是一個深諳武術的名家」。
8. 衛斯理故事《鑽石花》在明報第一天的連載。
9. 倪匡先生接受 PENTHOUSE 中文版雜誌採訪時拍攝的照片。
10. 科幻小說《老貓》書影，明窗出版社 1978 年出版。王司馬繪製封面，這是衛斯理小說首次出版單行本。
11. 日文版《老貓》書影，押川雄孝譯，德間書店 1991 年出版。遺憾的是，這本書在日本銷量慘淡。
12. 電影《衛斯理傳奇》海報，香港新藝城影業有限公司出品，1987 年在香港首映。許冠傑、王祖賢領銜主演。這是迄今為止最受衛斯理粉絲肯定的一部衛斯理電影。

13. 2013 年香港書展，衛斯理五十週年紀念座談會上，倪匡先生面對讀者侃侃而談。（左：台灣插畫家徐秀美，中：倪匡，右：香港電影人黃子桓）
14. 散文集《倪匡三拼》書影，香港出版社 1984 年出版。
15. 散文集《眼光集》書影，博益出版社 1986 年出版。
16. 散文集《皮靴集》書影，銀河出版社 1987 年出版。

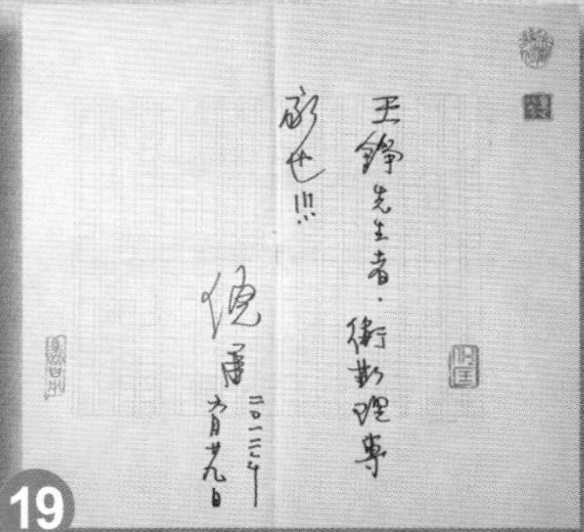

17. 倪匡先生與大姐王逸秀（原名倪亦秀）。
18. 2012 年 7 月，倪匡家中，編者手持香港金像獎終身成就獎獎座，與倪匡先生合影。
19. 倪匡先生在專用稿紙上給編者題詞：「王錚先生者，衛斯理專家也 !!!」
20. 2016 年 7 月，倪匡家中，編者及好友董鳳衛與倪匡先生合影。（左：董鳳衛，中：倪匡，右：編者。）

【武俠小說家散文系列】

俠隱

散文集

王錚 編

www.cosmosbooks.com.hk

書　　名　倪匡散文集

作　　者　倪　匡

主　　編　王　錚

責任編輯　孫立川

美術設計　郭志民

出　　版　天地圖書有限公司
香港黃竹坑道46號新興工業大廈11樓（總寫字樓）
電話：2528 3671　傳真：2865 2609
香港灣仔莊士敦道30號地庫（門市部）
電話：2865 0708　傳真：2861 1541

印　　刷　亨泰印刷有限公司
柴灣利眾街德景工業大廈10字樓
電話：2896 3687　傳真：2558 1902

發　　行　聯合新零售（香港）有限公司
香港新界荃灣德士古道220-248號荃灣工業中心16樓
電話：2150 2100　傳真：2407 3062

出版日期　2018年7月初版／2023年2月第四版・香港

ISBN 978-988-8258-84-0

序：決不會有比命運更奇妙的事了

王錚

一

世人提到倪匡，必先想起他筆下的衛斯理。由於衛斯理實在太有名，以至於很長一段時間內，衛斯理幾乎就是倪匡的代名詞。

資深一點的讀者，可能還會知道木蘭花、原振俠、亞洲之鷹、非人協會，再資深一點的，還可能知道呂麟、雷力、高飛、葛森。

這些人物以及他們的傳奇故事，風靡了一代又一代的讀者。

但這些，只是倪匡作品中，屬於小說的那一部份，倪匡更大的成就，是他的散文。遺憾的是，因為倪匡小說過於深入人心，使得他的散文，反而不為很多人所了解。

寫小說，作者或者還可以隱藏自己的本性，但寫散文，作者必須面對自己的內心。倪匡生性佻脱不羈，敢說敢為，這種性格，直接體現在他的散文中，使得他的散文題材多變，妙趣橫生，嬉笑怒罵皆成文章。

倪匡散文，數以千計，惜乎結集出版的不多。屈指數來，不過《皮靴集》、《眼光集》、《沙翁雜文》、《説人解事》、《倪匡三拼》、《倪匡眼中的一百個女名人》以及「信系列」等寥寥數冊，全不能概括其萬一。

在報紙開闢的那些散文專欄，如「生飯集」、「虻居雜文」、「觀影隨筆」、「魚齋清話」等，則從未出版過單行本。

半個多世紀過去，這些優秀的散文，都隨着時光的流逝，長埋於故紙堆中，即使出版過單行本的也早已絕版，不再為新時代的讀者所知，這不能不説是一件非常遺憾的事。

二

初讀倪匡作品時，我只是個十多歲的少年，當時絕未想到，這個笑嘻嘻的作者，竟會和我有那麼深的緣份。

倪匡先生曾在衛斯理小説《命運》中寫過這樣一句話：「世界上，宇宙間，奇妙的事雖然多到不可勝算，但是決不會有比命運更奇妙的事了。」

我非常認同倪匡先生的這句話，而我和先生的緣份，也正如同這句話一樣，奇妙而又不可捉摸。從一個普通讀者，繼而成為忘年交，其間的經歷，有喜有悲，有酸有甜，有機會當真可以好好寫一本書來記錄一下。

一開始，我並沒有刻意去收藏倪匡先生的書，只是出於對衛斯理小說的喜愛，盡量買來閱讀而已。從網路、從二手書店、從各種渠道，一看到沒讀過的倪匡小說，只要價格不離譜，我都會買下。漸漸地，由小說而散文，由散文而至所有作品，只要見到署名「倪匡」二字，哪怕明知是偽作，都會欣然捧回家。

和倪匡先生相識後，我漸漸興起「藏」的念頭，開始收集同一本書的不同版本。二十餘年來，我的倪匡作品收藏已然頗具規模，其中包括不少稀有版本，更有先生特地為我寫的題詞與簽名。每每站在書架前，欣賞着這些書，心中總有一份得意與自豪。

所以，當天地圖書出版公司有意編輯出版《倪匡散文集》時，我毫不猶豫地接下這個令我感到無比榮耀的任務。

三

在剛開始整理編輯之時，頗有些為難之處。倪匡散文有一部份版權屬於明報出版公司及明窗出版社，在這些散文中，不乏珍貴佚文和生花妙文，編者本想與讀者諸君分享，但涉及版權問題，考慮再三，無奈只能付之闕如，權當是種缺憾美也罷。

縱觀倪匡散文，主要有以下幾種題材：

1、針砭時事。此類散文，多以當日新聞為題眼，展開分析評論。其中不乏對極權統治的諷刺批評，也不乏對民主自由的歌頌嚮往。其言辭辛辣激烈，往往一針見血，一劍封喉，讀之酣暢淋漓，令人拍手稱快。但可惜的是，這些文章，有一部份時效性太強，放至今日，可讀性已不高，雖然珍貴，仍忍痛割愛。

2、生活趣事。倪匡興趣廣泛，他的日常生活自然也比常人精彩。讀倪匡的生活散文，猶如聽他在耳邊低聲細語，親自講述他的故事。栽花弄草、養魚賞貝、炊金饌玉、遊山玩水，或歡樂、或哀愁，時恬靜、時吵鬧，讀之興致盎然，趣味橫生。

3、人物小記。寫人之難，眾所周知，何況要在短短幾千字內，將一個人刻畫得生動自然，更是難上加難。倪匡的人物小記，並不作全身素描，只抓人物某一側面，細描之，慢慢寫之，竟也漸漸成形，有血有肉，難得的是更有靈魂存在。

4、好書推介。倪匡自稱在文學方面「欣賞能力高過創作能力十倍」，作為倪匡的好友，蔡瀾也曾在不同場合說過「倪匡的閱讀水準高於創作水準」，可見倪匡對書的選擇，有着獨到的眼光。倪匡每每讀到好書，掩卷之餘，都會忍不住撰文推薦給讀者，雖然其中也有人情之作，但細細讀之，總有所得。

5、電影評論。江湖有傳言，說別人看完電影才能寫得出影評，但倪匡卻有獨門絕招，未看電影，僅憑一張電影說明書，便能寫出洋洋幾千字的影評來。傳言是真是假，暫且不論。但看倪匡筆下影評，點評故事情節、分析角色性格、吐槽導演手法、笑談演員演技，說來頭頭是道，頗有身臨其境之感。明眼人一看便知，江湖傳言不必理會。

6、世相百態。俗話說：一樣米養百樣人。世間有百樣人，就有百種形態。矛盾、虛偽、貪婪、欺騙、幻想、疑惑、簡單、善變、好強、無奈、孤獨、脆弱、忍讓、氣忿、複雜、討厭、嫉妒、陰險、爭奪、埋怨、自私、無聊、變態、冒險、好色、善良、博愛、詭辯、能說、空虛、真誠、金錢，被倪匡一一揪出，放在太陽底下曝曬，直曬得纖毫畢現，無所遁形。

7、文藝創作。倪匡身為作家，自然免不了和文化藝術圈的人物打交道，久而久之，倒也對文藝創作琢磨出一套自己的觀點。談音樂、論舞蹈、說歌曲、聊演戲，每一種文藝形式都有其特點。倪匡雖是門外漢，但藝術是相通的，從作家的眼光來看文藝創作，或許更有種旁觀者清的好處。

8、科學幻想。雖然以科幻小說成名，但在倪匡的散文中，談科幻的文章卻是最少的。也許是因為該寫的都已寫在小說中，也許是因為倪匡的科學知識其實並不如人們以為的那樣精通。倪匡自己也承認，他的小說幻想多於科學。然而，科學自有科學家去研究，作為一名作家，本職工作當然只是將幻想的內容寫下來。

本書收錄的倪匡散文，內容涵蓋上述所有題材，以生動有趣為首選標準，雖未能盡錄全部散文，但也足夠讀者對倪匡散文有一個全面的認識。

編者興之所至，以衛斯理故事名作為每一章的章名，以示區分，計有「傳說」、「創造」、「洞天」、「追龍」、「盡頭」、「探險」、「天書」、「尋夢」、「妖火」等九章。

至於這些名字分別代表甚麼意思，讀者諸君不妨猜一下，也算是看書之餘的小小樂趣。

猜不出沒有關係，看完這些散文，總可以知道。若還不知道，那就讓它不知道好了，在宇宙間，不知道的事難道還少嗎？

四

最後，照例要來致謝一番。

首先，要感謝香港天地圖書出版公司總編輯孫立川先生。正是去年七月，我到香港拜訪孫先生時，在閒聊中偶然提起倪匡先生，才引發一系列的連鎖反應，乃至最後有機會編輯出版這本《倪匡散文集》，誰又敢說這不是命運的安排呢？

其次，要感謝北京書友趙躍利先生。本書第八章所收錄的散文，全由他提供剪報影印件。躍利兄為發掘這批佚文，費盡心力，亦花費不少財力，終於從地球的不知哪個角落，找到它們，使本書增色不少。友情無價，當浮一大白。

再次，要感謝倪匡先生。當我告訴他，將有機會編輯《倪匡散文集》之時，先生替我感到高興，也對我充滿信心。至於選擇哪些散文入書，更是交由我全權做主。

多年來，倪匡先生對我關愛有加，而我卻一直無以回報。如今正是大好機會，就讓我以這本《倪匡散文集》，向先生致以最誠摯的謝意。

三十年前，圖書館中一次無心的邂逅讓我走進衛斯理的世界，去年，天地圖書有限公司編輯部內一次隨意的聊天又讓我有機會選編倪匡先生的散文，這，大概便是所謂命運罷！

二零一八年三月六日

目錄

第二章　創造

第三章　洞天

第四章　追龍

第五章　盡頭

第六章　探險

第七章　天書

第八章　尋夢

第九章　妖火

附錄

【第一章】傳說

鄧麗君

鄧麗君多年之前，第一次來香港演唱，那時想也想不到日後，一場演唱會能有上萬的歌迷，只是在夜總會和小型歌廳表演。在聽了她的歌之後，資深且極具見地的影藝評論家邱山（秋子）就十分肯定地說：「這女孩子，決非池中物！」

果然，沒有多少年，鄧麗君就天翻地覆，縱橫五湖四海，成了廣大群眾熱愛的歌手，她的歌聲，飄揚在全世界各地有中國人聚居之處，包括有十億中國人的神州大陸，不但有「日間統治中國是老鄧，晚上統治中國是小鄧」之說，而且，有一個時期，幾乎所有寫到青年問題的文藝小說，都不免帶上一筆，有聽鄧麗君的歌的描述，可知她的歌聲如何深入民心，只怕除她之外，沒有一個歌手，可以有這種受歡迎的程度。

廣大群眾如此熱烈歡迎鄧麗君的歌，自然大有道理——道理不必描述，聽過她的歌的人，都可以知道。她對有今日這般的成就，自然足以自傲，而她偏偏又一點沒有傲態，可愛可親之極。

大家喜愛她的歌，又喜歡她的人，廣大歌迷不免關心她的私生活，但私生活畢竟是私生活，她自己必然會處理的，祝福她！

原刊於《倪匡眼中的一百個女名人》

狄波拉

狄波拉的美艷，大概有中國人的地方，就有人知道，不必再多介紹了，她和謝賢這一對，可以說是俊男美女的典型，很難再找到相類的另一對了。

她在影視圈的成就，也有目共睹，不必多寫——美麗又不必寫，事業也不必寫，寫甚麼呢？寫她比較獨特的一面！她對於鬼神靈界之說，十分相信——有許多想法，一談起來，不謀而合，例如堅決相信靈魂的存在，而且公開承認，一點不怕人家說她迷信，當然她是在思維上真有這樣的感受，才能有這種肯定的想法的。

她為人很直爽，從不諱言自己是孤兒，也不諱言童年時不如意的生活。現在成功了，小時候苦一點，又有甚麼關係，她會說一口略帶寧波口音的上海話，主持節目時講話不急不徐，平時說話，節奏極快，嗓音動人，反應敏捷，是極佳的談話對象。

狄波拉早些時，曾在電視上主持一個專門介紹豪華生活的節目，「道德」家頗有詬病之聲——導人於奢侈云云，一個人，憑自己的努力而獲得了成功，有能力奢侈了，自然可以奢侈，別人要學，也就先得學成功，才有條件。

狄波拉自然有條件奢侈！

原刊於《倪匡眼中的一百個女名人》

方逸華

方逸華放棄了她藝術家的身份，而變成了事業家，已有很多年了。當初對她能不能做事，「輿論」上頗有一陣子懷疑，但時至今日，自然早就落實了。

方逸華掌握一家號稱亞洲電影王國的電影公司的主要業務，自然極忙。她的忙，已經到了可怕的程度，各種各樣的約會，排山倒海而來，有時約會到了接近午夜，要談的劇本事宜告一段落，她匆匆告別，原來還有兩個約會在等着她。

她有一次談到，她天性喜歡音樂，買了不少音響器材，說起來，都是第一流的好東西，問她聽了觀感如何，她的回答是，太忙了，東西買了來，連開箱看一看的時間都沒有，別說坐下來慢慢觀賞了。當時心中就想：忙自然是樂趣之一，但何必把自己攪得這樣忙呢？

方逸華掌管公司，頗多「怨聲」，但以我的經歷來說，卻沒有此感；合同不履行八個月，要還公司錢，她也不收，而另改辦法補救，大方之至；一部電影用了早年小說的名字，版權費照付，上路之極，這都是直接的業務接觸，金錢往來！

願意多聽她爽朗的笑聲，不願見她忙得音樂也沒有時間聽。

原刊於《倪匡眼中的一百個女名人》

馮寶寶

若干年之前，在一個相當盛大的宴會上，見到一個小女孩，雪白粉嫩，靈活美麗，一雙大眼睛中透着無限機靈，可愛絕倫，當時一把拉住：「小妹妹，你叫甚麼名字？」小女孩其時正在換牙的年紀，一開口，更覺稚氣可人：「我叫寶寶。」

有攝影記者在，立時請來，合照，拍完照，才知道這寶寶，不是普通寶寶，是早已是數十部電影的主角馮寶寶。照片，一直喜愛珍藏至今。

馮寶寶的童年，給予廣大群眾以無比的歡樂，最近聽她自述，才知道她童年不是很快樂，是她把快樂都貢獻給了大家了。

馮寶寶一直沒有脱離過演藝界，一直在從事表演工作，而且成績也越來越好。香港喜愛她的觀眾，眼看她由孩子變成少女，由少女而再成長，結婚，婚姻不如意，事業再創高峰……不論年紀大小，想起寶寶來，就像自己的親人一樣，她是真正香港的一分子，屬於香港人的女孩子。

最近，又有機緣和寶寶合照，但卻還沒有拿到照片。說一句能得到最多人和聲的話，想像之中，必然是：寶寶，我們都喜歡看到你快樂！

原刊於《倪匡眼中的一百個女名人》

胡慧中

胡慧中過生日，可愛地破例公佈自己的年歲，理由是：演「歡顏」的時候多少歲，過去了多少年，現在多少歲，人家一算就算出來，何必瞞！

瞞歲數，或不提歲數，已成了女性行止之中的一種，胡慧中毅然打破之，相信和她率直豪爽的性格有關。在她生日之後不幾天，看到她，打量來打量去，除了一雙眼睛之外，看來只像十七八歲的小姑娘，而她的眼睛，大而明亮得出奇，與之對視之際，就可以感到她的洞察世情的能力——當然不止是用眼看，而且更能用心靈來看。

她演過很多種類的電影，「歡顏」中的少女，「福星」中的「霸王花」，一體都那麼動人可愛，所以也有理由相信，她演十全十美的白素，也必然會有十全十美的表現，她正具有小說作者筆下那種完美人物的氣質。

胡慧中說話時，神態動作，都十分慧黠調皮，而又一點也沒有侵略性。有一個時期，看她的照片，胖得驚人，但是轉眼之間，下顎又由雙而單，由單而尖，對臉型竟能如此控制自如，不知有甚妙方？

胡慧中的電影事業，可說只是開始，她是屬於一開始就注定成功的那類幸運兒，天生要來給人欽羨的。

原刊於《倪匡眼中的一百個女名人》

許鞍華

許鞍華常說，她曾被小孩子叫「叔叔」，誤以為她是男性。其實，她不過體型過重而已，眉目神態，都十分嫵媚，不說小女孩的憨態，並不是那麼男性化的。看過她那次跳跳蹦蹦上台領獎，又笑得十分燦爛的人，都會同意這個說法。

她是電影導演，女性從事這一職業的並不多，而她是真正全心全意投入的，她在英國求學，學的就是電影，專為了學如何拍電影而去留學的。

學成歸來之後，她拍的每一部電影，都似乎是在向自己挑戰。很少導演，尤其是中國導演，像她那樣，幾乎每一部新片子，都和上一部的路子截然不同。大多數導演是一拍笑片就拍到底，一拍武俠片就二十年不變的，許鞍華顯然不是那種導演，她每一部電影都有不同的風格，部部不同，「投奔怒海」和「書劍恩仇錄」可以說風馬牛不相干，可是她就是要不斷地嘗試，嘗試，把全副心神，投入電影這個無底深淵之中，把電影化作了她生命的一部份，使她自己成為一個名副其實的電影人。

曾和她有過一次工作上的小接觸——替她寫過一個短劇的劇本，所以知道她的成功，絕非倖致。

原刊於《倪匡眼中的一百個女名人》

李碧華

李碧華的玉照，大抵沒有公開發表過，所以她有一本書，書後刊印的是她一個月大的時候的照片。未見她之前，多讀她的文章。一早就驚疑於她文字間的「鬼氣」之濃，任何普通的事物，例如看到了一隻蝴蝶，她都可以聯想到生或死，滴血的陰森，她用一種近乎詭異的文字，來表達她自己的心意，風格獨特，一時無兩。

後來，由於某些因緣，接到她的一封信，字大而快疾，用英文粗口大罵另一個人，看得人心曠神怡，又後來，讀她的小說，《胭脂扣》寫舊式妓女變了女鬼，《霸王別姬》寫隱晦曖昧的人際關係，又聽說準備寫太監，她的小說題材似乎也有她的特色在內。

聽過她很多傳奇性的事，例如酷愛旅行，一個人會老遠跑到西藏去之類，忽然在一個偶然的場合見到了她，真是不勝之喜，大眼睛小姑娘，透着一臉的精靈之氣，兩口酒喝下去，臉紅得像秋日的楓葉，又健談又佻皮，有趣之極，名不虛傳。忽然感到，甚至是她的名字，也叫人想到她文字的獨特風格，碧血黃花，淒艷得很。李碧華的寫作才華是多方面的，《霸王別姬》如果能放長來寫，無疑是一部出色的文學巨著。

原刊於《倪匡眼中的一百個女名人》

利智

利智風姿綽約，骨肉亭勻，膚光賽雪，眉目如畫，是一個標準的美人，「亞洲小姐」準決賽之夜，就斷言她必然當選為香港區的冠軍，且有「若不當選，放火燒會場」的戲言——熟人都知道，「放火燒——」是筆者的口頭禪，結果有目共睹，她果然當選了。

一個人成了名，必然有許多難聽的話跟着一起來，所謂「譽滿天下，謗亦隨之」，是千古不易之理，最好的辦法是根本不加理會，謗言太過份了，香港還是法治之區，若只是「酸葡萄式」的風言風語，一一解釋起來，人生苦短，哪有那麼多閒功夫！

一提到利智這個名字，很多人都想起「利令智昏」這句成語，卻少人想及，她在上海長大，上海話，她的名字，發音和「理智」完全一樣，當日取這個特別的名字之際，必然以此為據，容易琅琅上口。

很多人提及利智的美沒有「時代感」者，十分發噱，她雙眼之中——有一種近乎茫然的神采，這正是現代社會茫然無所依從的反映，太現代化了，以致自以為現代的人無從感受。得冠之後，她坐在「寶座」上，甚至有茫然失措的失落感，人人可見，現代乎？不現代乎？只怕爭也爭不出結果來，只好各憑己意了。

從來也沒有一個女性惹起那麼多爭論的，單是這一點，她已很足以自豪。

原刊於《倪匡眼中的一百個女名人》

林青霞

林青霞被稱為第一美女，已經有好多年了，在電影上，把林青霞的美麗表現得最成功的，在看過她演出的電影之中，當推徐克導演的「蜀山」，一出場，簡直令人神為之奪，完全是神仙境界中的那種美麗，有一種不可捉摸的虛幻——美麗本來就是虛之又虛，幻之又幻，誰曾真正觸摸過美麗，緊握過美麗呢？

林青霞的成功，當然不是單靠她的美麗，她演出瓊瑤原著的「窗外」之際，只是一個小姑娘，沒有如今的艷光四射，可是一樣看得人迴腸盪氣，她是一個天生的演員！天生的演員，意思就是天生下來，就是當演員的。自然，並不是說她不必努力，而是她的一分努力，必然可以及得上不是天生演員的人的十分，百分乃至千分，不為甚麼，就是因為她是天生的演員。

早幾年，曾見過她一次，大明星隨和客氣，一點也不以為自己是個絕世美女，一如亦舒筆下的黃玫瑰，報上常有報道，說她寂寞，這大抵是美女的寂寞，常人是沒有份享受這份寂寞的。

她最近換了髮型，報道又說她對短髮愀然不樂，若不是宣傳，真大可不必，像她那樣，就算剃光了頭髮，美女的稱號還是跑不了的。

原刊於《倪匡眼中的一百個女名人》

林燕妮

每一次見到林燕妮，都有驚艷之感。「這般可喜娘罕曾見！」，只可惜「美人已屬黃老霑」其餘閒雜人等，沒有甚麼好想的了，只餘長嗟短嘆。

林燕妮有美女的一切優點。她最大的優點，就是一點也不小器，人家得罪她，她一笑算數。器量比起許多男人來，都要大得多。她的散文真率直接，毫不做作，心中想甚麼就寫甚麼。所以當年，林文一出，舉港佩服，自有一定的道理。

林燕妮的性格，剛強之中，有着極度的女性的柔順。剛強，表現出她事業的一面，商業上的成就和創作上的成就，有目共睹。柔順，試想她竟可以長期容忍黃老霑這樣胡鬧的男人，就可以令天下男性，個個捶胸頓足。

她工作起來，可以徹夜不眠，毅力十分驚人，有次問她：「這麼辛苦，搏甚麼？」她側頭略想，回答是：「總要做的。」一副心平氣和，沒有半分火氣——誰聽説過她抱怨甚麼？

誰見過她粗言大聲？誰見過她臉紅耳赤？誰見過她小裏小器？

她永遠是艷光四射，儀態大方讓人家欣賞她，她也同時欣賞她自己。

永遠的林燕妮！

原刊於《倪匡眼中的一百個女名人》

劉嘉玲

劉嘉玲是在此寫的第二個素未謀面的女名人。（此例一開再開，將來，連唐寧街十號的戴卓爾夫人，秦城監獄的江青都可以寫，真好！）

這個大眼圓臉的蘇州小姑娘成為名人，還是近年來的事，她最著名的事蹟，自然是在短期內學會了字正腔圓的廣東話。廣東話對於不是自幼便習用的人來說，大抵是全世界最難學的一種語言，劉嘉玲有這樣的成績，實在是已到頂峰，若是還有人說甚麼「鄉音未改」之類的話，那只是十分無知的惡意攻訐，全然可以不理——既然事業是面對觀眾的，必會聽到看到公眾發出的任何性質的批評，很重要的一點是，必需知道有的可以根本不加理會，不然，一樁樁一件件計較起來，十分之傷神。入行久了，自然會知道，劉嘉玲入行還淺，所以特別一提。

喜見劉嘉玲的演技，越來越自然成熟，也越來越多觀眾喜歡她。雖然她年紀甚輕，但是在她的雙眼之中，常有一種十分惘然之色，這使她在角色和飾演上，層面較廣，是一個有前途的演員。只是那天見她穿泳衣的鏡頭，很覺得小姑娘應該注意體重了。

原刊於《倪匡眼中的一百個女名人》

梅艷芳

梅艷芳得新秀獎那次，在電視機前看現場轉播，在第三名第二名宣佈之後，自然而然大叫：梅艷芳！梅艷芳！結果果然。那時，誰知道梅艷芳？現在，誰不知道梅艷芳？有認為梅艷芳是香港的奇蹟，其實不然，那是懷才必遇的規律下的必然結果。

梅艷芳年紀輕輕，一次，小女及兩個姪女、梅艷芳，在一起，一算年齡，還是她最小。人生各有不同的道路，梅艷芳肯定不是在溫室中長大的，她的童年和少女時期，可能比很多人所能想像的更要艱辛，她年輕的生命所走過的道路，可能比許多比她年長的人更多，可是她走過來了，憑她自己的才華，憑她自己的努力，她已經走上了她事業的坦途。

梅艷芳的歌聲，噴射着她內心蘊藏着的豐富感情，她的美麗，散發着極廣的現代感，她的成功，代表着這一代香港青年掙扎奮發之路，從這一方面來看，說她是香港的奇蹟也無不可，正因為有香港這樣的社會，才有了大家都喜愛的梅艷芳。

「梅花香自苦寒來」，梅艷芳之有今日，絕非僥倖——天下有僥倖成功的嗎？只怕沒有。

原刊於《倪匡眼中的一百個女名人》

瓊瑤

瓊瑤的小說，風行近二十年，關於她的小說，也不必多說甚麼了，小說若是寫得不好，會有她這樣子的風光嗎？一任甚麼學院派，廟堂派，種種派的人，基於種種理由而貶低她的小說的價值，廣大群眾依然是她的忠實讀者，她也可以稱為當代中國最偉大的小說家之一，而當之無愧。

瓊瑤是一個斯文得幾乎不屬於現代社會的人，第一次在她華麗的居所見她，她緩步自樓梯下來，端坐於沙發之上，有不食人間煙火的端秀，看着她，彷彿如對工藝精絕的繡像，令人陡斂狂野之心。

但是她也有十分活潑玲瓏的一面，尤其在她周遭的人一喝酒，她雖然滴酒不沾，但是也為酒氣所薰，酡然而有醉意之後，更是妙語連珠，談笑風生，而且對許多事，有她獨特的、銳利的、直接的見解，她也不臉紅耳赤地和人爭辯，但對自己的想法，有一種執着的愛憐，決不輕易受異見左右。

瓊瑤自開始創作起，一直未曾停止過寫作，間中偶有停歇，一定是在構思新的作品，她寫作態度嚴謹認真，有超乎想像之外者。

像瓊瑤這樣的小說家，足可青史留名，永為廣大讀者喜愛。

原刊於《倪匡眼中的一百個女名人》

三毛

三毛原名陳平，寧波人，乍知三毛是「寧波小娘」，高興莫名，鄉梓有此名人，與有榮焉。一次送三毛登機，在機場大堂，幾名少女跳躍而至，請三毛簽名，三毛一面簽名，一面介紹我，是寫小説的，等等，幾個少女眼向上翻：「沒聽説過！」捧着三毛簽名，歡欣鼓舞而去。

三毛的作品如何，真正不必多説甚麼了，她是真正性情中人，和她談天説地，樂趣無窮。只要她認為你是投緣的，她會直率地告訴你許多許多有關她自己的事，純清如小女孩。可是若是她認為不投緣的，她會一言不發，沒有甚麼好説的。

三毛的可愛，最顯著的是在於她對感情的認識，三毛的心目中，各種人際感情，都是美好的——千萬別以為她是在溫室中長大，沒有接觸過人性醜惡的一面，事實上，她曾經是極度醜惡的人類行為的受害者，可是她彷彿寬恕了一切醜惡，或許她堅信人性美好的一面始終是會勝利的？

自從荷西回歸本來之後，三毛一度十分沮喪，但後來致力於靈學上的探討，頗有所獲，常勸她把她所得的詳細披露，她又怕太「驚世駭俗」。近年來，她在台北文化大學任教；受學生歡迎的程度，有出乎意料之外者，一如她的演講，幾萬人把國父紀念館擠得水洩不通一樣，真是偉大。

原刊於《倪匡眼中的一百個女名人》

沈殿霞

沈殿霞是一個急性子——誰説肥胖的人總是慢性子的？聽她以極快速的節奏，發表意見，尤其當她發怒的時候，説話更是流利，忽而上海話，忽而國語，忽而廣東話，真是賞心樂事，很少女性在生氣的時候也那麼有趣的，所謂「宜喜宜嗔」，大概就是這個意思了。

看她帶着稚氣，胖嘟嘟地進入電影界，看她在電視上成了眾所周知的開心菓，她的演藝事業一步一步踏向高峰，給廣大觀眾帶來了不知多少歡樂，看她在舞台上演出「一字馬」，真難想像，這樣肥胖的身軀，可以有那樣使不完的活力，真有奇蹟之感。

沈殿霞把歡樂帶給別人，她自己當然也是快樂的——誰能想像一個愁眉苦臉的沈殿霞呢？她天生就是開心的人，是快樂的化身。

印象極深的一次，是她把她在外國事業有成的弟弟，帶上電視，她的眼光，一直在弟弟的身上盤旋，溫柔親切，自她眼睛中洋溢出來的姐弟之情，十分令人感動。

近年來，除了作司儀之外，很少見她在熒幕亮相，實在是觀眾的損失，她也應該喜歡電視工作的，是甚麼羈絆住了她的時間呢？請為千萬觀眾放開她。

原刊於《倪匡眼中的一百個女名人》

施南生

施南生是新藝城電影公司的要員，真正的銜頭是甚麼，不是很清楚，她身材高佻修長，遇到比她矮的男人如本人，會故意把身子向後傾斜，如比薩斜塔然，傾斜的角度如何，視乎矮男人的高矮程度而定。第一次見她，最驚愕的是她的身子可以向後傾斜到這個角度，而居然不跌倒，腰力之佳，可想而知。

施南生精通多少種語言？也不確知，但是知她講英文可以用各種不同口音，學印度人講英文，尤稱一絕，有她在場的場合，哪怕其餘人都是不會説話的啞巴，也必然熱鬧無比，她熱情如火，再平凡的事，一經她渲染，自然而然，成了最好笑的笑料，新藝城的喜劇片成功，施小姐自然有功勞焉。

施小姐相當嗜酒，但嗜酒者不一定酒量好，曾在半醉狀態之中，與之拚酒，施小姐頻問：發生了甚麼事？但照喝如儀，不過三杯下去，已然傾倒矣。

豪爽活潑，直率認真，施南生實在是一個可愛趣致的小女孩，一見就叫人想拍拍她的頭的那種——只可惜她個子高，不易拍到，所以便宜了徐老克。

原刊於《倪匡眼中的一百個女名人》

恬妮

大家可能都不記得恬妮有一個銜頭：「毛衣公主」了。那多半是一個甚麼毛衣公司搞的選舉選出來的，在她投身電影工作多年，已成了大明星之後，這個銜頭變得十分好笑，與她今日的成就相比，這算是甚麼呢？

有一次，在台北機場候機，忽然屁股上被人踢了一腳，轉身一看，只是一個窈窕背影，不知伊人是誰，轉到她面前，看了半分鐘之久，仍認不出是甚麼人來，大凡虧心人總有虧心事，當時是幾乎流冷汗，不知是哪一樁事犯了，直到一旁恬妞大叫「姐姐認錯人了！」才想起是她，原來她改變了髮型，換了化妝，竟認不出了。

又有一次，在飯店與人共膳，忽有一個動人背影麗人，靠將近來，豐臀距離共膳友人不足二十公分，撩人之至，友人驚愕不知所措，麗人轉過身來，相顧大笑，原來又是朱大小姐，當時就說：「這種玩笑不要常開，要是摸上一把，以後如何見華叔？」

恬妮不知擔過多少戲，可是她有一樣怕，真是怕得不可思議，她怕登台，怕直接面對觀眾，真不可想像，是不是？但卻千真萬確。

恬妮是極有趣的美女，世上美女已然不多，何況又美麗又有趣乎！

原刊於《倪匡眼中的一百個女名人》

汪明荃

汪明荃自然大名鼎鼎，說起來十分有趣，兩次上電視，皆和她搭檔，大可刻一顆閒章，以誌此事。第一次，是談貝殼搜集的事，她帶着淡淡的笑容，從容出鏡，但在出鏡之前，一再練習對白。最記得其中一句，提及「頸鏈墜」，這三個字，頗為拗口，她反覆唸着，當時道：「就說頸鏈，也一樣的。」她睜大了眼：「稿上是這樣寫的，總要照唸。」

另一次，是談鬼神之事，事先也練習一遍，態度之認真，很令人佩服。

她的事業，已是一個表演藝人所能達到的高峰，可能在她的心目之中，還有最高峰，以她對成功的狂熱的態度——包括狂熱地做和狂熱的追求——來說，她一定在高峰之後，還想攀登最高峰，而且，也一定可以再登上去。

但，如果最高峰的境地，在心目之中形成了永無止境的一種追求的話，儘管可以一再達到目的，但，伊於胡底呢？

一般都喜歡說汪明荃很冷漠，其實，她不但熱切，而且太熱切，真要是能冷一點，太好了！

原刊於《倪匡眼中的一百個女名人》

蕭芳芳

蕭芳芳早年是童星，她主演的「苦兒流浪記」，瘦生生的一個小女孩，一雙大眼睛中，透出對人生的徬徨，唱出「世上只有媽媽好」的時候，不知賺了多少觀眾的熱淚，印象極其深刻——難得的是，其實生活中，她的童年不應如何淒苦，她的眼神，也多見活潑流轉，竟然能在演出之際作徹底的改變，如果不是天生的演出才能，自然也勉強不來。

蕭芳芳是和香港一起長大的，自六十年代到八十年代，香港飛躍向前的年代，也就是蕭芳芳的演員事業，走向一個高峰的時代，一直至前幾年的「林阿珍」，她依然贏得了廣大觀眾的喜愛。

她十分好學，演員之中，在不斷求學進修的，大抵以她為最，近年來在澳洲，聽説她又進了學校，選擇了與演員無關的學科，又再進修，這種好學不倦的決心，實在十分罕見。

最近她回香港，手上抱着女兒，小女孩長大，有了小女孩，從照片看來，明媚如昔，她硬起心腸離開了香港，不知是不是常常想起香港？香港人是常常想起她的！

原刊於《倪匡眼中的一百個女名人》

徐小鳳

徐小鳳是歌壇的天皇巨星，她那幀在白石階梯上，披着絲綢的海報，據說化了幾小時才拍成，效果極佳，在諸多演唱會的海報之中，允稱第一，必將長期被人記憶，受人稱頌。

徐小鳳從事歌唱事業相當久，初出道時，被冠以「小白光」的外號——這是十分蹩腳的手法，白光是白光，她是她，現在已完全證明了這一點，而且事實上，她的嗓音特出，低音可以直唱入聽歌者的肺腑之中，勾起聽者心中的感情，和她一起產生共鳴，這是十多年來，她的歌一直受到廣大群眾歡迎的主要原因。

她建立了自己獨有的風格——這正是任何藝術工作者要成功的必備條件——之後，越來越趨向成熟，近期的歌曲，更有爐火純青之感，「我愛你」三字，不知被人唱了多少萬遍，在她的新歌中重複唱出，聽來仍有新意，真是不簡單之至。

她可能甚少在公眾場合出現，所以一直未在近距離見過她（也就是說並不認識她），只是曾欣賞過她在台上的風采，那次黃霑「出言無狀」，她先是一愕，隨即淡然微笑的情景，表現了她的機智和修養，給人印象最深。

原刊於《倪匡眼中的一百個女名人》

楊盼盼

楊盼盼為廣大觀眾所熟知的是她矯健靈巧的身手，每年電視台台慶，她表演難度高、危險性強的節目以娛廣大觀眾，幾乎已成慣例，而且演出之後，必獲一致叫好，公認眼福不淺。

她身手好，實在沒有疑問，奇在不論影、視，皆十分需要身手佳妙的女演員，而她參加演出的機會，好像並不算太多。別說臨時抱佛腳的三腳貓，就算是真學了些時候的洋婆子，論身手，也未必比得上楊盼盼，就算演技上稍有不逮，也不應該有如今這種情形出現，而且看過她在電視上演出「穆秀珍」一角，以小說原著人的角度來看，也不覺得有任何不妥當之處，那真是沒有甚麼道理可說了。

楊盼盼的新聞不多，十分安閒的神態，一副自然的瀟灑，一年一度的驚人表演，盡自己能力去做，似乎也並不太理會人家怎樣對待自己（觀眾對她的表演，自然是一面倒的叫好），很有悠然出世之態，以她年紀之輕，能有這樣的修養，真不容易。

在表演事業中，楊盼盼應該大有可為，因為像她那樣的女演員少，而需要像她那樣的女演員的角色多，這就是為甚麼敢肯定這樣說的原因。

原刊於《倪匡眼中的一百個女名人》

葉玉卿

葉玉卿這個名字，乍一看，使人聯想到小說人物的纖弱和瘦削，可是一見面，卻是一個現代之極的漂亮小姑娘，那一次見她，一露面，在場者皆有驚艷之感，她的那種艷麗，開朗明亮，完全是陽光下的艷麗，而且她也充滿自信，被問及是否自覺好看時，頗有詫異神色，回答是：「一直人家都說我好看的哩……」稚氣而真誠，有趣之極。

她成為名人還是很「新鮮」的事，後來她被選為亞洲小姐前三名之中，又得了另外兩個附屬的頭銜，參加了電視的演出，也將近一年了；在演出電視方面，似乎還未見有特別突出的成就，或許是時間尚短，演出的機會還不是太多的原故。但是因她身上所散發的那種爽朗明亮，公眾都對之印象深刻，最近看她撰寫的自述，講到她如何邂逅她的男友，描述少女心懷，細膩動人，十分之出乎人的意料之外。

現代少女早已擺脫了傳統包袱的羈絆，愛異性，是人的天性，公開熱烈的愛情，是人類生活美好的一面，自然可以情深欵欵，可以公公開開，另一方面，葉玉卿以她自己的性格，很為社會作了一些榜樣。

電視劇人物的性格，若與她個性相吻合，是不是會好得多？

原刊於《倪匡眼中的一百個女名人》

亦舒

亦舒本名倪亦舒，是本名倪亦明的倪匡的妹妹，不過她的名字比較好，亦，通翼，所以亦舒就有起飛的意思，所以她才能在她的創作事業上一飛沖天。

由哥哥來寫妹妹，應該有很多可寫了吧，但事實卻恰好相反，亦舒有很多朋友，了解她比哥哥了解她深了不知道多少。原因很簡單，雖然兄妹，年齡相去極遠，「少小離家」時，她還在幼兒班，間關來港，她也只是一個見了哥哥抽煙，以為那是大墮落而當街哇哇大哭的小女孩。

小女孩不會永遠是小女孩，一定會長大的。實在也很不了解她長大的過程，只知道她先是由着自己心意生活，多姿多彩得很，但大抵漸漸明白了生活不能盡如己意的道理，所以把一切想像從實際生活中抽出來，而溶進了她的小說之中。

亦舒的小說當中，充滿了幻想的色彩，那是一種追尋式的幻想，虛無飄渺，但又似夸父追日，執着而不肯放棄，甚至不講究結果。

她近年來甚少社交活動，越來越躲在自己的小天地中，像一個小孩子用一張蓆子把自己捲起來再滾到床底下去躲着一樣；那裏就是一個天地，只要有思想，芥子和宇宙，全是一樣大小。

原刊於《倪匡眼中的一百個女名人》

張艾嘉

張艾嘉有一個時期，把頭髮剪得極短，一次在一家飯店中，她過來和身邊的人打招呼，走後，問：「剛才那漂亮的小男孩是誰？」被問者大笑：「張艾嘉都不識，好打有限之至！」

張艾嘉自然是認識的，但那晚確然沒有認出來，她的裝扮，頗具千變萬化之妙，又有一次，在台北一家咖啡館中閒坐，忽見「紅粉當壚」——收銀機後，坐着一位俏麗人，看來看去像張艾嘉，可是想想又沒有道理：大明星怎麼會在這裏呢。叫小妹過來一問，小妹雙眼圓睜，也是那句話！張艾嘉都不認識？後來她自己過來，原來是探朋友，順便坐一會，那次，頗有遇上了微服出遊的公主之感，愉快之至。

大家都知道她會演會唱會導，演藝人員的全套武藝都會，她的「差婆」造型，深入民心，造成了極深極廣的喜劇效果，而文藝片一樣演得出色——這都不算，她竟然還有十分高強的行政能力，實在有點出人意表，她曾出任一家電影公司的台灣代表，真叫人興能者無所不能之嘆了。

近日又有機會見到她，頭髮又長了，自然已認得，不知道為甚麼，又在她神情中感到了幾絲落寞，尤其當她自己不經意地望着手中的煙，看着嬝嬝上升的煙篆之際。

原刊於《倪匡眼中的一百個女名人》

趙雅芝

趙雅芝以參加香港小姐選舉而踏入影藝界，「美貌和智慧並重」的口號，在她的身上得到了最典型的體現，她在影藝界的成就，有目共睹，不必多說。

當年的選美，她的名次好像是第四名，可是自此之後，她成名的速度極快，似乎還在前三名之上，可知不必斤斤計較一時的得失，錐即使在囊中，也自然會冒出頭來的。不單從她的例子，也從別的許多例子中，覺得女性參加選美活動，實在十分有好處，自忖有條件者，不妨踴躍參加。

幾年前，柏楊先生訪港，曾和她一起吃過一次飯，席間，她和柏楊先生敍鄉誼，談吐靜雅宜人，再加上她那淺笑輕語，合座傾倒，公認為古今咸宜的美人。

趙雅芝最為人稱道的，自然是她面對愛情時的勇敢。平日她很給人以怯生生的感覺，但在面對愛情之際，她勇氣、膽識，都足以留傳而為愛情故事。香港社會雖然自由開放，但也有一些道德冬烘，出不知所云的迂腐之言，趙雅芝一點也不受影響，認定自己該走的路，昂首跨步，她說：「人只能活一次，得好好生活下去。」更是至理名言。

幸福，是靠自己堅決的行動爭取來的，趙雅芝以她的行動證明了這一點。

原刊於《倪匡眼中的一百個女名人》

甄妮

甄妮在台上的生猛鮮活，有目共睹，在台下，她一樣妙語如珠，嘻哈絕倒，豪情勝概，賽過許多男人。然而這樣一個開朗、成功的人，也自有她不快樂的一面，甚至在台上，也曾忍不住熱淚揮灑，頗使人生出「人生荊途」之嘆。

但是甄妮不快樂的時日，應該已經過去了，事業上的極度成功，對於一個從事歌唱事業的人來說，幾乎已到了頂峰——真正的頂峰，只在一種可望不可及的想像，幾乎到了頂峰，應該已算是極致了。

近日報章上說她準備在婚後「退休」，正式退休，自然大可不必，她風華正茂，歌唱事業的頂峰，還可以維持一個相當長的時期，可以不必再全副心思投入，倒是真的——越是不刻意相求，有時候，反而更會有意外之得，就算沒有，至少心境恬寧，這又豈是事業的成功所能換來的？

很多歌手都同時從事電視和電影的演出，甄妮似乎從來也不作此圖，不知是何原因，以她的機靈聰明，應該是可以在熒幕或銀幕上大有所展的，大抵是歌唱已佔據了她全部的心靈之故。

有一個時期，頗多報道深及她的私事，既然是公眾人物，譽滿天下，謗亦隨之，大可置之一笑，依然活潑爽朗。

原刊於《倪匡眼中的一百個女名人》

鄭佩佩

鄭佩佩還垂着她那一頭長髮？第一次見到她到現在，已有許多年了？可是情景如在眼前，那些年來的人和事的變化，在每一個人心中，都留下了痕記，她自然也不能例外，反正過去的都已過去，她現在不在影壇，專心舞蹈，一頁一頁把舊的揭過去，又不斷在揭開新的一頁又一頁，有時在報上看到有關她的消息，很有這才是人生之嘆。

第一次見鄭佩佩，是在為她寫了一本劇本，她苦苦看了好幾天，幾萬字的劇本，她只能認出幾百字之後。（字跡潦草，本來已然，於今尤烈。）她笑着：「真是服了你了！」說時，溫柔地泛現着她慣常的笑容。

鄭佩佩的笑容是溫柔的，女性特有的溫柔，看了令人心曠神怡，她自然也有不美的時候，但是卻從來也沒有看過她哭的時候是怎樣的——她甚至在銀幕上也是不哭的，她飾演女俠，再大的痛苦，也得咬着牙忍下來，不作興哭的，不然，就有損女俠的形象了，這種女俠性格，也有可能延展到她的現實生活中來，她用微笑替代了一切。

鄭佩佩拍過那麼多電影。有時，真想問問她，是不是喜歡她常演的那種女俠？有機會，一定問。

原刊於《倪匡眼中的一百個女名人》

鄭裕玲

鄭裕玲有一個時期，被報章上老說她「不好看」，那大約是一兩年還是兩三年前的事，當時曾為之大抱不平，寫了幾段短文，說像鄭裕玲這樣的女孩子，若說不好看，真不知如何才是好看了。最近，想把舊稿找出來搪塞，找不到了，只好重寫過。

近兩年來，鄭裕玲又大大展示了演藝上的才能，不單是正式的演出，或是上台當司儀，作相聲式的演出，都令人耳目一新，而且有很好的喜劇效果，上佳的喜劇女演員相當難求，鄭裕玲在這方面的出色表演，應該引起本地影視界的注意。

即使是編、導都不算是甚麼出色的戲，或是劇情荒誕不堪，沉悶難忍的，有鄭裕玲這樣的演員在，就會至少叫人可以忍受下去，一個好的演員，若是「生不逢辰」起來，也真能叫各方面害死，但真正的好演員，總能在絕處「自求多福」，叫人至少看出，演不好，非戰之罪，是另有原因的。

聽說，鄭小姐對自己的牙齒不滿意，要去修理整齊一番。真正大可不必，修整齊了，又怎麼樣，牙齒整齊的女孩子還少了嗎？鄭裕玲可只有一個。

原刊於《倪匡眼中的一百個女名人》

鍾楚紅

鍾楚紅曾參加過選美活動，在選美會上並無所得，但是卻在電影演出中獲得了成就，成為觀眾熱愛的大明星，當日在台上失望時，當然是想不到的。

鍾楚紅能成功，自然不是由於偶然，她是屬於天生演員那一類的人，可以飾演各種角色，再加上美麗的外形，先天上就導致有成功的條件——人是常常有先天條件的，先天條件，每每勝於後天努力，這一點，不可不知，不知，沒有條件而拚命去努力，結果還是不成功，說不公平，真是不公平得很。

看過鍾楚紅演出的電影並不多，但不必多，就知道她可以演戲，而且，可以演得極好，她以往參加演出的那幾部電影，對她日後的演藝生涯來說，不算甚麼，甚至可以說，她還未曾開始。執筆時，恰好看到她有言要拍李碧華的《胭脂扣》，真是好極，《胭》的故事能給一個會演戲的女演員極大的發揮演藝天份的機會，若已決定，可喜可賀，若未決定，趕快莫被別的會演戲的女演員搶了去演。

見過鍾楚紅幾次，她的美艷，與眾不同，有形容為「野」者，不敢苟同，但又很難以一兩個字形容，只好說難以形容了。

原刊於《倪匡眼中的一百個女名人》

【第二章】創造

不論真實

創作人物寫在戲劇或小說中，比較容易處理，而歷史人物則略為有點限制。其實，就算是歷史人物，既然寫入了創作之中，「歷史真實性」也可以暫且勿論，必然是通過創作而給予這個人物以新的生命，如果全然照歷史，那就是歷史教科書，而不是歷史劇或歷史小說了。例子極多，如高陽的小說《荊軻》，給予荊軻這個人物的創作生命之強，遠超真實。（《荊軻》可以改編為十分佳妙的電視劇。）

再以金庸小說《鹿鼎記》為例，歷史人物和創作人物同時出現，很有點像銀幕或熒幕上的「真人與卡通」一起演出。而歷史人物康熙在小說中的一言一行，也是創作多於真實，實際上的玄燁大帝，會口出「他媽的」嗎？只怕不會，但在小說中就可以，非但可以，而且益增人物的鮮明性格。

一再說過，「與事實不符」是對一切創作的最滑稽的批評，就算創作到了把岳飛寫成提兵打入京師，把昏君奸臣殺掉，也並無不可，只要寫得好就行。

一切創作，只有好與不好之分，沒有符事實與不符事實之分。

原刊於《眼光集》

不滿意的作品

葉特生來問：「多年創作生涯中，有連你自己都不滿意的作品嗎？」

當然有。

不滿意的作品有一種現象：自己滿意的，讀者未必滿意，但自己不滿意的，讀者大都不滿意，或者肯定不滿意。連自己都不滿意了，想別人滿意，自然是難上加難。

公眾在選擇方面，自有公眾的原則，公眾的原則，照說是很容易掌握的，但是事實上，常幾乎全然無可捉摸，變化多端，誰要是能掌握兩三分，已經是大成功了。

自己不滿意的作品，最好的處理辦法，是不要拿出來面對公眾，讓它就此消失算數。但是那是一種極度的奢侈，不是所有創作人都可以玩得起的，所以也只好拿出來面對公眾，尷尷尬尬，希望公眾很快就會忘記。

公眾其實也很寬恕創作人的——各種不同創作形式的創作人，包括作者、導演、演員……

在內——偶然有一些自己不滿意的作品面世，大約佔一成，公眾會原諒；超過一成，十分危險；到三成左右，危險之極；超過三成，這個創作人在公眾心目中，就不會再存在了。

原刊於《眼光集》

訪問

訪問，看來很簡單，但其實也頗不簡單。尤其是電視現場的直接訪問，如果不是有經驗和事先對被訪問的對象有充份的了解，也就容易出錯或者鬧笑話。

訪問技巧有高有低，這是進一步的訪問本事了。初級的、最起碼的訪問條件是甚麼呢？是：至少須能和訪問者操同樣的語言。

香港的電視台，堅持用粵語，這是由於絕大多數電視觀眾都是用粵語之故。所以，有時被訪問者是完全不懂粵語的，訪問也以粵語進行，或事前有默契，先讓被訪問者明白問的是甚麼，或者有翻譯。

但訪問即使用粵語發問，對被訪問者所使用的語言，訪問者也一定要懂才好，不然，被訪者用他的語言作答，訪者聽不懂，情形就極尷尬。

那天，電視上有訪問一場球賽冠軍，訪者講粵語，被訪者講中國普通話，提及他在爭取冠軍的過程中，對手的「防守」如何如何，訪者不懂中國普通話，就聽成了「反手」，不懂也不要緊，旁邊有人懂，可是訪者急不及待，自作聰明，「反手」如何如何，真令人啼笑皆非。

所以，訪問，要懂得對方的語言，這是最起碼的條件。

原刊於《眼光集》

風格

藝術有標準嗎？當然有，但各人心目中的標準不同。有的標準，是所謂專家標準，定出一個框框，合格的，就算夠標準；不合的，就算不合，一絲不能苟。

所謂專家標準，其實十分可笑，那根本不適宜衡量藝術，只能滿足一些「專家」批評家的自大狂。

筆者心目中的標準，是廣大群眾喜愛的標準。很少數人覺得好的，不論那少數人學問多麼廣博，評論起來多麼頭頭是道，怎樣引經據典，但始終只有少數人喜愛，那便不怎麼好，而廣大群眾喜愛的，「專家」或者會嗤之以鼻，那由得他們去好了，能叫群眾喜歡，就是好的。

拿唱歌來說，專家批評起來，高音不夠啦，低音走音啦，一大堆，人人照一個標準去唱，完全沒有了個人的風格。有個人風格的，可能絕不合這個標準，但得到了群眾的喜愛，就是一個好歌手。

藝術是活的，是需要每個從事藝術工作者有強烈個人風格的，甚至沒有法規可以遵循，好與不好，由群眾的喜愛來決定，不由專家來決定。

原刊於《眼光集》

歌詞

黃霑常說，歌曲的流行與否，與歌詞無關。本人一直認為有關。最近，有一首歌，證明歌詞與是否流行有關。「女黑俠木蘭花」的兩首插曲，旋律是一樣的，一首歌詞是「木蘭花」開始，電視在播映片集時，日日都播，也未見流行，另一首，詞以「你在何方」開始，近日已上流行歌曲榜。一樣的旋律，不同的歌詞，就會有不同的效果，這個例子，已經給予最佳的證明。流行歌曲的流行與否，旋律和歌詞，是一半一半的關係。歌詞好的歌曲，不但可以流行，而且會歷久不衰，這種情形，自古已然，古代留下來的流行歌曲，全是詞，沒有了曲。

原刊於《倪匡三拼》

歌詞的意境

一直對蔡楓華的歌不是怎麼特別留意。一天晚上，深夜（也可能已是凌晨），突然聽到了他的一首《何必相戀》（？）這首歌，不知是誰寫的歌詞，蔡楓華唱來，迴腸盪氣之極。一般聽粵語歌，很難句句聽得清楚，這次竟是例外，也許是蔡楓華咬字正，運氣好，一句句都聽得十分明白。

等到他動人的聲音唱到「每天等待着明天」之際，不禁霍然起身，木立良久。誰說歌詞對一首歌的好與壞沒有多大的關係？曲、詞、歌者，是構成好歌或壞歌的三大因素，地位幾乎相等，不分輕重。

試看「每天等待着明天」這一句，沒有一個艱深的字，但是所表達的意境何等惘然！世界上任何人，都是過了今天是明天的，沒有人可以有例外，而把「等待」一詞，將今天和明天連接起來，就進入了極高的境界之中，不是寫詞的高手，是寫不出這樣詞句來的。

而當然，蔡楓華唱出了歌詞的意境，那種無可奈何的焦急和惘然，失望的煎熬，無窮無盡的等待，都自他的歌聲之中迸散出來。

原刊於《眼光集》

古詞

有幾位學者教授，提出要以楚辭來譜歌，很有趣。「有美人兮山之阿」，這個「阿」字，不要被人誤會是阿根廷才好。用古詞來譜歌，沒有甚麼不好，但只怕沒有甚麼人愛唱。因為沒有甚麼人愛聽，愛的人只是少數，普遍不起來。不過反正專家學者的目的，並不是要大眾愛好，倒也可以進行，若想把古詞拿來和時下的流行曲，爭一日流行之長者，肯定失敗。一個時代有一個時代的歌曲、語言，如今香港的流行曲，曲詞就十分好，深得大眾喜愛，「揮揮手，為我的自由」，聽起來無論如何比「宜爾文孫繩繩兮」舒服得多了。

原刊於《倪匡三拼》

嘩眾取寵

表演工作者有很多不同的類型，公眾其實可以接受每一種類型的演員，各有其擁護者。但只有一種，在公眾心目中是不怎麼受歡迎的，偏偏這一種類型的表演工作者，自己不是很知道，不明白自己的作風，實在對自己的前途十分不利，所作所為，是自己在害自己。

這一種類型，可以總而稱之為「取厭型」。特別是來不及要公眾接受自己，但是又不在自己的才能範圍內去行事，不在演技上求進、不在談吐上求順、不在造型上求新，只是竭力「嘩眾」，幾乎公眾討厭甚麼，這種類型的表演工作者就做甚麼，不必很久，公眾一提起就皺眉，印象是有的，因為「嘩眾」，起碼的目的是可以使公眾留下印象，但是有印象和喜歡，完全是兩回事，終於，觀眾還是不接受，等到有見及此，再想扭轉，遲矣遲矣。

這一種類型，幾乎會是新人居多。如果真的非「嘩眾」不可，有一點一定要記得，「嘩眾」必須「取寵」，不能「取厭」，嘩眾而可以取得公眾之寵，這是一等一的本事，所以，

「嘩眾取寵」並不是壞的形容詞，「嘩眾取厭」才糟糕得很。

「取寵」和「取厭」之間，只是一線之差，如何拿捏，要靠自己了。

原刊於《眼光集》

流行作品

和行外人喜歡對電影亂發表意見一樣，有一些人，對於流行的，受到廣大群眾喜愛的事物，都喜歡表示他們與眾不同的「獨特見解」。這些人，以自命為讀過書的知識分子為最。在他們看來，流行的東西，都是不好的，甚麼是好的呢？大抵就是他們幾個人或幾十個人之間互相欣賞的東西。自己拿不出作品來，或是拿出了作品，根本不受歡迎，多半是形成他們好批評流行作品的心理因素。最近的例子是，黃霑的流行曲詞，有人批評不通，看來看去，批評者本人的論點，不值一駁。這種人，最後用古詞來唱，但只好唱給他們自己聽。

那類對自己不懂、不會的東西，喜歡亂發表意見的人，十分發噱，他們講出來的是外行話，是全然行不通的。可是他們在講的時候卻一本正經，而且還一副痛心疾首的樣子，像煞有介事。好像如果真的照他們的意見去做，中國電影就可以世界第一，時代曲歌詞就可以得諾貝爾文學獎。全然不知如若真照他們的意見去做，從事這些行業的人，就算有八個老婆也不夠賣。本來，這些人的意見，決不會有人去聽，他們喜歡發表，自有自由，大可不必理睬，套一句馬經用語，叫作「可以不理」，理了，更加夾纏不清。

詩詞歌賦，全是藝術。藝術遇到了煞風景的人，當真無趣之極。「七寶樓台」瑰麗迷離，令人目為之眩，神為之奪，就有人要把它拆了來逐字研究。「黃河之水天上來」要改成「山上來」，「錦瑟無端五十絃」由文法大師來解，一定不通。「桃花無言一隊春」更是「不通」，「路上行人欲斷魂」的「路上」兩字，非刪去不可，因為「行人不會在家中」，只屬「累贅」。讀到「孔雀東南飛」，想破了頭也不明白為甚麼要「東南飛」，直到又看到了「西北有高樓」，這才恍然大悟。和這種讀書甚伙，但沒有藝術氣質的人説甚麼也是枉然。

原刊於《皮靴集》

名字與外號

早十幾二十年，演員和歌星都流行取藝名，捨正名而勿用，不論男女，大抵如此，所以古裏古怪的藝名甚多，相當有趣。在藝名之外，還有外號，這些外號，以今日眼光來看，真是「老土」之至，甚麼「青春玉女」、「白馬王子」之類，幾乎人人可以適用，稍具特色的，也不過是「小野貓」之類而已，至於上了年紀的配角，則一律冠以「性格巨星」之號，早已成為慣例了。

不知道甚麼時候開始，藝名不流行了，演員也好，歌手也好，紛紛以本名上陣，有些本名，實在只是普普通通的名字，如周潤發，如陳玉蓮，等等，但一下子風氣改變，本來以為萬萬不可的事，也就迅速為大眾接受。近年來唯一的例外，似乎只有司馬燕（聽起來，像是武俠小說中輕功絕頂的女俠的名字）。至於甚麼「歌迷王子」之類的外號，也幾乎絕跡了。

忽然想起這些來，是近日忽然聽到一個歌者被冠以「民族歌手」的外號，不禁大為發噱，這個外號，竟渾不可解，難道還有「漢奸歌手」嗎？任何人都屬於一個民族，那麼，也就任何人都可以有此稱號了？這種外號真叫人納悶不已。

原刊於《眼光集》

難過

最近，在許多刊物上，讀了許多篇有關紅樓夢考證、欣賞問題的文章，互相駁斥、糾纏，已經盤得和百年老樹根一樣，分都分不開了。這些文章的作者，你一篇文章來，我一篇文章往，有的刊登在同一刊物之中，有的刊在不同的刊物上。首先必須肯定，對紅樓夢考證欣賞，有如百花齊放的蓬勃現象，是一件好事，而且，執筆的諸位先生，全是德高望重的學者，然而最可惜的是，幾乎每一篇文章，都有火藥味，並且還有涉及人身攻擊之處，真叫人難過。

討論任何問題的文章，有火藥味都可以值得原諒，唯獨討論紅樓夢的文章，不應該有火藥味，這也許只是本人的一私之見，原因是因為對紅樓夢有一種崇拜感。至於人身攻擊，更是討論任何問題所不容。人身攻擊有很多表現形式，現在當然不會有人直書「某某某是王八蛋」，但轉彎抹角，說某某某只顧賺錢之類，其實決非罪惡，而且，也和這個人所做的事無關，但必要提出來，以證其人人格「不高」，其實這樣一來，只證明其本身的學識修養問題而已。

原刊於《沙翁雜文第一集》

捧

三毛有一句名言：「作家是捧不出來的。」

她的意思是：一個寫作人，要是自己拿不出令得廣大群眾喜愛的作品，用任何方法去捧，都無法令他的作品為群眾喜歡，可能被力捧的會有相當高的知名度，但是他絕不能因為有人捧而成為一個作家。

所有藝術工作者都一樣，沒有法子憑幾個人的意願而硬捧出來，使大眾接受。當然，大規模的宣傳會起一定的扶持作用，但是如果捧的對象根本是大眾不喜歡，甚或是大眾所憎厭的那一種，捧得再戮力，結果也一定失敗。

大眾是不是接受一個表演工作者，甚至是沒有標準的，只是一種直接的感覺，憂鬱型的有人喜歡，開朗的也有人喜歡，叛逆型的有人喜歡，柔順型的有人喜歡，各種類型，皆可以得到大眾接受，唯獨有一型，大眾肯定不會接受的一種，只使人感到：這個人被拚命硬捧，硬要把他塞給大眾，一旦大眾有了這種感覺，這個被力捧的人，就和大眾之間有了距離，前途如何，可以斷定。

在力捧一個表演工作者之際，避免公眾有這樣的感覺，是最重要的一點，一旦犯錯，九牛拉不轉。

原刊於《眼光集》

深慶得人

在文字上，描寫一個人容易，但當要把文字化為形象時，找一個符合文字描寫的人就難得多。這是把小說改編為電影或電視之際，最困難的一環：找一個合適的人來演小說中的人物。此所以當《飄》改編為電影「亂世佳人」之際，女角空懸良久才深慶得人。

而近期來，在熒幕或銀幕上的「深慶得人」的例子，是梁朝偉演的韋小寶。所謂「深慶得人」，不但是演得好，而且還要捨他之外，無一人可以演得更好。「鹿鼎記」的故事內容，雖然又經大幅度改動，但是韋小寶這個人的性格，梁朝偉卻演得成功之至，那股憊賴的神態，無處不在，真是描也描不出來，尤其到了故事後期，韋小寶已不是少年，而進入青年時期，和演員的年齡吻合了，更是天衣無縫，再挑剔的人，看了原著，再看他的演出，都會說：這就是韋小寶！

像這種情形，真是可遇不可求的。選角色，真是一門大學問。尤其是選小說中的人物，學問更大；選讀者眾多的小説人物，學問要最大。一旦選角錯誤，就一定全盤失誤，女怕嫁錯郎，男怕入錯行，戲怕選錯人，這是鐵定不移之理。

原刊於《眼光集》

事實和情理

早些日子，曾力言電視劇（推而廣之，電影、小說等等創作皆適用）絕對不必合乎事實，與事實不符，正是一切創作的特點，完全和事實一樣，那還叫甚麼創作？

一直以來，很有些反對的意見，不過，絕大多數的反對意見都誤會了意思，把不符事實和不合情理混淆或等同了起來。

不符事實絕不等於不合情理。不符事實是創作活動所必需；但不合情理則不會在好的創作活動中出現。舉例以說明之，一個億萬豪富，家裏不夠豪華，氣派不夠大，行動不像豪富，雖然可以，因為豪富的生活情形如何，創作者可以知可以不知，不符事實也不要緊，誰也不曾識遍天下豪富，焉知沒有一個豪富就是這樣的？就算沒有，創造一個又有何不可？

但如果寫到一個億萬豪富，有錢在銀行，卻又四出問人去借錢，且因借錢而受辱，這就是不合情理了。不合情理的創作，連最簡單的道理都講不過去的創作，就不會是好創作。

不符事實和不合情理的分別在此，不能把兩者混為一談的。

原刊於《眼光集》

天才

要當演員，非有天生的本領不可，簡言之，要有天才。

有的人，天生就是演員，不論他在公眾面前通過甚麼形式來表演，都會使公眾感到：演得真好！

演得真好的標準是甚麼呢？自然是公眾認為演得好——這有點玄了，像古龍小說中的對白，但情形確然如此。

有的演員，拚命努力去做戲，各種表情十足，也不能說他不是在演戲，可是公眾就是不接受，用戲劇演員的標準來衡量，他把該做的全都做到了，有甚麼不對呢？是沒有甚麼大不對，不對的只是公眾不接受，反倒不如另一個一點也不認真，隨隨便便，對於戲劇理論全然不通的演員。

這種情形，有時真會氣死人，這實在是沒有辦法的，因為演戲是要靠天才的。

有表演天才的人，即使以前從來也未曾有過表演的機會，但只要有一次，就會光芒四射。

原刊於《眼光集》

突破

近來，在表演界（杜撰名詞）中流行的是「突破」。所謂突破，是一種改變表演者原有形象的一種行動。

突破，對從事表演工作的人來說，十分重要，一個好的演員，絕不能囿於一個或兩個形象，而必須不斷突破，不但在工作上，在公眾印象上都要不斷突破。

公眾的印象其實是很脆弱的，絕不像想像中那麼牢固，十分容易改變。表演工作者不可以被它迷惑。要知道，你原有的公眾印象是怎麼來的？並不是觀眾給你的，是你自己創造的。既然能創造甲印象，為甚麼不能再創造乙印象、丙印象？只要真有創造各種不同公眾印象的能力，不妨不斷進行突破，公眾一樣接受。

一向給人印象是柔弱的女性，忽然在愛情之前堅強地站了起來，公眾在開始可能會感到驚愕，但只要她真是堅定不移，不必很久，很快，公眾就會接受。

表演工作者和公眾之間的關係，是表演工作者創造了形象，等公眾接受；並不是公眾塑造了一個形象，要表演工作者去適應。

所以，有才能的表演工作者，要不斷突破，不單是表面的突破，還應該追求內在的突破。

原刊於《眼光集》

文化活動

久已乎未曾聽人叫嚷香港是「文化沙漠」了。事實上，以香港這樣一個小地方，五百萬人，忙於奇蹟般的生產勞動之餘，就算各項藝術文化活動少一點，也實在情有可原。而事實上，香港非但不是文化沙漠，而且各項文化藝術活動之多，已多到了沒有一個人可以擇其主要者都參加的地步，香港人也真足以自豪矣。

以歌唱藝術而論，各種大型的演唱會之多，紛至沓來，有號召力的歌者，可開大型演唱會連開十場，可以有八萬人次欣賞，這真是相當可觀了，而且，這一類的演唱會，票價不算便宜，但是群眾一樣洶湧搶購。

歌唱藝術還有一個相當奇特的現象，就是以香港之小，中國大陸之大，但是歌唱藝術卻由香港作對中國大陸的反輸出，香港的歌唱家到了中國大陸，無不大受歡迎，萬人空巷，香港人士真又可以驕傲之至了。

或許有人會說，流行歌曲不算是藝術，不能列為文化活動——由得那些人去說好了，在那些人的心目中，全世界都是文化沙漠，他們不愛時代歌曲，絕不能貶低流行歌曲的地位，廣大群眾熱愛流行歌曲，流行歌曲的地位就屹立不倒。

原刊於《眼光集》

舞蹈藝員

很久（十多年前）就已經讚揚過電視舞蹈藝員的工作，他們和她們的工作，十分使人敬佩，在舞台上，他們只是陪襯，可是如果沒有了他們的陪襯，在台上的主要人物將會何等寂寞！觀眾的視聽享受，又會打多大的折扣，他們的出現，烘托了舞台上的氣氛，使得一個表演完美，是表演中不可或缺的一部份。

他們的姓名不為觀眾所知，電視台方面，也照例不作個別介紹，就算有時是一個人或兩個人的單獨表演，也一概歸入「舞蹈組」之中，而當他們集體演出之際，一切全配合組織得如此之好，每次演出之前，必然經過長時間的排練，才能達到這樣的成績，而且在表演之際，人人都那麼投入，那麼認真，若不是本身真正熱愛舞蹈的話，只怕絕無法成為舞蹈藝員的。

前些日子，有機會在三小時的節目中欣賞舞蹈演員的演出，讚嘆於那麼年輕貌美的男女，用他們身體的優美動作表現他們所要表達的，在休息時間內，又看到有的在不斷地練習將要演出的動作，真正受到了感動：熱愛自己工作的人十分幸福，或許他們或她們絕不要人表揚，但在他們或她們的表演中得益的觀眾，卻不應吝嗇讚美。

原刊於《眼光集》

喜惡

觀眾對於表演工作者，實在是極其寬容的。表演工作者有一分才能，觀眾可以將之擴大成為三分；表演工作者有三分才能，在觀眾心中，已經感到十分了。

觀眾這種寬容的溺愛，對表演工作者來說，有時是好事，能使他們在剎那之間成了公眾熱愛的人物；但是也有害處，因為會使某些表演工作者以為自己真的有十分本事，可以不求上進，不作努力了。

觀眾對於表演工作者，實在也是十分嚴酷的，歡喜的時候，甚麼錯處都不要緊，一下子要是不喜歡起來，十二分的努力也會換來倒彩聲。觀眾的這種嚴酷，對表演工作者來說，有時是好事，可以使他們不敢胡來，但是有時也有害處，再大的努力，也會變成白費。

以上的兩段話，看來是自相矛盾的，但一點也不矛盾，事實正是如此。

至於觀眾在甚麼的情形下，會對表演工作者寬容，甚麼情形下嚴酷，是全然沒有規律可供捉摸，全然沒有理由可供研究的——誰要是能掌握了觀眾的喜惡，那麼，他就可以成為天下最成功的演員了。

盡自己的力量去做，其餘，似乎只好聽天由命，成敗的關鍵，更屬於玄學的範疇的事。

原刊於《眼光集》

喜劇

自古至今，喜劇這種表現形式一直為廣大群眾所喜愛，能使人樂而忘憂，能使人心情開朗，好的笑話，可以傳誦千古。

喜劇演員是全靠天才的。有天才的喜劇演員，在台上一站，就會引起全場觀眾的哄動，他在台上的一舉一動，就開始控制了觀眾的情緒，把觀眾從一個歡樂帶往另一個歡樂。

而最考喜劇演員的場合是舞台。

演電影電視，演的時候，想當然觀眾會笑，但結果觀眾不笑，表演者本身並不在場，自然免去了尷尬。

但是在舞台上表演，目的是要觀眾笑，而場中沒有反應的話，那多麼尷尬！

所以，沒有喜劇天才的表演者，千萬勿嘗試在舞台上演出；而有天才的演員，也不要吝嗇，要上舞台去，把歡笑直接地帶給大眾。

原刊於《眼光集》

星探

常聽得電影製片人在嘆氣：「這個角色，要是×××年輕十年（或二十年）就好了。」十分之「懷舊」，在他心目中的那個演員，他認為很適合演他的戲——如果是二十年（或十年）前的話。

演員的年齡和戲中角色的年齡之間，是可以有差距的，但差距不宜太大，而且年輕演員演年老的角色可以，年老的演員演年輕的角色自然吃力不討好。最好，自然是年齡相若。篇首的那種感嘆，自然是由於演員雖好，奈何太老而發的。

可是奇怪得很，總是回頭看的人多，向前看的人少。難道真是除了「×××」（隨便一個人的名字），就沒有人可以擔當這個角色了嗎？當然不是，有很多，但是那得去找，去發掘，不像向後看，現成有一個人放在那裏這樣容易。所以，有一種行業稱之為「星探」，實在是很了不起的，有眼光把一個普通人變成好演員。

香港電影電視界好像沒有專業的「星探」，星探的工作大都由從業人員兼職了，當然，不如有專職的星探好。專職的星探，就有一眼看出去，就看到甚麼人可以成為大明星的本領。

原刊於《眼光集》

選美會

我對選美會的看法，一直是將之當作是一個大型的、有許多人參加、有更多人旁觀的一種遊戲。

社會需要娛樂，需要遊戲，需要輕鬆，所以，選美會這種形式的遊戲，就能引起社會公眾的興趣，人人矚目，個個留意。

但是，不可忘記，遊戲，只不過是遊戲，卻不可太認真，太認真，就失去了遊戲的本質。遊戲可以隨隨便便進行，可以輕輕鬆鬆進行，參加者可以擠眉弄眼，不當一回事，旁觀者可以嘩然大叫，增加熱鬧氣氛，且要不損及遊戲的原則，只要能增加遊戲的熱鬧氣氛，皆可進行，因為本來就是遊戲！

若是認真，自然也無不可，但有一種人是連遊戲也咬緊了牙關，認真非凡的，但那決不是多數人對遊戲的態度，可以不必去照顧他們。

也有的人說，雖是遊戲，但關乎參加者的前途，怎能不認真？持此說者，不妨查一下歷屆選美結果和成就的記錄，就可以發現，第一名和第四五六名，與日後的發展機會根本不發生關係，極多四五六名反比一二三名發展得好的例子在。

遊戲，一定要玩得輕鬆隨便，不必咬牙切齒。

原刊於《眼光集》

眼神

常聽得一種說法：表演工作者最重要的是眼有神。這句話其實十分模糊，沒有一個確切的意思。甚麼叫眼要有神呢？這個「神」字，代表了甚麼，真是玄之又玄，只可意會，不可言傳。

而這句話是得到了公認的，如果說眼有神，是說演員必須目光炯炯，如電射，如火炬嗎？好像也說不過去，莫非眼神迷濛的就不能做演員了？當然不是，有時，迷濛的眼神淒迷動人，就有極強的感染力。

早幾年，「樣板戲」的演員個個橫眉怒目，這算是有眼神嗎？演員自己累不累，不得而知，至少觀眾累得可以。

眼神自然是人類臉部表情之中最重要的部份，可以在難以捉摸、不能定型的種種眼神之中，表達出種種內心深處的感情來，或者說，內心的種種感情，可以通過眼神來顯露，來使觀眾知道角色的內心世界。

既然每一個角色都有不同的內心世界，所以眼神也不應該有固定的表現形式，一定要通過內心感情而變換——只有固定形式的眼神，這個演員就只能演一種角色；只能演一種角色的演員，自然不是好演員。

原刊於《眼光集》

演員

演員塑造形象，常聽到有這樣的嘆息：身不由主！

意思是說，演員自己定下了一個目標，要這樣這樣，可是角色一派下來，計劃好了要演正派小生的，派的卻是反派歹角，這就無可奈何，更嘆一聲身不由主了。

又或者，演員自己心目中要這樣這樣，可是偏偏導演一聲令下，要那樣那樣，南轅北轍，截然相反，也就只好長嘆一聲身不由己了。

要舉例子自然還可以舉很多，但大抵類此。這種喟嘆，其實理由似是而非，不能成立。因為若是一個好演員，不論演的是甚麼角色，都能在這個角色之中演出獨特的形象來。既稱「演」員，就要能「演」，能進入各種不同的角色之中，若是竟然不能「演」，只能固定一種，那實在早點改行，比浪費青春來得好。

觀眾對演員的要求十分苛，毫無情義可言，今日能演，觀眾喜歡，他日才盡，觀眾不喜，其間絕無「憐老恤貧」之情，也無「念舊顧全」之心，所有從事表演工作者不可不知。

所以，自己計劃的形象，若是遇到了不能發揮的環境，唯一的方法，就是趕快改弦易轍，適應新環境，不然，倒下去的只是自己。

原刊於《眼光集》

音樂

音樂真是很奇怪的東西，可以突破語言的界限，使人領略到音樂中所要表達的東西。近半年來，不少日本音樂家的作品，在香港大受歡迎，熱烈程度之高，很有點出人意表。像五輪真弓，像澤田研二，像谷村新司，他們在唱些甚麼，聽得懂的人極少，但一樣得到熱烈的擁護。喜歡那些日本歌手的歌唱人之中，聽得懂他們在唱些甚麼的人，只怕不到十分之一，但音樂給人的感受，卻大家都可以領略得到，管它是用甚麼語言唱出來的，聽不懂歌詞，反倒更好，可以各憑旋律，自己去作想像，如同觀賞印象派的畫一樣。

原刊於《倪匡三拼》

忠於原著

講起舞台表演，想起了近年眾口交譽的兩齣舞台劇。兩齣劇，都改編自金庸小說，一是「喬峰」，一是「雪山飛狐」，皆以粵語演出。遺憾的是，兩劇上演之際，都未能去欣賞。而「雪山飛狐」，蒙參與工作者之一，寄了一本劇本來，拜讀之下，不禁大是心服，劇本寫得再好沒有，再加上巧妙的舞台技巧的運用，難怪金庸看了之後，也大為滿意：「三小時之間只有一個場景，絕無冷場，是小說改編戲劇的最佳例子。」（大意如此。金庸當時的讚語，自然無法每一個字都記得住。）

劇本好，好在甚麼地方呢？看畢之後，掩卷一想，恍然大悟，曰：忠於原著。

金庸小說，人物性格鮮明，故事情節緊湊，每一句對白、每一個動作，都是一位大小說家的傑作，不是出自普通人之手的作品。

所以，在改編成為戲劇之時，若是忠於原著，自然事半功倍，實在不必再去改動甚麼，理由很簡單，因為當代不會有甚麼人的寫作能力比金庸更高，那就照他寫的拍算了，改動則甚？

原刊於《眼光集》

主角和配角

從事表演工作的，沒有人喜歡當配角，人人都喜歡當主角。非但要當主角，而且演出的機會多多，所謂「戲要多」者是。

一直很不明白這種「戲要多」的道理，一樣的酬勞，照說應該是工作量愈輕愈好。但是演員卻不然，喜歡工作量愈重愈好。當然，這和演員特種行業有關，工作量愈重，和公眾的接觸面就愈廣，愈能為公眾所接受，愈容易「紅」。

所以，人人都想當主角，沒有甚麼人想當配角，因為配角和公眾接觸的機會少。

可是，任何戲一定要有配角的，不可能人人都是主角，那怎麼辦呢？

於是，有的人不情不願地當配角，有的人敷衍了事地當配角，有的人根本不把自己當角色地當配角。

但是，也有人認真地當配角，投入地當配角，把戲中無關緊要的角色當作頭等重要的角色。因為這一類人明白：如果連配角也當不好，怎麼能當主角呢？

主角和配角的地位並不是永遠不變的，既然會變，就請努力創造讓它變的條件。

原刊於《眼光集》

自然

人是地球上唯一能用面部肌肉的變化來表達內心感情的動物。所謂「利用面部肌肉的變化」也者，聽起來好像十分玄奧，其實，就是人的面部表情而已。

有表情，表情可以表達內心的感情，這才有了表演事業，不然，演員想表達歡樂，非得高叫「我好快樂」不可，要表達悲哀，也只好高叫「我好傷心」。但現在，誰都知道，演員不必如此，只要靠臉上的表情，就可以把內心的感情傳達給公眾。

表情是人人皆會的，每一個人都懂得如何用表情來表達內心感情，這是人的天生本能之一。但是，卻並不是每一個人都可以作演員。因為演員的表演是一種藝術，凡藝術，必與自然有所不同，所謂「藝術加工」，表演藝術也不能例外，一定比自然的情形誇張，要使其他人更能感覺得到，更能傳達角色所需要告訴觀眾的內心感情。

常聽得一些評語：這個演員演得真自然。這種評語是好評，可是不很符合實際情形，他演得看來自然，其實，其間一定給予藝術加工，而且由於控制得恰如其分，所以才使觀眾看起來覺得自然，那並不是真正的自然，而是加工後的自然。一個好演員，至少應該明白這一點。

原刊於《眼光集》

【第三章】洞天

吃人魚

養魚、集貝是我的兩大嗜好，「玩」得轟轟烈烈之際，真有驚天動地之勢。同道者引為同志，不好此道者目為癲狂。

三五個月不見的朋友，見面，每問：「你現在在玩甚麼？」一次酒會之中，遇到這樣的問題好幾次，旁邊一位陌生朋友大訝，忍不住問：「你的興趣時時改變？何以每一個人都這樣問你？」苦笑回答：「其實也不是常改變，大約兩三年一換，但因為每次『玩』，都『玩』得十分徹底，非到自認為專家程度，不肯罷手，同道者引為同志，不好此道者目為癲狂，所以才會給人如此印象。」陌生朋友略為明白，大約覺得這個人有點可怕，略退兩步，搭訕走開去，而且頻以奇怪的神色回顧。正值此際，又一個多時不見的朋友過來，大聲問：「你現在在玩甚麼？」陌生朋友頗有駭然之色。

這裏所指的「玩」，指一種嗜好，是一種業餘消遣。近二十年來，熱衷過許多種性質截然不同的業餘消遣，當沉湎其中之際，樂趣無窮，而興趣忽然消失之後，可以不加一顧。由於變得多，而且性質不同，是以聞者頗以為異。譬如説收集郵票和收集貝殼，這可以説兩樣全是收集，但忽然興趣轉到做木工方面去，就有點古怪了。

在沉迷過的嗜好之中，頗有值得一提的。至今，兩大嗜好，簡直已是專家級水準，雖然已經放棄，但，在玩得轟轟烈烈之際，真有驚天動地之勢。兩樣嗜好，一樣是養魚，一樣是集貝。而尤以集貝為甚，不但自己拍照，出專講貝殼的書，而且還替外國貝殼雜誌寫稿，儼然專家身份，這身份倒不是「蓋」的，台灣集貝名家藍子樵先生可以證明（時報週刊曾介紹過藍子樵先生）者也。

且聽逐樣道來！

養淡水熱帶魚，不但缸數越來越多，而且缸的尺寸也越來越大。缸上加缸，由地板直到天花板，換水時要出動長梯。而且在報上闢一專欄，專寫養魚之事，筆名「九缸居士」。

説到養魚，應從淡水熱帶魚開始。剛開始時，不過一隻二十四吋的魚缸，貪好玩，孩子小，買點五顏六色的魚回來逗孩子喜歡。怎知一養上了癮，簡直一發不可收拾，一缸又一缸，不但缸數越來越多，而且缸的尺寸也越來越大。缸上加缸，由地板直到天花板，換水時要出動長梯，而且在報上，闢一專欄，專寫養魚之事，筆名「九缸居士」。其實何止九缸，二十九缸也不止，弄得家裏的地板，無一日乾爽，花在魚身上的時間，多於工作時間三倍，全盛時期，家裏成為水族館，可以供學生參觀，真是漪歟盛哉。

「竹葉」魚在夜間發聲，鬧得闔家驚怖，另一對睎魚，則動不動就離缸出遊，但是到驚心動魄，是最後一大缸「吃人魚」。

在養淡水熱帶魚的過程中，有些趣事，例如一種叫「竹葉」的魚會在夜間發聲，鬧至闔家驚怖。一對睎魚，動不動離缸出遊，這種魚不怕離水，從床底下，花盆邊捉回來不下十餘次之多，但論到驚心動魄，是最後一大缸「吃人魚」。

收養這一大缸吃人魚之際，養魚的興趣也漸淡，養魚的興趣一淡，有一件苦惱事，就是魚缸和全套濾水設備，無處安置。那時的魚缸，已經全是四十八吋乘二十四吋的大缸，連缸底的沙粒等等，體積重量，盡皆驚人，就這樣拋掉，當然可以，但未免可惜，於是考慮下來，送人！

有東西送給人，再也想不到惹了一肚子氣，而且還要苦苦哀求：

「要不要魚缸？連全套濾水保溫設備！」本人語氣溫和，充滿行求之意，目光溫柔，如對情婦。

「嗯，這個——」對方語意遲疑。

「包送到府上，本人自行搬運，貨車費由本人負責！」連忙加上優待條件。

「好吧，明天來看看！」對方卻極勉強。

「甚麼時候，叫內人開車去接！」條件真不能再優厚了吧！

「吃人魚」原產地在亞馬遜河，常在電影中被用來作處置異己的工具，對這種大名鼎鼎的魚，自然心嚮往之，嗜好熱衷之際，可以跋涉十餘里去看自己喜歡的東西，比赴約會還起勁。

次日，對方來到，一看，大搖其頭。

「不要！」對方簡直冷酷！

「怎麼啦？包不漏水，全是最好的玻璃，就拿一個去吧！」幾乎沒跪下來哀求。

「太大了！不合用！」十多年的朋友，就這樣掉頭不顧而去！

二十多隻缸，每一隻都經過一番波折，才送出去，想起當初訂製時，日企夜盼，向製缸朋友好話說盡，還得出高昂的代價，真有不是人之感。

就拿買「吃人魚」那一回來說，記得有那麼一天，接到魚店的電話：「有一批吃人魚，要不要來看看！」

聞吃人魚之名久矣，吃人魚，原產地在亞馬遜河，有關這種魚的記載太多，在盛產這種魚的河流，若是一不小心伸手入水，再縮回來，可能已少了一隻手指。一群野牛渡河，到河中心可能已只剩一些白骨，而且電影中還用來作處置異己的工具，大都由一些科學怪人使用，對這種大名鼎鼎的魚，自然心嚮望之。在圖片書籍中，也屢睹尊顏，曾在一家水族館見過一條，看來呆頭呆腦，但魚身閃銀光，鰭處鮮紅色，十分美艷，所以接電話後，欣然往觀。附帶說一句，當嗜好熱衷之際，可以跋涉十餘里去看自己喜歡的東西，比赴女朋友約會還起勁。

到了魚店一看，約有一百餘條，每條不過指甲大小，因為不習慣魚缸環境，全身發黑（許多種魚都有這樣的毛病），看來並不起眼，由於還有一隻大缸，當時豪氣一生：好，全要了！

倪府成了孩子聖地，人人爭看「吃人魚」表演，自冰箱中取出雞腿一隻，用繩縛好，放下缸去，眨眼之間，提起繩子，已只剩雞骨。於是觀者大悅，老妻大怒。

一百多條吃人魚到了家裏，開始一個月，也沒有甚麼特別，餵之以蟲。但一個月之後，魚有一寸長時，發現每天少幾條，而又不見跳出缸外，真是怪不可言。一日專心注視，這才發現，原來全缸魚皆在飢餓狀態之中，由飢餓而產生自相殘殺。一條魚只要被另一條咬上一口，就成了其他魚追咬的目標，片刻之間，屍骨無存，速度之快，吞噬同類之際的那種兇殘，看得人目定口呆，半晌喘不過氣來。

於是，餵之以魚肉、牛肉、雞肉，逢肉必噬，魚身也越來越大，有三寸了。那時，倪府之中，成為孩子聖地。孩子一到，就看吃人魚，而且一定要求「表演」。表演的方式是，自冰箱中取出雞腿一隻，用繩縛好，放下缸去，只見缸水翻湧，魚身閃光，眨眼之間，提起繩子，已只剩雞骨。於是觀者大悅，老妻大怒。可憐吃人魚飼養期間，本人至少有半年未吃過雞腿，全叫吃人魚吃去了。這樣對父母，可能已變二十五孝。但這樣對吃人魚，結果如何呢？有一次不小心，伸手入缸，想去撈一個魚頭出來（魚身已被同類吃掉），真是說時遲，那時快，手才伸進水中，電光石火之間，指間一涼，心知不妙，立時迴氣縮手，中指末節，已經連皮帶肉，不見了瓜子大小一塊。鮮血滴進缸中，剎那之間，由於眼前奇觀，竟忘了疼痛。

天氣驟變，一缸魚竟遭凍死，傷心之餘，把一隻大水缸都送給張徹，作了「哪吒」一片的水底佈景。

眼前奇觀是，血一滴進缸中，全缸六七十條吃人魚，突然呈現瘋狂狀態，在缸中來回飛竄，撞得玻璃拍拍有聲，有的甚至躍出水面。其時正俯身，臉面頗接近水面，當真是魂飛魄散，尚幸反應快，立時直身，要是慢得半步，可能如今只剩下半隻鼻子！

血腥引起的興奮，歷半小時方止，直到那時，才知道吃人魚的厲害。而也從那時起，表演也更精彩，一隻活青蛙放進去，所引起的血腥殘殺，參觀過的孩子，咸認為其刺激程度，在任何暴力血腥電影之上云云。一直到最近，還有一個壯碩青年，心有餘悸地道：「倪叔叔，那些吃人魚，還在不在？」十年前他看過，至今不敢忘。

吃人魚當然已不在，那年三月，天氣趨暖，收起了保溫的暖管，怎知第二天忽然轉冷，早上起來一看，全部凍得魚肚翻轉，死了，看一缸死魚，頗興了一陣「固一世之雄士，而今安在哉」之嘆。

至於大缸，本來着實傷神，不知如何送給人才好。可是人有時走起運來，真是擋也擋不住，恰好張徹拍「哪吒」，要一隻大缸作水底的佈景，一談即合，不必哀求，而且居然還是他派人派車來弄走的！

淡水熱帶魚的興趣，就此過去。

要是大家有興趣，下次再講別的。

原刊於《倪匡三拼》

寵物

人喜歡養寵物，養寵物的人，並不受年齡的限制，老的、少的都不例外。人為甚麼喜歡養寵物，是一件很有趣的事。不養寵物則已，養了寵物，對寵物呵護備至，關切不遺餘力，這可能是由於人的天性之中，有一種自以為主，而以其他生命為副的性格在內，這種天性，賜諸於人，被賜的人，一定大起反感，過份的關切呵護，其最終的結果，必然是引起反感，雖親如父母子女，其結果不變，因為每一個人都有自立為主的天性，誰肯一直被人當寵物一樣來養着？所以，人就只好去畜養其他動物來滿足這種天性了。

寵物之中，最普通的當然是貓和狗，鼠和魚，兔和鴿，等等，要例舉，是不勝枚舉的，大抵以善良馴者為主，但也有本來極其兇惡的動物，成為寵物的，有人養獅、虎、豹、山貓，也有人養鱷魚，更有本來極其醜惡的動物，也成為寵物的，有人養蛇，有人養蜘蛛，曾見過一個人養蜈蚣的，他養的那條蜈蚣，足有近兩尺長，大半寸寬，五色斑爛，看起來，完全是武俠小說之中，吃下去之後，可以抵得十年苦練之功的那種，一看到就起雞皮疙瘩，但畜養者卻一樣將之當成寶貝，一點不覺其醜，豈真是寵物是自己的好乎？

養蜈蚣、蠍子、蜘蛛這類毒物，還不算出奇，更出奇的是，竟有人養蛆的。蛆是蒼蠅的幼蟲，這種東西，別説看到，連想起來，都禁不住要打冷顫的，大抵世上的生物，再無如此醜惡可怕，令人噁心的了。初到北方，看到糞坑附近的蛆，又肥又大，還拖着一條長尾，像是老鼠一樣，真正是魂飛魄散，無法形容心中的恐怖，這種東西居然有人養，可算奇聞，但真正奇聞，還在後面，養蛆者還嗜吃蛆，譽之為天下第一美味，他是將蛆養在腐肉之中的，聲稱極之衛生，又説，養蛆，無論如何好過養人，只怕是傷心人別有懷抱吧？

心理學家説，從一個人喜歡養甚麼寵物，可以看出其人的性格和心理狀態，這種説法，應該是有根據的，但也並不盡然，一個小女孩好玩多於其他因素喜歡養蛇，她是不知道蛇的可怕，只覺得蛇的好玩。有一個時期，瘋狂養魚，一個對心理學有研究的朋友説：這是你渴望自由的反應。就很不明白何以自己渴望自由，反倒要將魚養在缸裏，又後來，對養魚的興趣淡薄了，莫非是不渴望自由了乎？只不過同一樣動物，有的人討厭，有的人喜歡，當然是由於各人心理狀態不同之故，好像世間並沒有一本書，是專討論這個問題的，有麼？

原刊於《沙翁雜文第二集》

過年

寫下了「過年」兩字，心中暗暗吃驚，因為發現自己對於過年，竟然在情緒上如此之厭惡。越來越討厭過年，這表示甚麼？

幾年之前，還沒有那麼討厭過年。十幾年前，對過年還沒有甚麼特別的感覺，大家熱鬧，也不妨湊湊興。幾十年前，對過年簡直是日企夜盼，興高采烈地迎接新年的來到，只盼一年可以過多幾次年。

這樣一想，恍然大悟，原來自己老了！

人到老了，就不歡喜變動，喜歡靜止。而過年，使靜止的日常生活大變動，早在十二月初，已開始感到過年的威脅，一切全要準備起來了。而等到日子一天一天過去，「快過年了」的聲音，也越聽越多，正常的生活要被過年打亂，莫名其妙地要準備一筆額外的支出，到時莫名其妙地套在紅封袋中派出去，又莫名其妙地有了好幾天的假期。

在過年的假期之中，是根本沒有休息的，所以稱之為莫名其妙的假期。在那幾天中，人家都忙着趕來趕去，平時交通暢順，大家有空的時候，偏偏不肯見面，一定要擠在那幾天，你來我往，拚命往人群裏鑽。

副食品的價格，也會莫名其妙的高起來，因為大家都在這幾天去買很多食品，好像這些食品只有在這幾天中就特別美味，在平時，不能入口一樣。一碗一碟的副食品，塞滿了廚房，一天一天看着，一天一天吃下去，這才算是「過年」。

然後，又是許多莫名其妙的零食，各種甜食、瓜子，嘰嘰格格咬着，劈劈拍拍叩着，這就是過年了。

再然後，就是各種各樣的賭博，家庭之內的賭，家庭之外的賭，人都沒有事情可以做了，除了賭，還有甚麼可以做呢？直版鈔票轉來轉去，大家發新年財，好像這幾天贏了多少，接下來的三百六十天就會財運亨通一樣。

又然後，徼天之幸，香港不能放炮仗了，要不然，莫名其妙的紅紙，在一個爆炸聲後散開來，使紅紙散開來的人會忘形縱笑。十歲以下的人放炮仗，還有一點喜氣洋洋的味道，以前，每見二十歲左右的人放炮仗，總有「白癡的典型」之感。

而如今，每當過年，還總有人在說：「沒有炮仗就不像過年」，阿門！

再然後，又怎麼樣呢？幾天的混亂過去了，但是要恢復正常，不是立即可以的事。恢復正常，至少在一個月之後了。

過年前，過年後，總有一個月，是混亂而莫名其妙的，這是今年對過年的一種特別強烈的感覺，這種感覺，是極度厭惡的。

也有人，年紀大了，一樣喜歡過年，喜歡那種莫名其妙的混亂和熱鬧，興高采烈地投進傳統的生活之中，真正享受着過年的樂趣。

何以會如此討厭過年呢？原因似乎有另外檢討的必要，或許是出於一種根本上對生活的困倦。這個困倦感，有時是很致命的。

困倦，身體在有困倦感的時候，可以休息，躺下來，睡一覺，體力就恢復了。但是，心理上困倦的時候，應該怎樣休息呢？

這個問題，好像世上沒有人回答得出。其實，答案是有的，只有一個，很簡單，也很明顯，可是沒有人願意說出來，也甚至沒有人願意想，困倦演化為厭倦，平常日子，還可以這樣敷衍過去，一到了過年，要花精力去動，去變，厭惡之感就來了，不可遏制，甚至要公然發而為文，真是不可收拾。

※　※　※　※　※

附記：本版編輯來電，稱：快過年了，寫點應景文字。本來應該熱熱鬧鬧，高高興興，講點童年過年趣事（傳記體裁），或發表一些未來的展望（偉人發表意見體裁），或者抒情一番（文學家體裁），或者結合時事，發揮一番（政論家體裁），再或者，仁義道德一番（教科書體裁），又甚或者，讚揚傳統習俗一番（道德重整委員會會員體裁），皆可。

但是偏偏不，一提起筆來，就是「厭惡」、「莫名其妙」、「困倦」等等，等等，真是莫名其妙得很。

只希望至少還會有一些人，就算只有一個人也好，與自己有同樣的感覺。

真正只有自己一個人有這樣的感覺，那也無法可施，因為，這畢竟是自己真實的感覺。

※　※　※　※　※

過年了，恭喜發財！

原刊於《倪匡三拼》

好吃

筆者不但喜歡搜集貝殼，而且，對一切軟體動物，都十分好吃。軟體動物真是動物中最可愛的，對人類毫無侵犯，卻供給人類多種多樣，滋味豐美的食物。軟體動物之中，美名最著的自然是鮑魚，「鮑參翅肚」，是四大美味，鮑佔其中之一。鮑在軟體動物中，屬前鰓亞綱，原始腹足目，對鰓族。和著名的龍宮翁戎螺是同一族的。蠔也是一種著名供人食用的軟體動物，淡菜是另外一種，用滾水燙得半生不熟的蚶子，真是一絕，響螺「滋陰補腎」，避風塘中一碟炒蜆，可以吃得人口水直流，真想不出還有甚麼好吃得過蛤蜊燉蛋的了！

東風螺是最普通的美味，也是海洋中近九萬種軟體動物的一種。東風螺普通地分，可以分為泥東風螺，和方斑東風螺。後者俗稱「花螺」，以手指頭大小者最合時，在動物學上，精細地分，可以分為四種，那是不必深究的了。今日，看到一個中醫在報上撰文，提及東風螺，引原文一段如下：「當然有一部份食品，如東風螺之類，裏面可能有吸血蟲盤潛着，人吃了這種螺，那末吸血蟲也就會在人體中長大起來，所以衛生行政當局三令五申不准販賣這種東西。」將這種罪名加在東風螺身上，真可以說是最大的「冤獄」了。

日前引述那位中醫的文字，請各位翻出隔夜報紙來看看，就可以發現其謬誤之處，稍有現代科學知識的人，就不免要搖頭嘆息。首先，沒有一種蟲叫「吸血蟲」，正確的名字，應該是「血吸蟲」。而東風螺和血吸蟲之間，可以肯定說一句，絕對沒有關係，和血吸蟲有關係的一種螺，也是軟體動物，其所謂「樹大有枯枝，族大有乞兒」，這種敗類，叫作「釘螺」，屬於淡水貝類，水陸兩棲，是日本血吸蟲的中間宿主，血吸蟲傳染到人體，也不是因為人吃了螺肉，而是血吸蟲在螺體內成長之後，從皮膚中鑽進去的。

血吸蟲如何生長、發育，如何進入人體，造成何等樣子的危害，根本不值多述，因為任何初級醫學書籍中，都有提及。如果真有甚麼衛生行政當局因為血吸蟲而不准販賣東風螺的話，那麼，這個衛生行政當局，也可以收檔了。東風螺是極佳的美味，人人可以放心進食，不論白灼、用豉椒來炒均可，下酒送飯，並皆佳妙。

原刊於《沙翁雜文第一集》

黃霉

上海人稱「黃霉天」，此間稱「回南」，再沒有比這種天氣更討人厭的了，甚麼東西摸上去都是濕的，天空説晴不晴，説陰不陰，説冷不冷，説熱不熱，階磚會出水，人會頭痛，碰上這樣的天氣，唯一對付的辦法，就是開其冷氣，求其乾爽。香港人一般住的房子，還算是好的，要是在鄉下，遇上這種日子，牆上全是一搭一搭的霉斑，還會爬滿四腳蛇，想起來，也有點不寒而慄，黃霉天通常會持續一個相當長的時間，接之而來的，便是酷熱，在黃霉天時，埋怨不已，但是一到了酷熱的夏天，想起來，倒寧願是黃霉天了。

黃霉天，也有寫作「黃梅天」的，因為在這種天氣的時候，梅子黃了，由酸變甜，極其可口。「三星白蘭地」、「五月黃梅天」，且成絕對。在上海，五月才是黃梅天，在香港，過農曆年而有黃梅天的味道，實在有趣。提起梅，是一種十分可口的果子，香港堪稱水果王國，甚麼果子全有，可是獨獨不見有梅子出售，上海小孩子最嗜的食物，便是白糖梅子，又酸又甜，價錢廉宜，然而此物不潔，十個家長有九個禁止進口，每次買了來，不是在外面偷偷進食，便是藏在秘密地方，慢慢欣賞，回憶兒時，倒有幾分明白為甚麼孩子不聽話的道理了。

做父母最「激氣」之事，莫若孩子不聽話，但每當因為此等事情激氣之際，回想一下自己做孩子的時候，是不是聽父母的話，倒真是可以消氣下痰的。看過許多關於兒童心理的書，大都是隔靴搔癢，完全是從成年人的觀點出發，來看兒童心理的書，而不是真正從兒童觀點出發的。自然，兒童不可能寫出煌煌巨著來。但是任何人，都有過童年階段，想想自己童年的事，童年時的想法，再來觀察現在兒童的行為，雖然不盡相同，但是雖不中，亦不遠矣。一句話是永遠適用的，那就是兒童的想法和成人絕不相同，自有一套，勸說、威嚇皆無用處者也。

原刊於《沙翁雜文第二集》

年糕

讀到一篇講寧波小吃酒釀年糕的散文，情詞並茂，真是少見的佳作。文中提及年糕在咬下去之時，會「稍稍反抗一下」，這是對好的、有咬口的年糕的最佳形容詞。年糕各地皆有，但以江南的年糕最勝，而江南年糕，又以寧波年糕最好。寧波年糕的學問相當大，米在未磨粉之前，先要長時期浸水，要浸足三十天，小時候，常聽外婆在嚐年糕之際，批評曰：浸水不夠時間。而製年糕者力言，已浸足一個月，後來查下來，原來該月月小，只有二十九天，所以磨粉製糕，有經驗者就試出味道不同，聽來已近乎神話了。

寧波年糕的吃法極多，在年糕舖前，吃火熱辣的年糕糰，無論裹油條或裹黑洋酥，都可列為一流美味。普通的吃法是炒年糕或湯年糕，而家庭中最普通的吃法是年糕泡飯，將年糕一條切成四五塊，和冷飯一起，放水滾即成，「泡飯」粵語稱「冷飯粥」，並不嗜，但江南人十分愛吃，年糕泡飯從天冷吃起，可以一直吃到來年天暖。年糕還有一種吃法，小孩最嗜，就是烤年糕，將年糕放在炭火爐上烤，烤到發出「拍拍」聲，糕身上另起一個一個泡來，糕皮稍有黃焦，糕身軟而極熟，一口咬下去，那種糧食的香味，真是難忘。

港人因為副食品的花樣，實在太多，所以對糧食味道的體驗，並不深刻，而且所吃的米太細，麵太白，實在已經無法享受糧食的真正味道了。穀打米打得太粗，麥磨麵磨得太黑，當然不好吃，很難入口，但是太細太白，雖然容易入口，也決不是好吃的，要適中的才好，米還不怎麼覺得，麵卻十分突出，一百斤麥，磨麵在七十五六斤左右的最佳，這種麵粉，在經過手力搓揉之後，就算是不加任何作料，就那樣放在水裏一團團煮熟了，或是放在鍋裏蒸熟，咬下去，糧食的香味，也足以使吃的人感到有得吃真是最大的享受。

五花豬肉，如今不算是甚麼好東西，若干嬌生慣養的小孩子或大人，可能連碰都不碰。一直對五花肉有好感，是因為若干年之前，大約至少有大半年未吃到肉了，有一次，看到人家在吃五花肉，肉香四溢，口涎不可遏制，如泉而湧，大概是那副饞相，引起吃肉人的同情，慨然施予一塊，那塊肥肉一入口，只覺得通體舒泰，如登仙境，一滴一滴的肥油，沒有一滴不在安慰着神經，那種滋味，是很難忘的。

「飢者易為食」，甚麼東西味道好？肚子餓的時候，甚麼食物都是好味道的。如果還覺得食物不好味道，那就是還未曾餓到透而已。現代人同樣很少有「餓而透」的經驗，而在餓的時候，還要從事體力勞動，那更是苦上吃苦。肚子餓是人的致命傷，任你是英雄好漢，一到肚餓而無法忍受之際，也英雄不起來了，所以，若真有可以憑意志而抵抗肚餓的人，應該是超人，而這類超人之中，最出色的，自然是聽到「嗟，來食」而掉頭不顧，寧願餓死的那位先生了。

原刊於《沙翁雜文第二集》

蜻蜓

在電視上看到片段蜻蜓生活的紀錄片，看到了蜻蜓在水中產下晶瑩的卵，紀錄片拍得極美，想起童年時曾撈了蜻蜓卵來養，養出了蜻蜓的幼蟲。天下最可怕的蟲，只怕就是蜻蜓的幼蟲了。這種蟲，有一個十分古怪而不通行的正式名稱，兩個字極冷門，俗稱是「六角蟲」。在玻璃瓶中的這種蟲，形狀之猙獰可怖，注視之下，會令人打冷顫，發噩夢，真是難以形容的醜惡和可怕，單看幼蟲，絕難想到這樣可怕的東西，會蛻變成形態優美飄逸的蜻蜓，豈真世界上很多美好的東西，全是由醜惡演變而來的？

他報有人在談蜉蝣，引用的語句中有「老蜉蝣看看年輕一代的蜉蝣」等語，不知原文出自何處，只怕是一種寓言式的描寫。因為蜉蝣是無所謂老一代、年輕一代的。一代蜉蝣，不超過二十四小時壽命，而牠的幼蟲，卻要好幾年時間才能變成蟲。蜉蝣的生命目的，只是繁殖，一變成蟲，便忙着交配、生育，甚至連食物也不需要，所以牠的消化器官是退化了的，根本不必進食。這樣的生命形式，除了蜉蝣之外，沒有任何一種生物相同，是極其獨特的一個例子，這樣的生命，有意義麼？真看不出有甚麼意義來。

由於蜉蝣的生命如此奇特，幾乎純粹是為生而生，所以古今中外的文人，對之特別有興趣，每以之喻人生，取其短促。蜉蝣的生命，倒是很乾脆的，連吃也不吃了，只求生殖便算，更是徹底。可是怪的是，蜉蝣的幼蟲變成成蟲的時間卻相當長，辛苦蟄伏一個長時期，為的就是幾小時的成長生命，這也是怪不可言的一種現象。何以幼蟲需要蟄伏如此之長久，和成蟲的生命如此不成比例，這似乎也沒有甚麼人可以解釋得清楚。昆蟲的生命極多姿多彩，有一個法國科學家寫過一本深入淺出講昆蟲的書，早年看過，現在好像找不到了。

蜘蛛不是昆蟲，是節足動物，有八隻腳，昆蟲只有六隻腳。蜘蛛是小動物中最奇妙的一種，仔細觀察蜘蛛的生活，可以帶來無窮樂趣。蜘蛛最奇妙的本領之一是會結網捕食——世事幾乎皆有例外，也有根本不會結網的蜘蛛——蜘蛛網是精美絕倫的藝術品，一張完整的蜘蛛網，掛着朝露，迎接晨曦，真是美不可言。這樣美麗的網，其作用是令得某些生命死亡，小昆蟲一觸網，就成了蜘蛛的糧食，看起來好像有其殘酷的一面，但如果一直沒有小昆蟲落網，蜘蛛就要餓死了，也一樣殘酷得很，天下事，真難論。

一日，忽有一蟲撲面，撥落地上一看，其物漆黑，有一節一節的長觸鬚，兒童不知何物，那是「天牛」。這種昆蟲，在香港倒頗少見，江南極多，小孩子捉了來，可在牠的頸際，找到一個凹痕，恰好可容細線嵌入，用細線在這個部位將之縛起，放長線，令其飛翔，十分好玩。天牛在飛的時候，翅相撲，會發出一種急促而有節奏的「拍拍」聲，而在飛翔之時，兩條觸鬚，上下揮動，狀甚威武。兵器之中，有「竹節鋼鞭」，可軟可硬，是相當厲害的外門兵刃，其製作靈感，可能就是從天牛的觸鬚上來的，那兩條，十足就是十三節軟鋼鞭！

原刊於《沙翁雜文第一集》

養烏龜

一直很喜歡養烏龜。

烏龜是一種很奇怪的動物，好像一點也沒有侵略性的樣子（看表面而來的印象，其實是最不可靠的，烏龜並不「吃素」，一樣會攫捕小魚小蝦來吃），也好像很笨，大抵也不會有甚麼思想。行動遲緩，耐性奇佳，要和烏龜比耐性，只怕其他的動物，都得敗下陣來。曾經養過一隻膽小的烏龜，一見人影，立時縮頭。有一次，和牠對峙，超過半小時，小膽烏龜硬是不肯伸頭，只好認輸。

烏龜的最大特點是壽命長，可以長到三四百年，烏龜的其他德行，不會有人羨慕，但是長命百歲這一點，卻很引起人類的欣羨。大約也基於這一點，所以烏龜竟然也攀上了四靈之一，很不簡單。

烏龜的品種十分多，不說生活在海中的，光是生活在陸地上和淡水中的，已不知有多少種，其數字，只怕要專家才能説得出來。普通人，能隨口說出烏龜有多少種嗎？只怕不能。

養龜是一種很普通的行為，小孩尤其喜歡，只怕是由於這種動物好欺侮，不會反咬飼養者之故——據説，要是叫烏龜咬了，不到打雷，是不會鬆口的，又據説，給烏龜咬過的人，會發大財。不過，據説畢竟是據説，誰聽説過誰叫烏龜咬過一口沒有？只怕沒有。

近年來流行的，被人飼養的烏龜，是一種綠色的小烏龜。這種小烏龜，原產地是南美洲，但已在各地繁殖成功，不必再自原產地運來。所以現在被人養的這種小綠龜，雖然源自南美，但不知道已是第幾代移民，南美洲是甚麼樣子，牠們肯定沒有見過。

這種小綠龜，其實也不易飼養，並不像想像之中那樣長生不老，小孩子飼養，大多數，到將近七八公分長時，就一命嗚呼，但也有例外，可以長得很大。現在養着的兩隻，一隻是姪子書航自小養大的，有二十公分長了（只算殼），另一隻，無意中購得，更大，接近三十公分，大約已到了這種烏龜長大的極限。小烏龜大了，一樣好玩，顏色沒有小時艷麗，可是體型優美，行動活潑，而且性格逐漸成熟，比小時候有趣。

那隻由書航養大的，揀飲擇食，餵牠的時候，用餵錦鯉的魚糧，這種魚糧，有紅色粒的，有綠色粒的。大抵，綠色的是植物所製，紅色的，可能有肉類在。那隻烏龜，就居然只吃紅色，不吃綠色。既不明牠是何原因，也無法強迫牠，只好罰牠少吃，可是牠看來其志甚決，寧願捱餓，也不肯屈就，甚有性格。

這種巴西綠龜，是水龜，可以長期養在水裏的，把牠拿出水來，就會現出很憂鬱的樣子，不思飲食，只揀陰暗的角落，把自己躲藏起來，懨懨一息，可是一放回水裏，就立刻改觀。

等到養熟了，只要一有人出現在缸邊，立刻會浮上來，一伸手，烏龜就會有想跳躍起來的動作。可惜牠的身子實在太重，騰身而上之際，雖然四腳一起發力，也只弄得水花四濺，跳是跳不起來的，最多只是把頭盡量伸得長一點而已。

烏龜也排擠同類，當餵食的時候，大烏龜就會利用自己身形較大的優點，把身形較小的一隻，壓到水下去，以利獨享浮在水面的食物，當其時也，姿態十分不雅觀，這只怕是任何動物的本性。

這一次，養那兩隻巴西龜，養得相當成功。以前有許多次失敗的經驗。有一次買到一隻樣子極可怖的「鷹嘴龜」，看起來完全像是混沌初開之後的原始動物，叫人聯想到恐龍之類的怪物，也相當大，約有四十公分長，可是養了沒有多少天，絕食，不動，以為烏龜不吃東西也不打緊，誰知道就此香消玉殞，可惜之極。

又有一次，買了一隻相當大的草龜，在龜殼邊緣上鑽一個孔，栓以繩子，養在陽台上。看來看去，覺得這隻烏龜一點也不快樂，只好將之送給一個在鄉村居住的親戚。後來這隻烏龜，長得極大，引起覬覦，卒以被竊收場，偷去的人，未必會養下去，只怕做了「滋陰補腎」的材料了。

大的淡水龜，十分難找，想養一隻大淡水龜，最好龜殼超過五十公分。這樣大小的烏龜，若是養熟了，看書看報紙時，寒冬午夜寫稿時，要牠來伏在腳下，作為擱腳之用，豈非大妙？不過找了十多年未見有。有一間酒家的經理，曾答應趁赴梧州買金錢龜之便代找一隻大烏龜來，結果也沒有找到。若有四方仁人君子，知道何處可以找到這樣一隻大烏龜來養養的，敬請告知，不勝感激之至。

烏龜，可以寫的還很多，這次，只寫到這裏。

原刊於《倪匡三拼》

豬

豬是十分可愛的動物。城市人很少注意這一點。城市人看到的豬，大都是已經剖開了，用尖銳的鐵鈎掛起來，雪白的脂肪，鮮紅的肉，等待作進一步宰割，零零碎碎被賣出去的那一種。

那時候的豬，已經喪失了牠原來的生命，而在履行牠生命中的最後義務，那似乎是豬的生命中唯一的任務，供人咀嚼，吞下去，化為人體內的熱能和營養。

豬可愛，尤其是小豬，出生才不多久，有十分古怪的容貌，下垂而跳動的大耳朵，毛細而疏，遮不住嫩白細紅的皮膚，跑起來極快，而最有趣的是那個打成小圈的尾巴。當一頭老母豬懶洋洋地躺着，十頭八頭小豬圍着牠亂拱亂鑽，搶着母豬的乳頭吮吸乳汁之際，是一幅十分動人的圖畫。

小豬甚至十分佻皮，佻皮到了可以和某些種類的狗或貓一樣和人嬉戲，小豬很喜歡跳，而且也頗有跳躍的能力，這種能力，一到了牠稍為大一點時就消失了，大約出生之後兩個月，那是豬的黃金時代——有時，黃金時代也過不了，因為有些小豬，會被挑選去作「乳豬」。

所有豬的食譜之中，乳豬其實是最不好吃的一種，但既然有人嗜吃，豬的黃金時代，也只好提前結束。

很多人一提起豬，想到的是髒和懶，吃了睡，長得胖胖的，甚麼工作也不做，等等。但是豬為甚麼要勤力、奮發、乾淨呢？當然沒有必要，因為不論牠怎樣，結果會是一樣的，或遲或早，被送進屠場，變成掛在肉枱上的肉，這是豬注定了的命運。隨便牠如何努力，想去改變，都不會有任何用處。

看起來，豬是十分聰明的——明知不論怎樣努力，都無法令事實有改變之際，再去努力，不是太愚蠢了麼？

所以，豬很聰明，如果牠會想，牠該想些甚麼？如果再聰明的話，連想也不去想，才是最好的辦法。

豬的命運是被注定了的，看起來好像十分悲哀，可憐得很。人是萬物之靈，自然可以居高臨下，憐憫感嘆一番，但是人若是能有機會，好好自己看自己，或是另有一種生物，居高臨下看看人，就會發現，事實上人……

事實上，人怎麼樣，每個人都可以加上自己的想法，不必勉強。

豬的生活方式，是根本已不在乎結果如何，結果一定是那樣，假設所有的豬都知道，所以豬才有了這樣的生活方式。

豬在飽食之際，和其他生物一樣，一定有一種生物本能上的滿足感。豬的食物很雜，幾乎甚麼都可以吃得津津有味，短短的一生之中，牠無所求，也不做甚麼，這是十分有趣的一種生活方式。

當然，在最早最早的時候，豬不是這樣生活的，野豬的生活方式和被養了來以屠宰作唯一目的的豬不同，雖然生命的結果殊途同歸，難免一死，但是野豬的一生卻多姿多彩得很，家豬和野豬，究竟哪一種生活更有趣，人無法代作決定，要由豬自己來決定——雖然作了家豬，根本已沒有了選擇的權利。

作為十二生肖之一的豬，頗使屬豬的人有一個尷尬的時期，那是在小時候：屬豬的，說起來，似乎不如屬虎來的響亮。

舍姪屬豬，小時候就鄭重宣佈：我屬豬，但是那是野豬，不是吃的那種！

筆者也屬豬，小時候也有同樣的想法，但年紀大了，覺得甚麼都一樣，不但甚麼豬會一樣，甚麼生物，到頭來也是一樣。

豬年寫豬，是一種應景，本來想寫寫豬的生活習慣，養豬的趣事等等，但是一提筆，就想起了豬的唯一的，無法逃避的結果，只好變成現在這樣子。

原刊於《倪匡三拼》

做木工

明朝有一個皇帝，喜歡做木工，我也喜歡做木工，倒不是想沾一點帝皇之氣，而是真正喜歡做木工。

任何手工藝的製造過程，都是從原料到成品的過程，可以給人創作上的滿足，眼看粗糙的原料，在不斷加工之下，變作成品，當成品在望之際，那種喜悅，是難以形容的。

閒話表過，且說做木工的經過。

之前〈吃人魚〉一文，最後提到我將各種大小形狀的魚缸，一一送出之後，家裏就多了不少空間，可以有地方放家具了，於是，向一家裝修公司接洽，請他們來做牆櫃、書架等等。裝修公司老闆來了之後，左量右度，又看看我花了兩夜畫好的式樣、大小的設計圖，一面看，一面搖頭，道：「你要做的東西，全是你自己畫樣子，很難做，又不規則，價錢方面，要貴一點。」

這是做生意人的一貫手法，倒不必計較，只是請他開一個價錢出來，裝修公司老闆裝模作樣一番，說出了一個價錢來，一聽之下，無名火冒三千丈，決定自己動手幹。從此開始了驚天動地的做木工，弄得幾乎因此喪命這是後話，暫且不表。

且說在聽了價錢之後，口中不言，心裏罵了二十多句粗言，將裝修公司老闆送出門外，轉身，就大聲道：「我自己來做！」

老妻處變不驚，只是淡然道：「你行嗎？」

「當然行！」壯懷激烈，一副充滿信心的樣子，「人家能做，我為甚麼不能做？」

老妻的目光仍舊冷淡（當年追求時，她的目光若如此，寧願打光棍），不加置許。

「就算不能，我可學！」決心甚大，毫不退縮。

老妻一向知道。郎心如鐵，只好一聲輕嘆，珠淚暗垂，秀眉緊蹙，再無言語。

學，也不容易。本來對木工已有一定認識，但真要做起來，不是那麼容易。躊躇間，恰好香港政府的「成人夜校」中有木工班在招生，於是報名，成為夜校學生，第一次上課，就傻了眼，原來老師是一個洋人，教的是洋人的做木工方法。

萬物皆有洋、土之分，連做木工都不例外。洋人做木工，木料和木料接合處，沒有「榫頭」，用的是上螺絲和上膠水，工具方面，連最基本的刨，也大不相同。鋸子用的是電鋸，各類大鋸，聞所未聞，甚至不知線鋸為何物，經我解釋一番，洋老們才恍然大悟：哦！原來是製造小提琴的人才用的那種鋸子！

原來的木工知識是中國式的，學了一點洋木工，來個華洋結合。生性不耐順序漸進，不到一個月，自以為無非這樣，已經精通，所以中途退學，開始實際行動。

在開始行動之後的若干時日，才想起一個笑話：某甲學字，老師第一天教一個「一」字，第二天教一個「二」字，第三天教一個「三」字。某甲就不肯再學下去，以為可以相應類推，到有一天要寫一個「萬」字，才感嘆寫字之難。

工欲善其事，必先利其器，做木工之前，自然得先準備工具。而且，自覺華洋結合，技貫中西，洋工具和土工具，不可或缺，以免埋沒天才，於是斥巨資，洋工具包括電刨、電鋸、電鑽、電磨滑機、電刨角機、洋刨，各種用法不同的強力膠水，各種尺寸的螺絲。土工具方面包括鋸子七八種，各種大刨小刨角刨圓刨，洋洋大觀，不下七八十種之多，工具買齊，堆在一角，負手而觀，繞室三匝，突然仰天長嘯。老妻怪而問之，答曰：「昔人練氣有成，仰天長嘯，今自覺自魯班先師之後，唯此一人而已，為何不吐氣揚眉？」

老妻目光冷漠，當初若知此，願意打兩輩子光棍！

工具齊備之後，自然是購買木料，根據成品大小，計算好需要木料多寡，一車一車向家裏送。辦事效率之高，自己也感到驕傲。一日之間，屋中木料堆積如山，沙發電視，餐桌坐椅，皆要讓路。

這其中，有一個小插曲，買來的木料，大多數是六分柳安夾板。這種夾板，為了防腐防蛀，都經過化學藥品處理，而化學藥品，散發一種強烈的氣味，不僅聞到了不舒服，而且刺激眼睛，會使眼睛紅腫流淚，以致有一段時間，不少朋友以為我家遭巨變，有當面不便明言，事後或多方打聽，或電話婉言相慰者，順此致謝。

萬事皆備，只欠動工。動工的第一步，自然是鋸開木料。所用的三匹馬力手提電鋸，在未曾使用電鋸之前，心想：那還不容易，但原鋸片切將上去，木板一定應手而開，還有甚麼問題的？甚至連一條直線也懶得畫上去。可是等到真的使用之際，才知道大謬不然。鋸片一轉，手已經有點把握不住的樣子，震得發抖，鋸片向木板湊上去，一連幾下吃不進去，木板已經缺了一個大口，好不容易鋸片切入，要鋸成直線，還真不容易，不是向左，便是向右，東歪西斜，開出來的木板，自己看看也不像樣，氣惱之餘，再去投師學藝，才知道要先釘一個鋸架，固定直線，始能如願，我當時，報廢的木料，已經夠好幾個櫃子之用了。

用電鋸的慘痛經驗，比較起用電刨的經驗來，還算是小兒科。好不容易開好木板，電鋸一上手，「刷刷」幾下，就已經去了兩三公分，尺寸不對了，當然無法再用，只好將所有的計劃改變，本來櫃高四呎，一律改成三呎十吋，那兩吋，就全變成刨花了！

電動工具之不易用，決非本人一人曾經此苦，和一些業餘木工談起來，幾乎人人皆有過這樣的經歷，可知天將降木工才能於斯人也，必需勞其筋骨，費其木材，不是一蹴可成者也，這且表過不提。

「鋸木工場」設在陽台上，陽台臨街，時值盛夏，赤膊上陣，布包蒙鼻，在陽台上那麼一站，街上經過的人看到已經幾乎要受驚，以為有強盜入屋。

等到鋸子一開動，木屑四濺，聲響強烈，街上途人佇足仰首而觀，場面就更加熱烈。在眾多人圍觀之下，頗有名角登台之感，更是意氣昂揚。有時為了酬謝觀眾的雅意，不免點頭揮手，有一次一個分神，電鋸的電線碰到鋸齒，一切而斷，電流通電鋸，震撼全身。當時只覺眼前一黑，一聲大叫未曾吼出，身子已被一股極大的震盪力彈出，向後直摔在陽台的欄杆上，總算命不該絕，未曾翻出去陳屍街心，及時抓住欄杆，而斷了電線的鋸子，卻因為震盪之力而直墮街心。一時之間，禍自天降，街心原來的圍觀者立時雞飛狗走，落荒而逃，本人已經嚇得面色和口唇皆青，冷汗與熱汗齊淋，混身發顫，目定口呆，似木刻之雞。結果，是國法家法齊至，警官數人痛斥一頓之後，繼以老妻一頓痛罵，當年若知老妻痛罵起來，自己會噤若寒蟬，寧願打三輩子光棍！

嘿嘿，若以為稍受挫折，便會使胸有大志的人就此退縮，那就大錯特錯，新電鋸當天就買來，不過吃一虧長一智，此後鋸木料之際，觀眾再多，也不敢絲毫分神了。

在工作的幾天中，家人遠逃，天怒地怒，人神共憤，唯有自己，自得其樂，滿頭滿臉滿身皆是木屑，出入自如。這一段時間，家裏客人望門而去，朋友飲宴，目為怪物。身子略一抖動，洗不乾淨的木屑簌簌而下，有一次在頭髮上順手一抓，抓下一撮木屑來，恰好鄰座是一位嬌聲細氣的貴婦，訝而視之，問：是甚麼？答：是頭蝨，這位貴婦當時表情之精彩，至今不敢或忘。

又有一次，陳觀泰說要來談劇本。心想陳觀泰是魁梧大漢，可以不必顧忌，一面做木工一面相候，門鈴一響，打開大門，還有一位盛裝女士同來，當時不但渾身木屑，且只穿內褲，而且內褲還是被汗濕透了的，其情其景，可想而知。自經此後，一有人開門，立時披衣，不敢再學晉人了。

開工之後的一切過程，應是細表，只怕要變「長編連載」，只好從略。一直等到衣櫃要裝櫃門之際，才知道「萬」字之難寫。成品擺好，所有朋友皆有好奇心，要來看看成績如何，於是招待參觀。厚道者連聲讚好，令人飄然。客氣者頻頻點首，令人陶醉。實事求是者不發一聲，令人納悶。只有一位老朋友，看了之後，只嘆一聲，道：「倪匡，我家裏有一張椅子，椅腳脱了榫頭，你可千萬別上我家去，求求你！」

生性愚蠢，一直不知道這位朋友這樣説是他媽的甚麼意思！

那一段做木工的轟烈過程，前後維持了約半年之久，各種工具投閒置散，生起鏽來，英雄無用武之地，看了十分難過。

到了年前搬家，正思名將可以復出，新居裝修，又可以大展手腳，老妻赫然震動，老眼圓睜，桃腮帶怒，聲若獅吼，大喝一聲：不准！

於是一代大匠，無所施其技，悲哉！悲哉！

不過幸而如此，如今得以安居，想想，打光棍究竟不好，夫妻感情仍如初戀時焉。

附記一・柏楊

柏楊先生也曾賣過坑木，賣了幾年，仍弄不清坑木是啥。猶如倪匡先生當木工，當了個天昏地暗對木工仍然混沌未開。怪哉。

附記二・古龍

倪匡記學木工，好友豈可不記，其弟亦記其一，倪匡製木，計有仿古馬桶一具，衣櫃一具，惜馬桶不能廄馬，衣櫃不能儲衣耳。

倪匡再記

其實又為古龍暗製棺材一口，惜古龍不肯躺耳。

原刊於《倪匡三拼》

十年一覺集貝夢

集貝，就是收集貝殼。那是一九六三年到一九七九年之間，本人最熱衷的業餘活動。說是說業餘活動，可是所化費的時間、精力，只怕十倍於寫作的時間，見者，咸以「瘋狂」呼之，但就是沉湎其間，樂趣無窮，一貝在手，終日不倦，考其學名，查其出處，逢人談話，三句不離貝殼，甚至有時想買一件衣服，算算價錢，可值某種貝殼一枚，因而寧願縮衣節食，去換那枚貝殼。

可是突然之間，對貝殼的熱情冷卻，興趣改變，集貝的熱情過去，轉向音響方面。於是，但聞新機唱，那管舊貝髒，移情別戀矣。

然而，十六年來，有始，也有末，倒也有不少事，可以記一記。

一個貝殼收集狂

是怎樣開始收集貝殼的呢？這得先從一種奇異的心理現象說起。這種心理現象，無以名之，只好稱之為「收集狂」。不幸，本人正是這種「狂疾」的患者。凡是一大類，其下又有許多分類的東西，都有收集興趣，例如郵票、洋酒、飼養各種熱帶魚、金魚（那是另一種形式的收集）等等，一旦開始收集，就不能自制，越多越好。

那一天，我逛百貨公司，看到櫥窗中有一盒貝殼，大約有十餘種，形狀、顏色不一，甚是可愛，就順手買了下來。那時候，心裏在想，集集貝殼，倒也不錯，相當有趣，如此而已。做夢也想不到，軟體動物有十二萬種之多，百分之九十九以上有貝殼，有的在沙灘上垂手可得，有的萬金難求。若是當日對軟體動物稍有常識，絕對不會墜入收集貝殼的陷阱之中，等到有了足夠的常識之後，已然一失足成十年恨，想要回頭，泥足深陷，幾經痛苦，才能自拔，已是遍體鱗傷了，真是為人處世，處處有陷阱，一不小心就會上當。

人和人之間，人和物之間的機緣，真是玄妙之極，像那天逛百貨公司，若是繞過了那個櫥窗不走，或是根本去看一場電影，不去逛百貨公司，看不到那盒貝殼，自然不會開始收集貝殼。那麼，許許多多生活在深達一千公尺海底的稀有貝殼，也不會到我的手中，也不會認識許許多多本來絕無可能認識的人，做了許許多多本來絕不會去做的事，一生的遭遇，都可能改變。

但是偏偏，就是在一個偶然的機緣之中，看到了這盒貝殼，買下了，於是一生的運命、生活，都為之改變，除了說那種機緣玄妙之外，似乎沒有別的解釋。

最近，在台北，走進一家專售蝴蝶標本的店家，看到琳琅滿目，各形各樣美麗之極的蝴蝶標本，收集狂大發，準備店中所有的，每樣都買一種，開始收集蝴蝶標本。幸而店主人做生意甚是死板，一定要照他規定的，一框一框賣，不肯拆散。驀地驚醒了癡狂人，不能有這個開始，於是落荒而逃。若不是店主人這一下子，如今早已忙於蝴蝶分類，標本儲存，哪還有甚麼時間來寫「集貝始末」！

和蝴蝶沒有緣，和貝殼的緣份，卻濃得化不開。

船自各地來，載有我的貝殼郵包

那一小盒貝殼帶回家中，原來盒中，只有普通俗名，也不知道哪一隻屬哪一類，本來興趣也不會如此高，恰好內弟學生物，有幾本關於貝類的書，借來一看，有幾隻貝殼，赫然在書中有圖片，一模一樣，有關貝殼的資料之詳盡，有趣之極，這才知道，每一隻貝殼，都可以寫一篇小傳。於是，致力於購買有關貝殼的書籍。

不多久，就買到了一本《世界貝殼和它的價格》一書。這本書，是美國馬文博士所著，不但所載的貝殼多，而且在每一枚貝殼之後，標上這枚貝殼在市場上的價值。更有甚者，是這本書的後面，附有世界各地，主要貝殼商的名單！

本來，對貝殼有了興趣之後，致力搜集，奈何貝殼的來源不多，海灘上拾了些，全是經過海水經年累月的沖刷，面目全非，有的不但色澤大變，連形狀也不復保留，根本無從查考。軟體動物大都可供食用，於是在飯店進食，來一盤「五味血蚶」，將蚶子殼帶回去，一打石蠔，蠔殼珍而重之收起來，「蛤蜊燉蛋」中的蛤蜊殼，可以從蛋湯中撈起來，「油泡螺片」的響螺殼，就非得上廚房去找不可。

靠這樣蒐集法，能收得了多少？一旦得了貝殼商的名單，如獲至寶。工欲善其事，必先利其器，於是，購最新型電動打字機一具，可惜打字學不會，就用一隻手指敲鍵盤，託人寫了一封「樣版」信，漏夜打了數十封，一一按址寄出。

信寄出之後，不到半個月，澳洲的回信來了，夏威夷的回信來了，威斯康辛的回信來了，加拿大的回信來了，斐濟島的回信來了，英國、法國、德國的回信來了，東非洲、南非洲、西非洲的回信來了，大都附有「目錄」，即貝殼的名字和價格，全都齊備，全部可以用郵購的方式，向他們購買。

那一陣子，其快樂真是無可比擬，擇其相宜者，在目錄上，不是一枚一枚的揀，而是整批整批的要，「我要全部，望能打一折扣」。世界各地的貝殼商，大約是看本人瘋狂得可憐，所以大都天良發現，紛紛主動打折扣，自六折至八折不等，人種無論紅黃白，具惻隱之心則一，由此可見。

各種不同幣值的匯票，一張一張，寄將出去，並且附加空郵郵包的費用。可惡的是，有的貝殼商，竟不理會花錢大爺的願望，硬說是空郵太貴，改寄海郵。海郵何等緩慢，日日看報上的船期，等船自澳洲來，自東非洲來，可能載有我正望穿秋水的貝殼郵包。

龍宮翁戎螺一枚，換電影劇本一部

時間一天一天過去，為了等郵包，茶飯不思，頭髮白了無數，總算一個郵包接一個郵包，陸續到達。

大約不到半年，貝殼的數量便迅速膨脹，有了一千枚以上不同的貝殼。直到這時，才知道大錯鑄成，無法回頭了。鑄成大錯的情形是，想不到各種貝類，竟有如此之多，如果早知道有那麼多，一定不會全部蒐集，而是集其中的一類。

例如，只集其中的寶貝科，只有三百種左右。或只集芋螺科，不過四百種，骨螺，六百種左右，渦螺，三百餘種，蛾螺，不到一千種，扇貝，兩百餘種而已，筍螺，不到一百種，翁戎螺更少，全世界已發現者不過十三種。

但是一上來，甚麼都收，加起來，可供蒐集的，有上萬種之多，貝殼一到，分門別類，登記儲放，大木櫃小木櫃，大玻璃櫃小玻璃櫃，替代了養魚全盛時期的魚缸。櫃上疊櫃，搖搖欲墜的情景，看得來客心驚肉跳，坐立不安，等到實在放不下之際，索性就在住所之旁，租了一個單位，做為放貝殼之用，「瘋狂」之聲，更不絕於耳矣。

日復一日，年復一年，貝殼越來越多，越集越精，要求已越來越高，普通貝殼，幾乎全已集齊，目標轉向稀有貝殼，首先向翁戎螺進軍。

翁戎螺這個名稱很陌生，但一提起「龍宮寶貝」，一定盡人皆知。龍宮寶貝，就是翁戎螺的一種。翁戎螺是極古的動物，具有雙心臟系統，生物學家認為早已絕種，到十九世紀，才在深海之中，發現了第一個活的標本，稱之為「活化石」。那是在生物學上極具價值的一種生物。由於它們在深海中生活，又極為稀少，想要獲得一枚它的貝殼，自然不是易事。

當時的正業之一，是撰寫電影劇本，電影界人活動能力強，活躍於港台兩地，曾公開宣稱：「誰能替本人找到一枚龍宮翁戎螺者，可交換絕對用心撰寫之電影劇本一部。」

不少電影界朋友紛紛出馬，但一直失望，直到本人親自出馬，於一九七零年間，親自赴台，才輾轉託人，得到了一枚極其完整的龍宮翁戎螺貝殼。

附帶說一句，龍宮翁戎螺的貝殼，雖然難得，但決不如一般報章所渲染的那樣，可成「國寶」，這種貝殼被發現數量甚多，接近一千枚，在翁戎螺科之中，它的貝殼，也不是最難得的。

一枚既得，豪意陡生，發狠勁曰：「所有已發現的翁戎螺，一定要集齊了，才罷手。」

和百慕達銀行副總裁，暢談貝殼三小時

後來，毅然和貝殼恩盡義絕，也和當日豪氣下發狠勁有關。

當時，一面還收集其他貝殼，然而一有翁戎螺的消息，就不肯放過。在台北街頭，見到寺町翁戎螺，放在盛古董的玻璃盒中，標價高達五千美元之譜。幸而當時對貝殼已頗有認識，明知那是騙外行的，雖然在櫥窗外徘徊良久不去，但沒有去引頸就戮。不旋踵，即以美元兩百的代價，得到了一枚。而紅翁戎螺，來得更易。接下來，非洲翁戎螺來了，高腰翁戎螺來了，薩氏翁戎螺來了，阿爾米納斯翁戎螺也來了，已有了七種之多。

其時也，在貝殼搜集界，已頗有地位，也和一些同好，組成了「香港貝類協會」，各地集貝者書信來往，不在話下，有來到香港的，也以本人為第一目標，非見一見不可。一日，來了一個體重百餘公斤，身高兩公尺的大亨，乃百慕達銀行的副總裁，帶了幾個隨員，降駕蝸居，暢談貝殼達三小時，幾個隨員強打精神，痛苦莫名。這位副總裁先生，癡迷貝殼程度，不在本人之下，連銀行年報，都用貝殼做封面。

外來朋友看貝殼，有時很令人啼笑皆非。一次，有一位女士來自加拿大，說要看看本人的收藏，問她要看哪一類，說是全要看。當時告訴她，本人收集的，超過六千種，每種看十秒，要看將近十八小時。這位女士態度堅決，一定要看，結果除去了中飯、晚飯時間外，硬是看了近十小時。至今不能確定，她是為了看貝殼，還是為了那兩餐豐富的「中國飯」！

結果，就在這位副總裁手上，得了第八枚翁戎螺——阿當氏翁戎螺。

這枚阿當氏翁戎螺標本，後來落入中華民國著名的貝殼收集家藍子樵先生手中。藍先生近作《台灣的稀有貝類》一書，內容之豐盛，印刷之精美，真足以為中國人爭光！

有了八種之後，繼續努力，可是花開花落，花落花開，卻一點結果也沒有。難得聽到消息，日本方面，有一枚貝氏翁戎螺要出讓，立刻去信，回信說已被人家打長途電話來訂了去，訂購的是歐洲某公爵云。又聽說中美洲的絕頂稀品芝瑪翁戎螺有新的發現，一位深水潛水家，發現了三枚，興奮之餘，上升水面太快，因而喪生，遺孀將之賣出來，這次乖了，打電報去問，也已被人捷足先得，買主是美國電影界大亨，在南太平洋有一個私人島嶼，建有私人貝殼館云云。

這種釘子碰得多了，想想自己是甚麼東西，賣文為生，三餐勉為其難，有條新褲子穿穿，走起路來，已經要高視闊步，如何去達到這種豪奢的願望？恰好好友金庸，又題字相贈，中有：「舉世貝殼藏家，或雄於資，或為王公貴冑」之語，一言驚醒夢中人，這等不自量力之爭，切切不可再做下去，苦海無邊，回頭是岸！過去十餘年，沒有鬧個三餐不繼，已是大幸，再下去，非落得個身後蕭條不可！

於是，毅然放棄，登報出售。在「夏威夷貝殼新聞」上登了一則小廣告，從買進變成賣出，各地買家，紛至遝來。一位法國買家，看中了全部翁戎螺，感動得流淚，說做夢也想不到一個中國人手中，會有七種翁戎螺之多（其中之一，已為藍先生購去），一面在其茶中不斷加糖，一面又大口吞飲遠年白蘭地，一面狂簽旅行支票，簽到後來，哀求給他留下少許，以作回程之需。可是在商言商，硬是鐵起心腸，逼他去當首飾，賒借免談，頗具商業天才焉！

十年一覺集貝夢　贏得空頭專家名

建設難，破壞容易，十餘年心血收集來的貝殼，不到半年，便已十去八九。其間有的，一大箱一大箱被人搬走，也無暇去理會多少，有的，買來時的原包裝還未拆開，便已經易了主。剩下的，放在曬台上的儲物箱之中，八百多天，未曾一顧，興趣一消失，當日為珠為寶的東西，可以棄如敗履。可知物品本來是沒有價值的，價值，是基於人對它們的需要或愛好而已。

十餘年收集貝殼，最熱心時期，曾和旅港的英國人雷克·路德合作，出了一本書，攝影、撰文，親力親為，這本名為《香港的寶貝和芋螺》一書，倒也銷了兩千本左右，剩下的一大堆，如今正在生蟲中。

為了替貝殼標本攝影，靜物攝影的全套設備，拍下的幻燈片之多，連自已看了也搖頭，但總算，也成了專家，專家的學問是「海洋軟體動物貝殼分類」。

正是：

十年一覺集貝夢，贏得空頭專家名！

原刊於《中國時報》民國七零年三月一日

隨從雜記

緣起

偶然聽說，柏楊先生有下南洋之意，心頭一熱，立時請纓做隨員。

夫柏楊先生者，中華上國之雜文大家也，名滿天下，讀者盈萬，舉世欽仰。生平深通揚名之道，一聽到柏楊先生要遠遊，第一件想到的事就是：如果能作為柏楊先生隨員，鳴鑼喝道，食則必然山珍海味，報道起柏楊先生的行蹤來，南洋報章在特大號「柏楊先生」之下，總得再以小號字體來上一個「倪匡先生」，此乃揚名大好時機，豈可錯過。於是，苦苦哀求，柏楊先生有好生之德，怕要是不答應，會鬧出人命來，慨然應允，於是乎，乃有隨從之盛舉，也因之有了隨從雜記。

隨從雜記記的是柏楊先生在南洋的一些瑣事，大事，南洋報章已有各種各樣的報道，不必再為之記，雜記可補正傳之不足，可能也會比正傳有趣，讀者老爺，千萬不可忽視。

至於為甚麼要寫雜記，道理也和要當隨員一樣。忽然聽說，柏楊先生南遊種種，要結集出書，立時又想到，這是再一次揚名良機。此書也，必然一紙風行，本人大名，可以再度和柏楊先生並列。此時良機，要是錯過，不但對不起列祖列宗，恐怕還會鬼哭神嚎，天地不容。所以，一面狠狠要稿費，一面奮勇執筆。至於柏楊先生是不是暗中皺眉頭，那可管不了這麼多，誰叫他老人家當初交友不慎。

出發之前

出發之前，在台北，有一次聚會。參加聚會的有南洋商報的發行部經理陳滿貴先生，和一位新加坡商人蔡先生。陳先生年少，言談十分有趣，蔡先生年長，言談更有趣，聚會當然賓主盡歡，頸懸佛像而又是天主教徒的蔡先生在新加坡生意做得很大，拍胸口保證：到新加坡，我來接機，這種話，當時聽過就算，因為這樣的大忙人，一定是賣賣口乖而已。後來知道自己以小人之心去度人，那是後話，表過不提。

柏楊先生南遊，是受南洋商報和新加坡寫作人協會正式邀請的，一定要聲明的是，受邀請的只是柏楊先生。所以在出發前的聚會中，陳先生雖然說：「你去，歡迎歡迎！」心裏怎麼想，自然不知道，但既然打定了主意，硬是要跟着去，看在柏楊先生的份上，也不會有甚麼人會將本人亂棒打出，篤定放心可也。

到了這次聚會之後，可以到南洋一行，已成定局，回香港之後，自然得作各種準備，先是宣傳，逢人便說，要到南洋去，和柏楊先生一起，登時令人刮目相看，身價百倍，未曾出門，便已然風光倍增，心裏快樂，可想而知。

柏楊先生在台北，本人在香港，柏楊先生訂的班機，要經過香港，日期、班機，都得牢牢記在心中，不然錯過了，不能和柏楊先生同時抵埗，泛淚新加坡街頭，鬼來可憐，那就大為不妙了。

柏楊先生這次出遊，偕夫人張香華女士同行。出發的日期在二月十日，是年初六。本來，柏楊先生準備在新馬之後，順便到香港過農曆年。多年在香港居住，知道農曆年間，香港各類店舖，大都休息，連吃飯的地方也難找。再加上人人拖大帶小，出門拜年，交通之混亂，有難以想像者，所以議定過完了年才動身。

年初六要出遠門，過年自然過得匆忙，而本當登門拜年的，一律通電話就算數：

「對不起，不來拜年了！」

「小子你敢這樣沒禮貌？」

「不敢，可是年初六就要跟柏楊先生到南洋去，實在沒有時間。」

也不知道是不是柏楊先生「惡名」在外，一提起這個理由，聞者唯唯，沒有人敢再吭聲的。

一切準備妥當，只等出發。

兩百個燒餅和一大袋水果

二月十日下午二時，直赴香港機場。自台北飛出的馬航班機，二時四十分抵港，一到機場，來不及辦手續，入閘等候，眼看七四七巨型波音機，緩緩降落，過境旅客，紛紛下機。不多久，看到柏楊先生左顧右望，搖擺而來，大聲呼叫，撲將上去，擁抱一番，又和同行者一一相見，找到椅子，坐將下來。

生平旅行，有一個大毛病，是不肯多帶行李，尤其是手提行李。因為機位狹窄，手提行李一多，真有逃難之感。（這是窮措大的話，坐慣頭等艙的豪客，當然不會有這樣的感覺。）所以一坐下來之後，看到椅旁有一大膠袋，脹鼓鼓焉，重甸甸焉，不禁大吃一驚，忙問：「這是甚麼東西？」寄以萬一希望：「不是你的吧！」

柏楊先生揚眉瞪眼，道：「小子，你猜猜看，猜着了，算你聰明……」

一向自負聰明，猜就猜，先提份量，約有十餘斤，再以手摸，竟然觸手發熱，當真怪不可言，連猜八十餘次，未能猜中。

猜不中，當然不是生性愚蠢，而是這袋東西，實在古怪，叫愛因斯坦來猜，也必然猜破了腦袋都猜不出來。只怕自有人類歷史以來，坐飛機而帶那麼一大袋這玩意兒的，除柏楊先生而外，別無他人。

到底是甚麼東西？曰：燒餅。數量是多少？曰：兩百個。是隔日預定，當天一早，就驅車至各燒餅攤搜集而來，所以猶有餘熱。

當得知這一大袋東西的內容之後，真是瞠目結舌，不知所方，勸道：「柏老啊，新加坡地方雖小，你老人家去了，就算人家不招待，最多擺地攤賣柏楊雜文，親筆簽名，半賣半送，絕不至於餓死。這一大袋燒餅，留在香港算了，別萬里迢迢帶到新加坡去了！」

柏楊答道：「你以為我自己吃啊，是新加坡一個朋友，有懷鄉病，叫我帶的！」

本人大搖其頭：「這朋友太不識趣，不必理他！」

柏楊先生長嘆一聲，道：「小子，你這人太沒有人情味了！」

生怕忽然隨員資格被取消，立時唯唯諾諾，但是口中不免嘀咕，郭、林兩位小姐，也有同感，但「敢怒而不敢言」。柏楊先生又嘆道：「你們不知道，那位朋友身體不好，他想吃燒餅，我能給他帶去，會使他感到極大的快樂，我辛苦一點算甚麼？」

道理自然明白，柏楊先生為人，一向如此，自己辛苦一點，能給朋友，或者是不相干的人快樂，這是崇高的美德，柏楊文章中不但時時提及，而且身體力行。但是為甚麼要兩百多個之多，只怪生性愚魯，至今不明。

這兩百多個燒餅，後來硬是手提着，經吉隆坡轉機而安抵新加坡，猶幸新加坡海關對於行李，根本不怎麼檢查，不然一看見兩百個燒餅，只怕誰都會懷疑內裏另有乾坤，說不定一個個弄開來瞧瞧，那才真夠瞧了。所以，當下機之後，走向海關之前，讓柏楊先生獨自攜餅闖關，結果人家不查行李，自然是枉做小人。

兩百個燒餅第二天就專車運去，由於未曾躬逢其盛，所以也不知道那位得了燒餅的朋友如何感激。更不知道那位先生如何處理這兩百個燒餅。

一大袋燒餅，已經嘀咕了半天，在候機室休息半晌，說說笑笑，不覺時光易過，已屆登機之時，只見柏楊先生首先站起，一伸手，伸向坐在對面的一位中年婦人，將那位太太身邊的一隻老大的人造皮旅行袋，攫將過來，掛在自己肩上，直奔登機閘口。

一見這等情形，本人驚至面無人色，心想莫非橘移淮而變枳，一旦離開了中華上國，人的性情就會大變，做出非常事情？這便如何是好？回頭向張老師看去，只見張老師一副無可奈何之狀，正在暗暗搖頭，心中更叫不妙。這年頭，聞過則喜的人究竟太少，總得委婉一點才好，於是連忙一個箭步，搶向前去，拉住柏老衣襟，先吞下一口口水，然後道：「柏老啊，這種事情，萬萬不能做！」

柏楊先生怒目以視，道：「為啥不能？」

事已至此，只得照直說，一面用手指輕指旅行袋，一面囁嚅以告，道：「這……旅行袋……好像是……那位太太的！」

一面說，一面向那位太太一指，目光隨之轉移。一看之下，已不免暗暗稱奇，因為那位太太不但沒有窮嚷瞎叫，反倒望着柏楊先生，面有感激之色。

正在疑惑間，柏楊先生已經大吼：「當然是那位太太的，她到新加坡去探女兒，帶的行李太多，助人為快樂之本，我替她代拿，你想怎樣？」

這一下，連退三步，雙手連搖，氣都不敢透，連聲道：「沒啥，沒啥。」一面還得賠笑：「我哪有想甚麼，不過覺得……奇怪而已！」

柏楊先生放軟聲音：「出門人應該互相幫助，這有甚麼值得奇怪的！」

在這種情形下，自然不敢言語，尾隨上機，等到在機位上坐定之後，那旅行袋找到了地方放起來，不敢再向柏楊先生囉唆甚麼，只好偷偷問那位太太：「這一大袋東西，看來十分沉重，究竟是甚麼？」

那位中年太太一說答案，本人幾乎昏過去，曰：「一袋水果。」

新加坡地處南洋，位近赤道，氣候適宜，風調雨順，正是盛產水果之鄉。就算有些水果，本地不產，新加坡多半不執行閉關自守政策，肯與世界各地通商，有甚麼水果，值得萬里迢迢帶去的？豈不真要昏過去？

略為定了定神，向柏楊先生低聲耳語：「柏老，這一袋子，有二十斤重是甚麼東西，你知道不知道？」

柏楊先生道：「當然知道，是水果，這位太太帶去給女兒吃的。」

本人道：「這位太太有點……」

本來想說「有點毛病」，但總算機智過人，知道柏楊先生最恨人家背後胡亂非議他人，所以立即打住，改口道：「有點……不怎麼對勁，新加坡有的是水果，那位太太做這種……不對勁的事，讓她自己去做，你何必辛苦自己？」

柏楊先生答：「你知道啥！這位太太，從台灣去，生了一個娃兒，就是想吃台灣的柳丁，做母親的不辭辛勞，替女兒帶去，這件事本身多麼充滿溫情，多麼美，我能出點力，只覺得高興！」

如果有一個人，用同樣真摯的神情，同樣懇切的語氣，在演講台上，講同樣的話，一定會大聲喝其倒彩。但是柏楊先生卻正在做着他所講的事，這便大不相同。刹那之間，只覺得自己心靈之狹窄，之不能欣賞人間美好的事物，之不肯幫助人，以及就算幫了人，也必然要嚷嚷至天下皆知，慚愧之心，油然而生，連忙假稱疲倦，合上雙眼假睡，不敢再和柏楊先生的目光相對。

那大袋水果，柏楊先生負責到底，直到那位太太微笑道謝，上車而去。那位太太姓啥，如今也記不得了。只怕她做夢也想不到，替她背那一大袋水果的，是一到新馬，萬人空巷歡迎的大作家柏楊先生！而柏楊先生的性情之可愛，也真令人佩服得無話可說。

最佳文化大使

一路上（這三個字有語病，因為飛機不是在路上飛行的，但想不出旁的詞來替代，只好從俗）有話即長，無話即短。搭乘的那班航機，要在吉隆坡轉機。吉隆坡機場和台北桃園中正機場相比，豈止是小巫見大巫，簡直絕對不能比，下機之後，要走老長一段路，才能到候機室，柏楊先生興致勃勃，並無倦容，一路討論大計。在新加坡的行程，已經密密安排，公開的活動，南洋商報上已刊出了廣告，算下來，幾乎沒有私人的時間。

於是，又勸柏楊先生：「別讓南洋商報和作家協會替你安排太多節目，多剩點時間玩玩！」

柏楊先生皺眉道：「那該怎麼樣？」

獻計曰：「能推的就推，不能推也要擺擺架子——」

一言未畢，柏楊先生已怒目相向，根據過往經驗，自然立即住口。柏楊先生望了半晌，長嘆一聲，連話也懶得說。結果，一到了目的地，大會小會，各方俊彥造訪，有凌晨兩時，提着疲倦的腳步回酒店，酒店大堂之中，有等待見柏楊先生的人在，柏楊先生一樣打起精神，接見交談，絕不推擋，小子的妙計一概用不上，簡直沒有一秒鐘是空閒的，處處為他人着想，待人以誠，令得人人敬佩，不在話下。

航機再飛，抵新加坡，通過海關之後，在迎接的人群之中，最矚目的，便是那位木材巨商蔡先生，因為他不但身形高大，嗓門也大，還有南洋商報高層人士，一見柏楊先生，一擁而上，握手言歡，浩浩蕩蕩，直奔酒店，時已深夜，安頓之後，立時招待消夜，在新加坡五日，大宴小酌，不計其數，本人一概參加，不甘後人。舉凡座談，開會，新聞記者到訪，本人可逃就逃，其中盛況，報章已皆有記載，這本集子中也會有收錄，就算一概參加，再記述出來，也是重複，不如不寫。在報章的報道之中，可見當時柏楊先生受歡迎的程度。

還有幾件事，報章上恐怕沒有記上，這兩件事，足以證明柏楊先生讀者滿天下，而且受讀者的歡迎程度，有超乎想像之外者。

有一位南洋大學文學系的學生，拿了一大疊稿紙來求見，對柏楊先生說：「這是我的畢業論文，請先生指教。」打開稿紙一看，畢業論文的題目，赫然便是「柏楊作品研究」。

另有一位讀者求見，帶來一本二十多年前的不知甚麼舊的文藝雜誌，其中有柏楊先生當年的文章，還有一封婉拒當時新加坡一個團體請他南遊的信。信是製版印出，柏楊先生的筆跡，歷久未變，一看便知。這位讀者保留這份雜誌，就是因為有這封信。當時場面，極其感人，禿筆難以形容於萬一。

有參加的幾次柏楊先生和來訪者的談話，聽柏楊先生滔滔不絕講話，聽的人無不入神，而且人人望着柏楊先生的目光，都充滿了敬意。一個作家，能夠得到這樣多讀者，這麼多人的崇敬，當然不是偶然的。多年來，堅持一貫的觀點立場來寫作，堅信以誠待人的原則，也不是白費精神的事。

可以在一旁看得出，大眾的歡迎和崇敬，令柏楊先生的內心也極其激動、興奮，以致不知疲倦，日以繼夜，和各階層、各色人等交換意見，宣揚中國文化，對年輕人加以鼓勵，柏楊先生實在可以說是中國的一位文化大使，最佳的文化大使。

小事糊塗

柏楊先生大事不糊塗，小事，有時，卻還真糊塗得很。行程的第二站，是由新加坡到馬來西亞的首都吉隆坡。未到新加坡之前，已經問過：「吉隆坡的行程，全都安排好了沒有？」

柏楊先生回答極肯定：「早安排好了，酒店也訂好了，沒問題！」

說是「沒問題」，總有點不放心，到了新加坡之後的第四天，又問一遍，還是「沒問題」。當時又獻議：「還是打個電話，和馬來西亞方面的朋友聯絡一下，比較妥當一些！」

柏楊先生還有點不以為然：「不是說好了馬來亞通報的朋友安排一切嗎？」

生活緊張，也有好處，還是打了一個電話，馬來亞通報總經理周寶源先生一接到電話，聲音聽來簡直就像是離水的魚兒又回到池子裏一樣，叫道：「天啊，你們究竟是怎麼一回事？只在報上天天看到柏老怎麼受歡迎，究竟甚麼時候來吉隆坡，我們也好預作安排！這幾天，不知道有多少人來問柏楊先生甚麼時候來，我們完全沒有法子回答！」

一聽之後，大驚失色：「柏楊先生不是說甚麼都安排好了嗎？」

周先生更加吃驚：「完全沒有，每天有記者在機場等，不知道甚麼時候來！」

暗自慶幸，幸而打了這個電話，於是告以班機何時抵達吉隆坡，請代訂酒店。打完電話之後，以責詢的口氣問柏楊先生：「你不是說甚麼都安排好了嗎？怎麼人家甚麼也不知道！」

柏楊先生的回答，才叫作妙絕人寰，他道：「我怎麼知道，我只當甚麼都安排好了！」

看看這個受到如此隆重歡迎，如此受人崇敬的大作家，這樣回答，除了陪着他開心地笑之外，也沒有甚麼別的事可做了。

像這種生活小節上「大而化之」的事，發生在柏楊先生身上的相當多。柏楊先生有目疾，要不時滴一種眼藥水，不可一日或缺。這樣的情形下，一般來說，要出遠門，這種眼藥水一定要配備充足才是。可是他老人家一算，一瓶可用二十天，夠了，就硬是只帶一瓶。在新加坡五天，相安無事，到了吉隆坡之後第一天，那瓶眼藥水就不見了。

眼藥水不見，茲事體大，隨行人等，滿地亂爬，幫忙尋找，眼藥水硬是不合作，不肯露面，只好拜託馬來西亞朋友去買。偏偏這種眼藥水的牌子十分冷門，買來買去買不到，只好另外弄了幾種別的牌子來替代，合用程度，自然大打折扣。

從吉隆坡到香港，講好由柏楊先生的一位學生來接機，可是因為太久不見，大家都不認識了。香港機場能有多大？據柏楊先生自稱：「到處亂走亂叫，機場裏的人都把我們當瘋子了，還是沒見到接機的人！」幸而在香港代訂的酒店名字還記得，只好自己驅車前往，到了酒店，才和接機者相遇。

至於隨身行李，更是有隨走隨丟之勢，隨時有人提調，他人的贈書，都是柏楊先生的命根子，半本也不能少，絕不會遺失，其他物件，那就難說得很。據說，最後回台北，幸得行囊不失，但出機場上車、回家，一看，還是有三瓶洋酒，不知何時何地，不翼而飛，連在哪裏不見的都想不起來。

這類不拘小節的趣事，發生在大文豪身上，原也不足為奇。做大學問的人，大都類此。看柏楊先生的文章，以《中國人史綱》為例，將歷史事件，剖析得何等條理分明，誰想得到在日常生活上，柏楊先生童真如小孩，有趣之極。

程序緊密　你爭我奪

到達吉隆坡，一出機場，場面更是偉大，各報記者雲集，柏楊先生一馬當先，走出機場，閃光燈不斷閃耀，照得人眼為之花，步為之窒。有的記者，擠不上去，鏡頭轉向本人。本人立時大聲明曰：「不要弄錯，我不是柏楊先生，那位才是，不必浪費軟片。」該等記者一經本人提醒，立時又紛紛向柏楊先生閃燈。擾攘一番之後，馬來亞通報主人周寶安周寶源兄弟，才有機會和柏楊先生握手。機場外，已有豪華房車多輛，包括周氏兄弟尊翁，馬來西亞拿督周瑞標先生的座駕在內，柏楊先生於是揮手登車，隨員自然尾隨，直赴市區。

這一段過程中，有一個小插曲。事後，馬來西亞有一份報紙，大字標題：「柏楊在大馬被綁架」。意云，柏楊先生一下飛機，就上了通報主人的車，行動不得自由云云。作此報道的報紙，只有兩個字可以形容，曰：「滑稽」。

未到馬來西亞之前，通報代訂酒店，安排行程，包括接、送在內，柏楊先生一到馬來西亞，自然上通報的車子，難道就在機場之外，解開行李打其地鋪不成？當然，柏楊先生是大受歡迎的人物，通報盡了地主之誼，也得到了有關柏楊先生最多的新聞，通報的各版作家，空群而出，文字上對柏楊先生的報道之多，為馬來西亞各報之冠，其他報紙其實大可不必眼紅。明知柏楊先生這樣受歡迎，一演講，不但整個場地，內外水洩不通，有遠從數百里之外趕來聽講者，大可再邀請柏楊先生到馬來西亞一次，本人再做一次隨員，一樣可以代柏楊先生安排行程者也。

在馬來西亞的行程，由於排得實在太密，一天只有二十四小時，不可能生多八小時出來，所以有的邀請，只好推辭，如電視台臨時動議要替柏楊先生拍一個訪問專輯。又例如一個甚麼會，事先並未預訂，臨時發請帖，要柏楊先生去演講，都只好缺席，本人認為這種缺席，理所當然。柏楊先生有長者之風，還着實感到抱歉，連連道歉。至於攔路截住，或是半夜三更，甚至已是五更雞鳴之天，摸上門來的仰慕者和訪客，柏楊先生仍是一一接見，被累得連洗了頭搽點油的時間都沒有，最後一兩天，就披頭散髮，聽其自然了。

新馬兩地，華文創作的熱情甚高，看來年紀輕輕的一個小學生，中文水準之高，寫作能力之強，都令人意想不到，相信同樣也給柏楊先生留下了極其深刻的印象。隨便拈一個例子，在吉隆坡，有一位葉先生，個子不高（他不讓人家講「矮」字），肩懸名牌照相機，擠在人群之中，不斷向柏楊先生發問，也不斷向柏楊先生拍照。

起初，以為他是記者，後來，看到這位仁兄，每次拍照，總是鏡頭向下，採用俯角拍攝。久而久之，不覺好奇，問：「閣下為甚麼總愛用俯角鏡頭拍攝照片？」

這位葉先生說：「因為我職業的關係，習慣了！」

聞言不禁面無人色，首先想到的是「化妝師」的笑話，化妝師要被化妝者躺下來，說：這是我的職業習慣。問何以如此，答：我是殯儀館的化妝師，專替死人化妝的。

本人呆一呆之後，有點口吃，道：「閣下……不會是……在……」

下面三個字還未曾出口，葉先生又道：「我是養豬的！」真是該煨，原來他專替豬拍照，自然鏡頭向下，不會向上的了。

就是那位養豬的先生，到他家一看，整牆整牆全是書架，架上滿滿的是書，全是文學作品。葉先生對柏楊先生的作品之熟稔，隨口可以背得出來，像這樣精彩的人物，在星馬兩地，絕不少見。而且不論地位高低，無不和藹可親。華人之能海外創作那樣的天地，絕非偶然。

意義重大　影響深遠

柏楊先生訪問新馬，意義極其重大，新馬兩地的華人，在法理上，算是「外國人」，但是在人情上，卻仍然是華人，講華語，愛華文。當地的普通人也好，知識分子也好，只要是華人，看到了柏楊先生，都有一股說不出來的親切之感。而柏楊先生以他超人的才華，先後口若懸河，滔滔不絕的演講，不論是大場面、小場面，聽的人無不如癡如醉，必給予當地用華文創作的作家以異乎尋常的鼓勵。年輕一代的作家莫不以他為師，年長一代的作家，莫不以他為友。那種熱情洋溢，大家在思想、語言、文字上共一體的感人場面，不是身歷其境者，真是難以體會。當看到柏楊先生在一大群人之中，侃侃而談，頭髮飛揚，煙霧自他的口中噴出，隨着煙霧吐出來的，字字珠璣，每一個字，每一句話，都是那麼打動人心，那麼使人感動、激動，相信凡是曾和柏楊先生見過面的人，都有同感：太感人了，和柏楊先生在一起，不但可以增長見聞，而且還可以受到他人格的感染，在剎那之間，使每一個人的心頭都暖烘烘地：看，我們和一個了不起的人物在一起，他是那樣親切可愛，那樣誠懇風趣。這種印象，在新馬曾和柏楊先生見過面的朋友，可以回憶一輩子！

至於本人這個隨員，結果是隨而不從，自由散漫，反而給柏楊先生添了不少麻煩。所以，柏楊先生有美國之行，再也不敢自動請纓了。柏楊先生在美國，一定另有一番熱鬧，且看當地報紙的報道，自然又可以結集出書。柏楊先生南遊記之後，又有西遊記，真是盛事。

原載於《新加坡南洋商報》一九八一年六月二十四至二十九日

【第四章】

追龍

不改

從如今的表面現象來看，中共像是在求變，在力求擺脫毛澤東長期以來的統治陰影。可是，一切改變，只不過是表面現象，直到如今為止，還看不出它有作根本改變的意向。舉一個極簡單的例子，如今中共，不論怎麼變，不論擺出如何溫和的姿態和笑臉，可是有一點，中共始終提也不敢提，別說去做和做到了。這一點就是，中共至今為止，還是一口咬定，中國非由共產黨來統治不可，而不明白，如果中國人民不喜歡共產黨，根本反對共產黨，有將共產黨攆下政治舞台去的權力。不承認中國人民有這種權力，再變，仍然是共產黨。

原刊於《沙翁雜文第三集》

醜劇

「任何種類的人，都可以對共產黨寄以幻想，也有可能得到一點好處，唯知識分子不能。不過事實上，對共產黨寄幻想最濃，最想在共產黨身上得到點好處的，就是知識分子，這真是一個悲劇。」——以上，是十餘年前，一篇雜文中，本人曾用過的句子，至今看來，這一番話並沒有說錯，至少下一段是說對了。試看看現在某些人恨不得爬在地上舐共產黨屁股的那種窮形惡狀的情景，不但是悲劇，而且是醜劇了。某些知識分子的奴性之根，竟植得如此之深，真令人浩嘆，多少事實擺在眼前，可以看不見，所看到的，只是權勢！

某些知識分子對權勢的崇拜，比任何種類的人為甚，那恐怕是因為幾千年來，知識分子的遭遇，實在太可憐之故。除了對權勢崇拜，從中取得一點好處，或使自己也躋身於權勢之列以外，簡直沒有第二條路可走。久而久之，就造成了至今猶烈的奴性。自然，不是所有的知識分子都是如此，但是在某一些人的身上，卻明顯可以看出這種奴性來，要說這種人不知道共產黨的本質，那是笑話，有的人，來自大陸，曾一連好幾年，反共反得頭頭是道，忽然之間，奴性一發，就不可收拾了，有人以為這是投機，但本人始終認為奴性是根，投機是枝。

原刊於《沙翁雜文第三集》

毒手

共黨內部權力鬥爭之殘酷，有目共睹，算起來，這種血淋淋鬥爭的雙方，不論是鬥人者或被鬥者，全是水裏來火裏去，並肩作戰，幹了數十年「革命」的同志。照基本的人性來說，同志之間，應該有了極其深厚的感情，怎忍心下得了這樣的毒手？但是，共黨內部鬥爭，還是一幕接一幕，不斷上演着，看來要在共黨身上找人性是很難的了。不過奇怪的是，共黨對自己人這樣兇，這樣狠，對幾個戰俘，會忽然仁慈起來，這真是信不信由你，可是居然有人信了，世界，真正可以說無奇不有。

原刊於《沙翁雜文第二集》

蓋子

中共提及「蓋子」，是指將許多有才能的人棄而不用，蓋子將有才能的人蓋了起來，又提出要揭開蓋子，讓有才能的人，發揮他們的才能。這篇社論，是典型的共黨文章，其特點是：如果照文章所提出的去做，當然可以收到成效。如果問題是在於：講管講，做管做，永遠無法照講的去做。像「揭開蓋子」這樣的事，共產黨更加無法做得到。要揭，先揭下層蓋子自然不夠，要將最大最重的一層蓋子揭去才行，而這重大蓋子就是共產黨本身的統治基礎，所有的共黨理論，就是壓制人才的最大蓋子，肯揭開嗎？

在共產黨的統治之下，人才是絕無可能真正發揮他們的才能的。因為共黨的最根本原則，是必須服從共產黨的領導，在這個前提之下，才能談別的。不同意、不服從共產黨領導者，一律是反革命，北大荒開荒有份，正常生活尚且不能，遑論發揮才能！這樣大的蓋子，載於「國家憲法」之上，誰敢去揭它？沒有自由思想的可能，就沒有現代化的可能，共產黨不見得不明白這個道理，但是要共黨放棄它統治的根本，只怕沒有可能。偶然有些要員談話也觸及這個矛盾的核心，但是中共根本沒有勇氣去面對這種矛盾！

要現代化，一定要有思想、觀念上的極度自由，這是可以肯定的事。中共現在想在思想定於一統的僵化基礎上來實現現代化，可以肯定不會成功。從一些實地報道來看，中國大陸上整個社會觀念之落後，中共死抱住統治蓋子不放，以及廣大群眾的觀望，追不上時代的落後行為，現代化云乎哉，有點接近癡人說夢。這是中國的大悲哀，要在中國大陸實現現代化，最大的蓋子，正是中共的統治，這個蓋子能揭開，就有希望。可是要整個共產黨上下明白這個道理，那是不可能的事。

原刊於《沙翁雜文第三集》

個人自由

多少年來，生活在香港，最可貴的一點，是享有人類自有社會組織以來，所能享有的最高個人自由。而這種個人自由的享有，已成為香港人生活之中，不可或缺的主要部份。沒有了這一點，香港人的生活，就徹底改變，香港的面貌，也徹底改變，香港的現貌，必然無法維持。或許有人會說，知識分子對個人自由，特別敏感。這是錯誤的說法，任何人，生活在有充份個人自由的環境之中，習慣了，不覺得怎樣。一旦個人自由喪失，才知道許多認為是自然而然的事，居然要被禁止，那時才感到痛苦，才感到自由的可貴。

個人自由的大敵是甚麼？答案十分簡單：極權統治。極權統治一來，甚至它的觸角所及，個人自由就消失了。極權統治的高層和各級爪牙，就可以把他們的意志，把他們的生活方式，或他們所擬定的，自身並不遵守的一套，強加在每一個人的頭上。到那時候，人人被謀殺，所有的人，都要聽安排，沒有個人的選擇，人變成了機械中的螺絲釘。極權統治者，如共產黨，絕不諱言這一點，一直在大力提倡。在這樣的情形下，香港人若是還要過自由的生活，就必須盡一切可能把自己的意願表達出來，讓全世界知道，縱使失敗，總也表達了自己的意願。

原刊於《皮靴集》

鬼胎

共產黨的黨爭，自成立那一天起就開始，鬥爭的結果，不是這一幫贏，就是那一派贏，全然不足為奇。贏的一派，自然英明偉大，輸的一派，自然鬥垮鬥臭，這二十多年來，不知看了多少幕這樣的好戲，比任何戲劇曲折緊張。鬥垮了一派，並不等於鬥爭就此結束，贏了的一派，還會一分為二，再來鬥過，今日英明偉大的明天也可以變成賣國臭賊，只是不知甚麼時候又上演另一幕而已。別看現在開會，一排走出來，個個滿面笑容，實則各懷鬼胎。當日悼毛悼周大會上，還不是大家一起出來亮相？悼周大會上，江青還曾擁抱鄧穎超哩。

原刊於《沙翁雜文第二集》

難靠

捨自根本上推翻共黨政權之外，中國不可能有民主政治。有共黨政權存在，一切的希望，不外乎是中國人數千年來「希望有一個好皇帝」的持續。「希望有一個好皇帝」的想法根深蒂固，雖然一千次希望中落空了九百九十九次半，還是一樣希望下去，真是渺茫得很。希望共黨政權會「漸趨民主」，結果也是一樣。中共黨章上規定了「集體領導」，有甚麼值得高興之處？中共黨章隨時可改，「林彪同志為接班人」也曾列入中共黨章之中，太靠不住。要是相信中共黨章不會變，今天規定了的就是以後實行方針，那麼，「林彪同志」安在哉！

原刊於《沙翁雜文第三集》

四十

項莊說「凡四十左右的人，言詞閃爍，態度曖昧者，不是胡塗蟲，便是軟骨頭」。項莊文學修養好，照本人的說法就是「凡四十左右的人，還在想舐共產黨屁股的，不是無知，就是無恥」。而其中，「無知」可能只是一種掩飾，很難想像真有這樣的白癡，而無恥實屬實。其無恥的程度，已到了極限，無恥必有其目的，這一類人無恥的目的，是想借捧共產黨，而去分享一點特權，因為共產黨現在有權有勢，於是便引得不少無恥之徒，如蒼蠅之趨腐肉，鑽鑽營營，其內心之焦切，又豈止於「態度曖昧，言詞閃爍」而已！

原刊於《沙翁雜文第三集》

桎梏

始終認為，一個國家要現代化，一定要有思想觀念現代的國民才行。偏偏「四個現代化」中，就沒有「思想現代化」這一條。沒有思想觀念現代化的國民，根本不能有任何其他現代化。而統治者如果根本不想有思想觀念現代化的國民，那麼，任何方面的現代化，始終只是鏡花水月，絕不可能成為實實在在的東西。中國大陸上的人民，思想觀念距離現代化，差了十萬八千里，傳統的中國觀念，再加上共黨思想的桎梏，真是慘不忍睹。去了共黨的桎梏，還有傳統的桎梏（香港許多人也去不了傳統的桎梏），困難重重，談何容易。

原刊於《沙翁雜文第二集》

腐化

中共黨爭之中，敗下來的一方，在遭受清算之際，總必有「生活腐化」一條。生活腐化，在其人當權之際，不成罪名，一倒台，就成為大罪。妙就妙在算起來，個個中共頭子，人人生活腐化，只不過不清算無人知道而已。由已被清算了的人來看，中共頭子生活腐化，已成定型。而且實際上，生活腐化，也不能成為其人升降的標準。其中最典型的例子是余秋里。余在文革時期，被紅衛兵揭發出來的生活腐化情形，駭人聽聞，可是余還是當他的大官，紅衛兵也只好乾瞪眼，有權在手，腐化無罪，無權在手，腐化就要追究了！

原刊於《沙翁雜文第二集》

【第五章】盡頭

不解

電視上據說出現「黃色鏡頭」，「輿論大譁」，「毒害兒童」云云，因為電視播「黃色鏡頭」的時間，是黃金時間云云。本人愚魯，實在百思不得其解，「毒害兒童」云乎者，何所據而云然，莫非電視台派出大量打手，每一家派一個，要每一家非打開電視機不可乎？若沒有這種情形，又莫非該受毒害的家庭所用的電視機，只能開不能關乎？又或者電視機關掉，一樣有畫面者乎？又或者兒童在這時間內若不看電視，就會不假天年乎？如無以上諸等情形，則毒害從何而來，肯定不在電視台，而在不肯關電視的電視使用者。

輿論大譁的「黃色鏡頭」，不過是男女纏綿而已，女人只見背不見胸，遑論其他，而兒童竟然就受毒害了，真正駭人聽聞。若是兒童，不知道一男一女均幹甚麼，旁邊的大人可以解釋，讓他明白，兒童多半不會有甚麼興趣。若是看了咪咪嘴笑，有所領會，則其非兒童也，必不是兒童，自然不在被毒害之例了也。如果這樣子就會毒害了兒童，那麼嬰兒就母乳，豈非全被毒死了？電視上有這種鏡頭，絕毒不死人，倒是死守住冬烘頭腦，視性為洪水猛獸，根本不對兒童注入任何知識的這種觀點，會毒得兒童暈頭轉向的。

原刊於《沙翁雜文第二集》

不要

貧富不均，幾乎任何社會皆難以避免，但是像香港那樣，某些傳播媒介，不斷地把富人如何享樂的生活，唯恐他人不知地介紹給公眾的情形，倒很少見。成年累月這樣做，在大家生活都過得很好的時候，富人的享樂可以成為人欣羨的對象和茶餘飯後的談資，但一旦到了一個年輕人辛辛苦苦一個月的勤勞所得，還不及富人的一餐午飯之際，憎恨的情緒就無形滋長，會演變成極度的危險。傳播媒介和急於炫耀自己的富人，不可不知道這一點。有錢，要享樂，請躲起來享樂好了，不要拿來宣傳，製造不滿的情緒。

原刊於《倪匡三拼》

法律

對法律的觀念，正確的是：警察只是法律的執行者，而不是法律的裁法者。日前，在電視上看了一部國語片，警員在拘捕了疑犯之後，對之曰：你只要說出來，保證可以從輕發落。在外國的電視片集中，警方人員必然對疑犯如此說：我不能保證你能獲得任何的輕判，但希望你和警方合作。前者，是對警、法混淆不清，這種觀念形成的種種現象，最是可怕。而後者，警是警，法是法，分得清清楚楚，不能越權。

有人說，法律不可過苛。法律自然不能過苛，苛與仁，自然是以不擾民為原則。擾民的法律是苛政，反之是仁政。（在這裏，為了行文方便，借用了「苛政」、「仁政」這兩個名詞）若立例對罪犯嚴懲，決不能言之為「苛」。再嚴厲的法律，也是死的，猶如一堵牆豎在那裏，你不碰上去，它決不會壓在你的身上，而你明知有一堵牆在那裏，還是硬要去碰，結果，碰了個頭破血流，那還有甚麼話好說？所以對罪犯搶劫行動，立以嚴法，決非苛政，只是叫人切莫犯罪，犯了罪，會頭破血流的，這也可以說，對罪犯是一種仁慈。

嚴厲的立法，有提醒犯罪者的作用，每一個想犯罪的人，在將他的想法，付諸實行之前，都會想到後果。後果如果不過如此，許多罪犯就行動了，而後果如果堪虞，許多罪犯，自然只是想想就算，於是，犯罪行動就減少了。

原刊於《沙翁雜文第一集》

反抗

前些日子，又有男女殉情的新聞，這次男女殉情，情形比較特別，男女雙方，都是未婚的身份，年輕而已屆法定年齡，他們殉情自殺的理由是「家長不同意婚事」。這真正是天下奇聞，所以說真正的事實，往往比小說更奇特。像這種情節寫在小說，編在電影之中，而又是一九七五年的時代背景，不被人媽媽聲者幾稀，可是，事實上，而且確有這樣的事發生。真想不到現在，「家長反對」還有那麼大的力量，不過仍不明白的是，既然可以以死來對抗「家長反對」，為甚麼不自己逕自結婚，享受人生來反抗呢？

已屆法定年齡的男女，要結成夫婦，或不正式結婚而進行同居，在法律上，沒有任何人可以加以反對。「家長反對」這個曾一度是極其厲害的法寶，到現在，應該是一點用處也沒有的了，想不到還能逼死人，所以說，真正是奇聞。成年男女一定要明白，自己的婚事，是絕對可以不要「家長同意」的，「家長同意」固然好，家長硬是不同意，也一點不要緊，婚姻一樣可以成立，決不需要用死來逃避，可以自行結婚，不同意的家長，絕沒有甚麼法寶可以拿得出來。若是連這一點也不明白，心智不成熟甚，不宜談戀愛。

原刊於《沙翁雜文第二集》

粉紅

看到了幾篇介紹《粉紅三角》的文字，《粉紅三角》也者，同性者出版的「地下雜誌」也。同性戀行為在英國不算是犯法之後，在香港也時時引起爭論。本人一直主張，同性戀行為絕不應算犯法，兩廂情願，干卿底事，他們喜歡同性戀，就讓他們去同性戀好了。有插科打諢者言：同性戀不算犯法，少年男子就危險了！這真是笑話，性行為幾時都不犯法，但強姦是犯法的。同性戀即使不犯法了，強暴一樣是犯法的。「雙方同意」是不可違背的原則，不論是一男一女，兩男或兩女，雙方同意，旁人或法律硬加干涉，決說不過去。

原刊於《沙翁雜文第三集》

個體

有問及「個體主義」的要旨究竟何在，能否以最簡單的話表達之。就個人的認識而言，有一句粵諺，倒可以簡單地表達，曰：「東西可以亂食，話不可以亂講。」東西亂食，受損害者是閣下自己，害不到別人，但話亂講，就可能損及他人。雖然亂講話損及他人，可能遠較東西亂食損及自己為輕，但仍然是「東西可以亂食，話不可以亂講」。簡言之，個體主義尊重他人的個體獨立性，任何人等，決無權力以任何藉口去侵犯之，若然一個社會上，人人如此，那就是理想的太平社會了，只可惜不尊重他人個體的人實在太多，是以天下大亂。

有提及「各人自掃門前雪，休管他人瓦上霜」者，這是十分正確的個體主義者所持的態度。有曰：如果人人如此，豈不是有賊當街搶劫也無人理乎？這種說法，站不住腳，因為如果「人人如此」，就不會有賊去搶別人的錢了。「他人瓦上霜」尚且不可管，何況「他人袋中錢」乎？當然更不能搶了，如果有人膽敢去劫「他人袋中錢」，那麼情形恰恰相反，真正的個體主義者必然群起而攻之者也。這種事，本來不必夾纏不清的，但是尤其是中國人，受集體主義的毒實在太深，無法接受個體主義的觀念，非夾纏一番，不過癮也。

原刊於《沙翁雜文第三集》

工作態度

出版社來取稿，來的是一位少年（大約十六七歲），走路腳步輕鬆得像跳舞，要取甚麼，送來的是甚麼，交代得清清楚楚，滿臉笑容，溫文有禮，工作態度之佳，留下了極深刻的印象。

任何再簡單的工作，都可以表現出從事這項工作者的態度是好還是壞。而且可以肯定的是，自己工作態度好，不但可使自己愉快，也能使與之接觸的人愉快。

除非不做任何工作，不然，工作態度好，實在十分重要。就算根本不喜歡這項工作，可以不做，而不能用壞的態度去做。

沒有人喜歡做自己不喜歡的工作，但既然在種種因素之下非做不可，怒氣沖天地去做，和快快樂樂地去做，其間就大有差別，他人感到不愉快還是其次，對自己的心情、將來前途而言，才是大事。

太多見到工作態度壞，有時壞到令人震驚的地步，所以，看到些工作態度好的，就會特別喜愛。

尤其是少年人、青年人，不論在從事甚麼工作，保持好的工作態度，是將來成功的奠基石，十分重要，不可等閒視之。

原刊於《眼光集》

合同

大多數表演工作者，都和各種規模大小不同的組織簽有合同，如電影演員和電影公司簽合同、電視藝員和電視台之間簽合同等等。

合同，自然是在雙方同意的基礎上簽訂的，一旦雙方簽了字，合同就是雙方都必須遵守的一份契約，不能夠違反，對合同的內容也不能再有異議。

以前，常見的合同糾紛，必然是有一方「控訴」合同的內容如何不合理，等等。這是十分可笑的行為，既然不合理，當初為甚麼要簽，再不合理，簽的時候總是心甘情願，沒有人用機關槍指住後腦者也。

香港社會在不知不覺中進步，近年來，「不合理」的「控訴」已很少聽到了，代之而起的，是在簽合約之前表示不同意合約的內容——這種行動完全是合理的。既然合同要雙方同意才能簽署，其中有一方不同意，自然有權不簽，天公地道。

至於簽了這份合同有甚麼好處，不簽又有甚麼好處，簽了有甚麼壞處，不簽又有甚麼壞處，自然也都考慮得一清二楚。不是簽了後再訴苦，而是根本不簽，這是一大進步！

原刊於《眼光集》

醬缸

著名的雜文家柏楊，將中國的文化，稱之為「醬缸文化」，一頭掉進醬缸裏的人，怎麼也爬不出來，就算好不容易爬出來了，也被醬得毫無靈性了。這真是一針見血的說法。而「醬缸文化」最大的遺毒，便是醬得中國人到現在還不知道獨立自主的生活，而一定要「管」。不但要管別人，也要求別人來管自己。沒有了管頭，如喪考妣，試看看香港的「社會輿論」，無日沒有要求政府管制這管制那的。政府不管制，這是政府的好處，反倒是「輿論」要政府來管制，醬缸之功用，真比水門汀還要厲害。

有人以為本人十分喜歡青年人，這真是大謬而特謬，本人對青年絕無好感，甚至討厭。但是自己不喜歡是一件事，不能去干涉青年人的生活方式和思想方法，又是另一件事。民主的真諦是在於「我完全不同意你的說法，但是我要盡力為你爭取發言的機會。」這一點，從醬缸文化中出來的人，是很難明白的。容納異己不在醬缸文化之內，醬缸文化是要誅異己，將和自己不同的人，一棒子打死，要追求統一。各種意見並存，不是一件很好的事麼？人類實在已吃足了意見要統一的苦頭，但栽在醬缸裏的人，是不會明白的。

原刊於《沙翁雜文第一集》

競爭

競爭是人類的生物天性之一，由這種天性而產生的競爭行為，多到無法分門別類。競爭是人類生活之中必然會發生的事，有時尖銳之極，趨於白熱，有時沒有那麼嚴重，輕描淡寫，但是同是競爭。

商業行為之中，競爭更不可免，尤其是目的同一的商業行為。美國電視上的廣告，兩個人上門要「七喜」，店員大聲嘲笑：「你們一定是才出生的，誰還喝七喜？都喝雪碧了！」竟有至於此者。

所以，身在此行中，想要沒有競爭、逃避競爭，根本是不可能的事，作這種想法的人，亟宜從速退出。因為就算不退出，也一樣會在自然而然的競爭之中被淘汰的。

以電視台為例，同樣性質的節目，就一定是一種競爭，可以各憑節目的內容來吸引觀眾和廣告客戶，競爭還沒有開始，就擺出一副弱者的姿態來：我是弱者，你應該讓我，不該和我爭——這不知道是那一門子的邏輯，連自己都不相信自己了，他人還能會來相信你？競爭而輸，還輸得有氣概，而且競爭未開始，又怎知一定會輸？這樣作「弱者的呼聲」，連氣概也沒有了。

若要免爭，乾脆自行取消如何？

原刊於《眼光集》

開放

在一個不開放，或半開放，或大半開放的社會之中，電視工作人員受到的限制，遠在電影工作者之上。若干電影上的畫面對白，若是出現在電視熒光幕上，只怕非天下大亂不可。

造成這樣的情形之一，自然是由於電視的觀眾多，而且電視觀眾要接觸電視上播映的一切太容易之故，只要一指之力，就立即可以和電視發生關係了。電視的檢查，也特別來得嚴。香港算是一個大半開放的社會，尚且如此，開放程度不及香港的，自然更可想而知，在所有電視節目製作之後，必須通過檢查才能播映者，比起來，香港每每是事後警告，自然是香港好得多了。

說起來，電視工作者大都很能適應環境（有人稱這種行為為「自律」，不是十分同意。「自律」是不做不該做的事，但電視工作者並沒有甚麼不對，有時「大膽」些也不能，不是電視工作者本身的事，而是社會風氣的事），所以遭到警告的情形也不多。

忽然想起，如果每月繳費若干，就可以在家裏的電視中看「花花公子」節目，社會輿論必然群起攻之，這就是香港只是大半開放的社會，不是完全開放。

原刊於《眼光集》

名校

教育行政界人士，頗致力於取消「名校」。「名校」者，有名氣的學校也。致力取消名校，其實大可不必。因為名校的形成，是有許多因素的，同樣是一家二十年前創辦的學校，可能甲校成為名校，乙校不是名校。名校之由來，不是天上掉下來，而是教員、學生、校長，多少年來，辛苦經營的成果。而其中，校長、教員所起的作用最大，學生其次。所以，想從學生大兜亂的辦法中，來取消名校，是辦不到的，除非是教員大兜亂，但那又何必？就讓名校存在，有甚麼壞處呢？世上任何東西皆有好壞之分，何獨學校？

「名校」，也可以分為兩類，一類，是名副其實的。這類名校，學風好，教員負責，是真正的教育家，懂得教育方法，兒童心理，管教恰到好處，循循善誘，學校方面，經常和家長保持聯絡。而且，出乎一般人意料之外，這一類名校，功課大都不很緊，鬆得很，使學生明白課程是其主旨，這樣的名校，真是不嫌其多！另一類「名校」，是表面上的，每年升中，合格率若干，會考，合格率若千，專在這上面做功夫，學生在這種學校中所受的痛苦，簡直是非人生活，功課不嫌其多，淘汰不嫌其少，完全是為名氣而名氣，這樣的名校，不名也罷！

原刊於《沙翁雜文第二集》

努力

有人說：你一再強調天才，不提努力，是不是有鼓勵人不必努力之嫌呢？這種說法相當有趣，鼓勵人努力、奮發向上、克服困難，等等，似乎是執筆為文者的「道德責任」，不然，就會教壞人，茲事體大。但，一直不認為天才須要努力。

天才，已經是天才了，人家再努力也學不會的事，他天生就會，又何必努力？要指導天才努力、指點天才努力、鼓勵天才努力的人，本身未必是天才，天才又何必去聽他們的？

更何況在藝術的領域之中，努力，其實沒有甚麼大作用，畢加索需要清晨六時起牀、午夜才睡嗎？當然不必，他是天才藝術家，又不是鐵匠。

而且，在更多的情形下，天才都自己知道應該怎麼做，不必去聽他人指點，自然而然，達到成功的境界，反倒是努力要人家努力的一些人，離成功的境界，可望而不可及，努力一輩子也沒有用。

一個人是不是天才，怎麼判斷呢？當然由公眾去判斷，不是由自己來判斷。如果由自己來判斷的話，世界上有四十七億天才了！

原刊於《眼光集》

排隊

排隊，是種極良好的習慣。別輕看這種習慣，社會上要有這種習慣，還真不簡單。首先，要有公平的概念：先來者先得，後來者等待。其次，要沒有特權思想：大家排隊輪先後，而不是憑各種各樣的關係去超越先來者，取得特權。第三，還要有守法、守秩序的觀念。一個地方，若是公眾皆有排隊習慣者，這個地方，必然可以列為進步地區，反之也是一樣。排隊輪候，當然不如呼嘯一聲，看眾人兀立，個人已然得享所成來得愉快，但想想不守公德是一種十分卑劣的行為，似乎也不值得去嘗試，如果公眾能有強大的卑視不排隊者的心理，那就更好了。

原刊於《倪匡三拼》

人身

有人不明白甚麼叫作「人身攻擊」。其實，人身攻擊十分易明，凡攻擊他人的私生活、攻擊他人身體的缺陷、攻擊他人的私人行為者，皆屬人身攻擊。任何人，只要他的活動涉及他人者，任何人皆可以攻擊批評之，但不涉及他人者，他人便無權過問。人身攻擊是一件很無聊的事，凡施行人身攻擊者，其本身必然比被攻擊者更差勁，不然，何至於要用到這一招？

原刊於《沙翁雜文第二集》

樹苗

住所對面，填海填出來的一片空地，圍上了鐵絲網，鋪上了草，種了幾行花，有一日在陽台上一看，看到鐵絲網之旁，已種了十來種影樹的樹苗，心中不禁大是高興。影樹又叫鳳凰木，這種高大、樹枝婆娑的喬木，長成之後，在天氣開始和暖時，會開艷紅如火的花，襯上淺黃的花蕊，嫩綠的樹葉，真是嶺南奇景，比木棉好看不知多少，如果在家裏望出去，可以望到一長列影樹，真是人生一樂。可是昨天，到那片草地走走，那一列影樹的樹苗，卻連根也找不到了，那幾行花，也全都半殘，鐵絲網也被摧殘得東掛西蕩了。

一個城市，如果連城市中空地上的花木，都沒有保障的話，那麼，這個城市，可以稱為可恥的城市。日本電視觀眾，幾乎百分之一百地繳款支持一個沒有廣告的電視台，這種情形，在香港來說，簡直是天方夜談，老實說，我也一樣不繳，想法很普遍：我一個人不繳，少了我一份，有甚麼關係？結果人人這樣想，就事情糟糕了。摧折樹苗，也是同樣的心理，我一個人，順手摘上一片樹葉，有甚麼大不了，結果，每天幾千多人經過，樹苗自然連根都找不到了。這種情形，可以說是否定自我的一種惡果。

一定有很多人說，沒有公德心，是自我中心的結果，其實，恰恰相反，只有在集體主義陰影籠罩下的社會，人才會沒有公德心，而在個體主義影響下的社會，人才會有公德心，聽起來好像很彆扭，其實道理很簡單。在集體主義的陰影下，一切全是公物，與我無關，興之所至，可以隨意破壞，但如果以個體為中心，則每一件東西，均與我有關，那有不加愛惜之理？同樣的道理，要保持城市清潔，拚命叫大家提高公德心，是沒有用的，一定要叫每一個知道，這個城市，我是有份的，那麼，當然不會有人亂拋垃圾，亂毀城市設施了。

原刊於《沙翁雜文第一集》

體育

體育精神是人類社會中最重要的一環，一個社會是不是有希望，是不是能進步，就要看這個社會是不是有體育精神。不幸得很，香港社會，沒有體育精神。或者可以進一步說，中國傳統社會，沒有體育精神。美國西部槍手雖然動輒殺人，但不在背後開槍，而中國呢？「兵不厭詐」，背後開槍，閒事閒事。

體育精神可大可小，轟動世界的美國民主黨部被偷聽事件，在美國會引起如此軒然大波，也就是因為美國人覺得這件事沒有體育精神，違反傳統，是打茅波，所以非弄清楚，罰他一個十二碼不可。體育精神必需從各種各項的運動之中，不斷培養出來，絕不是從書本中可以體驗得到的。中國社會之沒有體育精神，培養不出一大批有體育精神的人，就是因為中國傳統，太注重書本而不注重運動之故。運動是有其一定精神的，若以不正當手段獲勝，下流之至。

體育精神，其實就是一種崇高的道德觀念，這種觀念，包括完全承認對方的優點在內。一樣是運動，本人就喜歡看一犯了規，吃虧完全是在犯規者自己的那一種，例如賽跑、游泳，犯了規，害不到別人，自己蝕底。人數眾多的球賽就不然，有時犯了規，還是可以佔便宜。例如足球，禁區犯規，被判罰十二碼，有一個好球門，可以將十二碼球救出，而犯規之前的那一球，可能是必入的。同樣是球類，網球和乒乓球，就沒有這種情形，排球亦然。或許是由於自己的性格使然，很喜歡看雙方有一定距離的比賽，而不喜歡肉搏式，「埋牙」式的競賽。

原刊於《沙翁雜文第三集》

天性

人的善惡，本人深信應該從生物學的觀點來解釋，即細胞中的染色體決定人的性格的那種學說，這種學說的內容，極其複雜高深，根本不是普通人所能詳細了解的，本人自然一樣連知道皮毛都談不上，但是深信這種理論，倒是由於生活經驗，累積而來的。在數十年生活經驗之中，從來沒有看到過一個犯罪分子，是在任何形式的「改造」、「教育」之下，改變過來的，罪犯忽然悔改了，變成好人了，那只是在電影或小說中才看得到的事情。一個犯罪分子之所以暫不犯罪，只不過因為他覺得犯罪對他無利，而絕非他不想犯罪了！

根據染色體理論（為行文方便，姑且稱之），要使犯罪分子不犯罪，唯一的辦法，是使他覺得犯罪無利可圖，反而會有損失，在這樣的情形下，才能抑遏他的犯罪衝動，於人於己，皆有好處。若是讓他們覺得，犯罪的利多於不犯罪，那麼，情形就很糟糕了。嚴格來說，每一個人，都有先天性的犯罪傾向，不過是程度不同而已。犯罪的後果如何，可以決定犯罪人數的多少——當然，這一點，是在法律是公平的原則下才能成立，在公平的法律下，犯罪者不值得同情，只有嚴懲，才能減少和遏阻犯罪行為。

原刊於《沙翁雜文第一集》

隱居

香港是過隱居式生活最好的所在，這話聽來有點怪，香港是一個這樣人口擁擠的大都市，如何能過隱居式的生活？可是事實上的確如此，你住在三家村中，只有三家人家，其餘兩家，必然成為你「親密戰友」，不可避免，反倒是香港，人實在多了，反倒大家自己忙自己的，你不去擾人，人也不會來擾你，只要你真的肯多拒絕幾次，人家又不是非要你不可，自然也會忘了你這個人，於是，隱居式生活就形成了。一出門口，雖然滿街全是人，但既然全是陌生人，那麼，和只有你一個人，又有甚麼分別？

原刊於《沙翁雜文第三集》

遊戲

衛道之士，最喜歡講究主題、意義、教育作用，而不論被講究的是甚麼。他們愛在電影和電視節目中找主題、找意義、找教育作用，而不知道許多電視節目或電影沒有別的目的，目的就是提供娛樂。

甚至，在遊戲中，也有人找主題、意義和教育作用的，而不理會遊戲的本身是不是吸引人，是不是好玩，是不是使人愈玩愈想玩。一些專家為了主題和教育意義，設計了不少遊戲，可是一點也不好玩、一點也不吸引，使人根本不想玩，主題、意義云乎哉，自然也坐了冷板櫈，發揮不出來。

其實，像遊戲，只要好玩就行，甚麼主題、意義全可以拋在一邊，不必被衛道之士的大條道理嚇倒了，因為他們是不懂得玩遊戲的。

若是一定要追究遊戲的意義，能使玩遊戲的人，在玩遊戲的時候，高高興興度過玩遊戲的時間，得到快樂，這就是最高的意義了。

人的一生之中，快樂的時刻不多，能在遊戲之中得到快樂，那也是最高目的，誰會那麼痛苦，一面遊戲，一面還要去追究衛道之士的那種意義。

原刊於《眼光集》

正常

也有「輿論」，要求禁絕一切所謂「色情」的，照這些人的論調來看，一切暴露女體的電影、文字等等，皆是洪水猛獸，卻沒有想到，人類早在完全沒有文字之前，也早已有了性生活了。性生活是人類的天性，就算現在起下令取消一切文字，一切電影，連話也不准講，性生活還是一樣存在的。正常的人，必需有性生活，若是正常的人沒有性生活，會造成極大的苦悶和生活的不正常，這該是沒有人否認的事。既然如此，為甚麼不替那些無法在婚姻中獲得性生活的人着想一下，而一定要逼得他們走投無路？說來說去，娼妓合法，實在刻不容緩。

「衛道之士」在浩嘆色情架步林立之餘，很少肯用腦子想一想，色情架步是不能單獨存在的，一定要有大量的人去光顧，才能林立。而這些去光顧的人，也不是免費的，而是要花錢的，有些情形下，花費還相當高。可知光顧者自有其生理和心理上的需要，而且光顧者數量也不少。若是完全不顧雙方自願的原則，而一律視作犯罪，那就是極端的不公平。逼良為娼是極其嚴重的罪行，若以禁娼為杜絕逼良為娼暴行的手段，那是異想天開，暴行可以藉種種方式來遏止、防範、懲處，生理和心理上的需要，是防止不來的。

原刊於《沙翁雜文第二集》

彩虹

為了看足球而躭誤了功課，在學校的教師而言，一定覺得不可原諒，但本人自己的意思是：功課可以補習，足球賽卻一去不復返，所以，看足球賽，比較重要。恰好看到一本很好的雜誌上，有一則格言式的語句：「你指彩虹給孩子看，工作稍遲可以做；你一直埋頭工作，彩虹卻不會停留。」一些只要求孩子埋頭讀書的成年人會說：彩虹有甚麼好看，當然是工作要緊。這是認識問題，誰是誰非，很難斷論，但至少，得讓孩子自己有點選擇的權利，別將孩子當作囚犯，這總不會錯吧？

原刊於《沙翁雜文第二集》

特權

不排隊輪候的人使用特權方式甚多，各有其神通。常見的有「認識人」。朝中有人好辦事，認識人，打一聲招呼，自然得心應手，人家要等，他可以手到辦來。還有一種是本身有特殊地位，他不認識人，辦事的人認識他，也可以方便則個。這自然都是大事上的卑劣。小事如搶的士，一個孕婦，自然搶不過三個身強力壯的小伙子，小伙子恃的是有氣力，橫眉怒目，誰敢得罪？形形式式的各種特權使用的人越多，這個社會就越是落後，沒有特權的社會是理想社會，由於人性的醜惡，不可得。退一步，只有朝特權越少越好的方向走。

原刊於《倪匡三拼》

#【第六章】

探險

感情

科學家正在致力於研究植物的感情，據實驗的結果稱，植物是有恐懼感的，一株樹，當你要去鋸它的時候，它會「害怕得發抖」云云。聽來好像有點匪夷所思，但既然是人家實驗出來的結果，自然也不能加以否定。對於花草，有一件事是很奇怪的，就是有一種人，不論種甚麼花，弄甚麼草，總可以弄得茂盛非凡，花開燦爛，看他也不過是按時淋水，加些肥料而已，並沒有甚麼特別，照他的方法去做，完全照足，也不一定收到完全相同的結果，這一點，無法解釋，只好說是這一種人，和植物之間，有着感情溝通，所以才會有這種情形了。

科學家研究的範疇，在平常人看來，總是莫名其妙的。地球上的事還未曾弄通千分之一，卻又爭着去研究月球上的事了。科學家對動物的感情，對人的感情，又知道多少？但居然有人在系統地研究植物的感情了。看來好像一點用處也沒有，但是人類科學，就是在這種「一點用處也沒有」的研究之中，日積月累，取得進步的。科學家之所以為科學家，就是因為他們和普通人不同，窮年累月，花費畢生精力，可能只證明了極微小的一點，只研究了自然界現象中的一點，但是他們研究的結果，卻已經永恆地成為人類知識的一部份了。

忽然欽羨起科學家來，全是一片衷心佩服之意。自己少年時讀書不成，無話可說。是以也特別佩服讀書有成、研究有成的成功人物。總覺得，對人類真正有貢獻的，應該是科學家。有的說，科學家發明了武器，造成了戰爭，這是典型的「欲加之罪」，原始人就懂得利用石頭打仗，至於殺人之多，中國歷史上，動不動就有「坑十萬人」之舉，沒有新式武器，活埋也能埋上十萬八萬人，如何能責怪科學家發明了機關槍、坦克車和原子彈？戰爭似乎是人類的天性了，翻開人類的歷史，就是一部戰爭史，和戰爭最沒關係的，反倒是科學家。

原刊於《沙翁雜文第三集》

進步

拜科學之助，人造衛星直接轉播，使得每一個人，都有了千里眼、順風耳，可以看到幾千里外發生的事，這豈是一百年之前的人所能想像得到的？人類科學之進步，近一百年，超過了以前三千年的總和，而後一百年，一定更不得了，真難以想像以後一百年，會有甚麼情形。但是可以肯定的一點則是：一切科學的進步，全都奠基在進步的、開放的觀念之上，而傳統的、保守的觀念，不論有多少人覺得它有好處，是決不會對科學進步有絲毫幫助的。

進步的和開放的觀念，保守派視為洪水猛獸，有的甚至說：這樣的進步，寧可不要。然而，電視有了人造衛星直接轉播，保守派一樣要看，保守派有一點最妙之處，就是一面聲嘶力竭，反對進步，一面卻不斷地在享受着進步的成果。再頑固的保守派，在今日也不會隱居在深山野嶺之中，過着原始的生活，他們一樣感到現代科學的進步，使人類日子過得更好，然而，他們還是要保守，這真是妙不可言的一件事。他們一面拚命維護傳統觀念，最好是在傳統觀念之中，獲得進步，這種想法，等於希望殭屍參加世運而可以獲得金牌一樣。

科學的進步，建築在觀念的進步之上，而觀念的進步，不但表現在科學的進步上也表現在人類生活方式（或生活觀念）的進步上。我們不可能一面要求婦女三從四德，一面又獲得科學的進步，也不能一面捧住傳統觀念，一面希望有民主自由的政治。進步要來，是一起來的，任何調和的、中國式的、傳統式的進步，都只不過是一種幻想，以這種虛幻的目的作為努力目標，到頭來，只是一場空，或者只是更加落後，要就全面進步，要就一直傳統下去，其間決無保留的餘地，不將舊的一齊拋棄，新的無法建成的。

原刊於《沙翁雜文第一集》

靈魂

九月二十九日，在麗的二台，看到了一部紀錄片，是講超感覺和靈魂的，其中有幾句旁白，深得吾心：「以前，講鬼故事，只是茶後飯後的談資，現在是科學家正在研究的課題，靈魂是一種存在，輪迴已被證實……」靈學的研究，已經通過了懷疑時期，而正式進入了萌芽時期。當然，要達到初步的具體結果，還需十分漫長的研究。如今開放在做的，只是肯定、實踐，收集各種如今科學所不能解釋的現象，加以分析。其中，觀念上的改變最重要。若干年前，種種不可能解釋的現象，絕不是從承認靈魂存在的根本觀念出發討論的，現在則是。

在觀念上肯定了某一現象，某一種東西確實存在，才可能進行進一步的研究，這一點，應該是沒有疑問的事了。若是連要研究的對象都不承認，如何研究？所謂「靈魂」，只不過是一個名詞，究竟那是甚麼樣的一種存在，還沒有人知道，已可以肯定的一點，是那一定和人類腦部的活動有關。而人類對自己腦部活動所知，實在太少。在研究靈魂這一方面，如今已被證實的最高例子是「輪迴」，即人在死後，靈魂在不斷轉世，不斷投入新的肉體。這一方面的研究，極其有趣，有不少人在某種情形下，可以清楚記得前生的事，真是玄妙。

「大膽假設」，本人對「靈魂」有一套自己的假設。認為靈魂的存在，是一組記憶，這組記憶，來無影去無蹤，也不知道是以甚麼形式存在的，記憶不但記着這個人生前一生的經歷，甚至在單獨成為一組記憶存在之後（肉體消亡之後），還可以不斷增加、變化，產生新的記憶。這種不知如何形容存在的記憶，在某種情形下，可以和人的腦部發生接觸，使人感到它的存在。情形一如空間中充滿各種無線電波，有了適當的接收儀器，就可以聽到聲音（收音機），甚至看到形象（電視機）。如今有人說那是迷信，只證明其人對這方面的研究進展一無所知。

原刊於《沙翁雜文第三集》

設想

本人堅信，在無極的太空中，一定有着許多星球，和地球一樣，有着高級生物，只不過其形態和生活方式，也決不是地球上的人類，所能想像的。一般的想像是像八爪魚，或綠色的小人，或者是猩猩一樣恐怖，這些想像，全是根據地球上生物形態，加以變化而想像出來的，不論設想中的怪物有多少隻眼睛，全是因為地球上的生物有眼睛之故。但是在其他的星球上的「人」，可能根本沒有眼睛，也沒有類似的器官，可能他們細小如菌，也有可能他們大得分子和分子之間的空隙，和空氣一樣，有可能他們只是平面，也有可能，他們是另一種空間的！

人類（地球人），除非在飛行之中會相對地延長壽命，不然，就沒有可能窺測外太空，「先鋒十號」的速度，達到每秒鐘十四公里半，要十五年之後，才能飛越冥王星，脱出太陽系，將來如果真要派人去探測外太空，這個人該要多長命，才能到達另一個星球呢？科學家的估計是：八百萬年之後，它才能駛進金牛星座！才剛離開太陽系，進入銀河系後的第一站……八百萬年，這是不能想像的歲月，但願愛因斯坦的理論正確，在高速飛行中，地球時間不適用，人的壽命相對延長，不然，人類永無希望窺伺外太空了！

中國道家說：「天上方七日，世間已千年」，如果情形真如此，八百萬年地球時間，在太空飛行的人，可能只是八年，或八十年，或八百年，那就有辦法可想了，可以徵求志願人員，參加飛行，志願人員必需是夫婦，幾對夫婦，就在太空船中養兒育女，小孩子自小就接受高等教育，長年累月，就在太空船中住下去，一代死了，有另一代接上去，人口控制在適當的數目，總有一天，可以到達外太空的，要是真要八百萬年，那就沒有辦法了。真要是有參加這種飛行的機會，本人一定參加，自信有主要的條件，是耐得靜寂。

原刊於《沙翁雜文第三集》

隧道

每次過海底隧道，心中總不免由衷讚嘆一番工程之偉大和科學之進步，但不論是甚麼事，總有人持相反意見的，也有人認為隧道並不好，汽車疾駛而過，沒有渡海的情趣云云。忽然發現，情趣云乎者，和科學進步，是成反比例的。關起窗來開冷氣，當然比不上在芭蕉葉下撲蒲扇有情趣，坐飛機去旅行，比起駕一葉扁舟，飄洋過海來，也差得很遠，而且，科學本身就不是講究情趣，是講究實用，講究效率的。大凡一個太注重情趣的民族，科學一定不發達，反過來，也是一樣，選擇科學乎？情趣乎？這是中國人最大的徬徨。

科學與情趣，最好兩者兼得。中國人特別喜歡香港，基本原因，是因為香港生活，科學設備，應有盡有，各種情趣，也大致保留。世界上其他的地方，像香港那樣，實在不多，所以有很多人，周遊列國下來，一到香港，長嘆一聲，還是香港最好。然而香港這種情形，可以維持多久，也很成疑問。隨着科學的進步，生活方式也在改變，若干被認為是情趣者，在下一代的心目中看來，簡直是「多餘」，久而久之，自然也沒有甚麼人，再去講究這種情趣，情趣進了博物館，儘管有人緬懷，但自然也沒有甚麼人去實行了！

原刊於《沙翁雜文第三集》

異象

那天下午，聽電台報告新聞，有許多人目擊有「不明飛行物體」掠過香港上空。到晚上看電視新聞，赫然有「不明飛行物體」的影片，歷時極長，看得清清楚楚，橙黃色的噴射火燄，尖端似有小而圓球形的物體，噴射火燄就由那小圓體發出。當時看得震驚莫名，因為這可能是世上有關不明飛行物體的最清楚、最長時間的記錄影片了。

到了午夜，又看了一遍，後來在「一週動向」之中再看第三遍。原來那是一位觀眾，在替他朋友拍錄影帶時恰好看到了天上的異象，將之拍攝下來的，機會之難得，真是罕有。

後來，天文台的解釋，說是甚麼飛機噴射出來的氣體，反射陽光而成的現象，實在難以令人相信，那明明是「不明飛行物體」，何必竭力去尋找「合理解釋」而不肯承認。

「新聞透視」節目應該請天文台作解釋的有關人員上來，再和相信那是「不明飛行物體」的人作爭論，同時，重播那一段記錄片：放大、停格，詳詳細細來研究，以求比較確實的答案。

這實在是一件大新聞，世界性的，可是就這樣沒人提起了，真不應該。

原刊於《眼光集》

一段科幻緣

——《倪匡科幻獎作品集》代序

第一次見到葉李華，是在十多年前台北的一場讀友會上。那時他剛大學畢業，正準備出國讀書。我會對他印象深刻的原因，是他對衛斯理、原振俠等人物如數家珍，幾乎把他們當成了親人。

從此以後，他就常常寫信給我，還不時提些匪夷所思的想法，希望我能寫進衛斯理故事中，結果他這項心願，最後還是功敗垂成。（事情的詳細經過，我寫在《招魂》的自序裏面。）

不久他去了美國，在著名的柏克萊大學攻讀物理學博士。原本只是科幻迷的他，當了留學生之後，不知何時動筆寫起科幻小說來。讀完他寄給我的第一篇創作，令我最高興的一件事，是他這個衛斯理迷筆下竟然沒有衛斯理的影子。

接下來的幾年，他對科幻創作愈來愈投入，不但每年參加科幻比賽，還利用暑假回到台港（編者按：疑為台灣之誤），為一份科幻雜誌《幻象》四處奔走。《幻象》創刊的同時，他也得到了中國時報的科幻首獎，可以說是雙喜臨門。碰巧那年我也是評審，我們在選出得獎作品後，主辦單位隨即公佈得獎者（評審過程中作者是匿名的），我一聽竟然是他，高興得差點從沙發上跳起來。

也許是得獎帶給他的鼓勵，葉李華把過去幾年寫的科幻小說整理一番，準備出書《時空遊戲》。在我幫他寫的那篇序裏，有這樣一段話：「這位小朋友的科幻小說，最好的地方，是有他自己的風格，在一開始，就堅持這一點，這使人可以預言，他在科幻小說的創作上，必然會有大成。」

然而這回我卻料錯了。出了自己第一本科幻小說集以後，葉李華並沒有再繼續科幻的寫作。並不是他對科幻的熱情減退了，而是他另有一番抱負，打算藉着其他方面的努力，來提升中文科幻的風氣。

暫且不談葉李華其他方面的努力，先談談我和他怎麼變成鄰居的。

一九九二年秋天，我離開香港，移民美國三藩市。原本我打算息交絕遊，不料數個月後，就被積極尋找我下落的葉李華找到了。也算是有緣，他居住的柏克萊市，和我距離只有四十幾分鐘車程。當時他即將拿到博士，卻說畢業後打算做些不一樣的事。從此他便常開車來找我，我們成了無話不談的忘年之交，前後有四年多的時間。

這四年多的時間，他一直在做科幻翻譯的工作。據他的說法，是希望把外國的經典科幻有系統地引進華文世界。我不只一次提醒他，應該繼續科幻的創作，但他卻不為所動，似乎在翻譯工作中自得其樂。幾年很快過去了，他翻譯的那套「艾西莫夫」總算大功告成。（在此期間，我自己的寫作方式有了「大躍進」——從手寫直接進化到聲控電腦，葉李華也從小友升級為我的電腦啟蒙老師。這段經過頗為曲折離奇，有機會的話，也許該為文一記。）

然而台港中文科幻的閱讀風氣，在這幾年中卻愈來愈低落。於是在那段日子裏，我和葉李華有過以下的對話。

「為甚麼中文科幻，一直不能有武俠小說那樣的高潮？」

「當年有多少人寫武俠小說，你絕對難以想像。寫的人多，看的人自然也多。」

「科幻作家本來就不多，這幾年，連您自己也寫得少了。」

「我已經六十好幾，已經半退休了。而你才三十出頭，應該好好努力一番。」

「我一個人寫，起得了那麼大的作用嗎？」

「起碼你不該像我一樣隱居美國，應該回台灣去，振興一下中文科幻。」

「回台灣……好，我可以回去，只要您答應一件事。」

「甚麼事？」

「您要做我的後盾。」

「那有甚麼問題！」

沒想到兩三個月之後，葉李華真的回台灣去了。這三、四年來，我們仍然保持密切聯繫，而他每次總有捷報傳來。例如他到許多學校去做科幻演講，例如他成功地利用各種媒體推廣科幻，例如他的「科科網」串聯了台港老中青三代的科幻小說家，例如他成為「台灣第一位科幻教授」，例如他策劃的「天下文化科幻系列」（我和張系國擔任榮譽顧問）至今已出版了七、八本書。

今年，葉李華更上一層樓，負責為他任教的交通大學，籌辦一個網路上的中文科幻大賽。非常感謝主辦單位捧場，將這個比賽命名為「倪匡科幻獎」。作為一個每天上網七、八小時的網民（很多時間是花在瀏覽有關衛斯理的討論），自然欣見網路成為推廣科幻的另一個重要管道。在中國時報和幾家重量級協辦單位的支持下，我相信這個比賽一定辦得有聲有色，成為二十一世紀中文科幻的起跑點。

葉李華有一次寫道：「倪匡為中文科幻長跑了三十幾年，千萬的華人讀者就是他手中的棒子。這根棒子早晚要交出去……」對中文科幻有熱情、有理想的小友們，來接棒吧！

倪匡．二〇〇一〇三一四一四〇一二七*

原載二〇〇一年四月一日中國時報人間副刊

*編者註：這是日期，即二〇〇一年三月十四日十四時一分二十七秒。倪匡先生喜歡把日期和時間連着寫在一起，稱其為「宇宙密碼」，並說這個數字每一個都是唯一的，這一秒過去就不會再來。

科幻天下

——「天下文化科幻系列」總序

「為甚麼要寫科幻小說？」「看科幻小說有甚麼好處？」在我三十多年的「衛斯理」生涯中，每當被人問及這一類的問題，我總是答非所問地答道：「你能否在腦海中，想像一種從未見過的顏色，或是一種從未聽過的聲音？」等到對方不出所料搖頭之後（有時要等上好幾分鐘，最長的記錄是半小時），我才繼續說：「沒錯，你絕不可能想像得出來。可是只要讓你看一眼、聽一次，你就一輩子忘不了，同意嗎？」

科幻小說，尤其是極具獨創性的科幻小說，對於讀者而言，就像一種全然陌生的色彩、聞所未聞的天籟，不但能夠讓人大開眼界，更能擴展心靈視野、開拓潛力無限的心靈空間。

※　※　※　※　※

整整三年前，和我做了數載鄰居的忘年至交葉李華向我辭行，說要回台灣去推廣中文科幻。擁有柏克萊物理博士頭銜的他，做事一向有板有眼，早已擬好三個努力的方向：一是有組織、有計劃地出版經典科幻作品，二是成立兼容並包的中文科幻網站，三是在大學正式開設科幻課程。當時，即使在想像力天馬行空的衛斯理看來，這些計劃也是極富科幻色彩。

然而這三年間，他不時有捷報傳來，其中最令我高興的，莫過於他說動了「天下文化」贊助他的第一項計劃。久聞「天下文化」是家態度嚴謹、水準一流的出版機構，科學叢書和文學叢書都擁有廣大的讀者和極佳的口碑，既然科幻是科學和文學的結合，「天下文化科幻系列」的成功自然是水到渠成的一件事。

自一八一八年瑪麗雪萊的《科學怪人》以降，西方科幻累積了近兩百年的寶藏，可供選取的題材永遠不虞匱乏，相信每一本都會是連衛斯理都愛看的科幻小說。除了譯介西方的作品，個人更樂見這個系列能夠出現中文創作。在科幻世界中，沒有不可能的事，說不定在不久的將來，衛斯理也會在此跟讀者見面。

從今以後，天下終於有了科幻，科幻也終於有了天下！

二〇〇〇四〇八一〇〇八二五・三藩市

【第七章】天書

白開水

看了李碧華的散文集《白開水》，掩卷之後，想了很久。想的是，如果要形容一下李碧華散文的筆調，應該用甚麼形容詞呢？冷艷？似乎很少人用這個形容詞來形容文字的。清麗？不足以表現《白開水》中，隨處可見的那種森然之氣。詭異？實實在在，又不是，只是有一種那樣的感覺。鬼氣？李碧華不錯很喜歡用到鬼靈來形容一些普通人絕不會用那樣形容詞來形容的事或物，但也不全面，想來想去，還是想不出來，那是由於《白開水》散文集中，大多數都有它自己獨特的筆法之故，在一般的散文中，絕不多見。

《白開水》中，美麗的句子極多，都是無法加以固定的形容詞的，抄幾句在下面，高明者或有以教之，例如李碧華寫中藥店：「……舖子的大紅階磚地，每洗一回就像吸一點血，看住那些階磚深深地紅進骨髓中去，譬如一個病中的美女，悠悠地煎着藥，悠悠地死。」一看看獨特的詞句：「血……骨髓……病……美女……煎藥……悠悠……死……」所交織出來的畫面，是何等淒艷，用那麼少的字，表現了這樣一個使人可以無窮無盡想下去的情形。李碧華運用文字和本領極大，缺點是有的，不免有點粵語詞彙的夾雜，應該可免則免。

最喜歡《白開水》中的「女鬼」：「中國本身就是一隻孤魂野鬼，滿身血污尋找它的親人」，借鬼來形容一個充滿苦難的國家，記憶中是第一次看到，雖然有點難過，但何等貼切。

「一幅幅黑白照片，女鬼坐在石頭上，自空中抓一把紙錢灰來擦臉，臉越擦越白，直至連五官都看不清為止。」鬼氣森森，至於極點。那女鬼為甚麼要擦到連自己的五官都看不清呢？是她在生前死後，根本沒有看清過自己之故？而我們活着的人，又有多少人是自己看清了自己的？在《白開水》中，有幾篇「遊記」，寫作方法，也是特別之極。

日昨提到的，李碧華散文集《白開水》中的遊記，遊絲路，遊峨眉山（書中誤眉為嵋），有「下（山）時……直滑到十八層地獄」，而爬山時「唯一的願望只是活着到山巔」，而寫峨眉金頂的一篇，對於人生途中，明知做起來極難的事，拚命去做的那種心情，寫得淋漓盡致。李碧華寫東廠胡同，聯想到東廠，有「夜來隱聞千百年沉重鎖鏈腳步聲，在原地不去」

之句，令人悚然。李碧華看到蝴蝶，也會聯想到魂（「同蝴蝶談話」），筆法之異，真是罕見。近日因勉強介紹了一本書，被人罵過，所以格外小心，《白開水》，是一本上佳的散文集，上佳的。

原刊於《皮靴集》

寶庫

西方人沒有法子看得懂武俠小說，但是東方人，卻可以看得懂偵探小說，這是東方人之福。偵探小說在中國，也相當流行，但是作家卻不多，前輩作家孫了紅、程小青之後，就相當寥落。但是在日本，卻發展成為偵探小說的另一流，通過縝密的推理，細膩的描寫，成為日本小說的一個主流，而且人才輩出，創作極其可觀。一般中國小說的愛好者，都不排斥外來的小說，日本的推理小說就有大量讀者，克莉絲蒂的小說，以往由於沒有系統的翻譯，或由於只是零星出版，或由於譯筆欠佳，所以猶如寶庫埋於地下，一旦發掘出來，直叫人喜得搔耳撓腮。

原刊於《倪匡三拼》

絕妙好小說
——《北京滅亡》序言

《北京滅亡》這篇科幻小說採取了歷史事實和天馬行空的幻想相結合的方式來寫作，所以必須先了解小說所採用的歷史事實。

在人類歷史上有許多神秘的、不可解釋的事實，都是幻想小說的好題材，在這些事實上可以有無限的發揮，作任何方式的設想，而變成引人入勝的小說。

神秘事實有一個共通性，就是有關事實的記載語焉不詳，或者只是傳說，或者那些事實根本就是當時會作故事者所創造，根本不是事實，傳久了才被人以為是事實。

只有這篇小說取用的北京大爆炸這件事是例外，發生在中國明朝天啟六年五月初六，北京城內的大爆炸，不但有確實的時間、地點，而且爆炸之前的種種異象，爆炸發生時候的種種恐怖情形，爆炸之後的人心惶惶，都有十分詳細的記錄。

當時北京是首都，文化十分發達，不但有私人的記載，而且有官方新聞機構的正式報道。所以北京神秘大爆炸可以說是人類歷史上唯一有詳細記載的神秘事件。

只可惜這樣有研究價值的神秘事件，並沒有引起世界上實用科學家的注意，沒有對它進行深入研究，所以只好由幻想小說家來努力，用小說家的想像力來設想這場神秘大爆炸發生的來龍去脈，雖然幻想不等於事實，可是也不能絕對否定幻想有朝一日會是事實或接近事實。

當然就小說而言最主要的並不是採取的題材是不是獨一無二的好題材，而是要成為小說之後，這小說是不是好看。可以很肯定地說：《北京滅亡》是極好看的好小說。

小說利用了歷史記載（作者肯定下了不少工夫去研究這些資料），而且運用得巧妙無比，不但將大關日完全融入了想像之中，而且連細節也不放過，有一節描寫爆炸之後將一個人的臉完完整整地印在牆上，連五官的表情都在，更是恐怖詭異兼而有之，如果不知道那是當時災變之後確實的記載，一定會以為是小說家的創作，所以必須一再說明：小說中有關當年在北京發生的事情，從皇宮中到小巷口的種種異象，都是人類歷史上唯一有詳細記載的神秘事件，都是確然曾經發生過的事實。

（印在牆上的人臉，和日本廣島原爆之後在牆上發現的血人影何其相似，然而北京爆炸卻又不像是核子武器所造成，因為破壞力不同，所以更顯得神秘。）

之所以在小說選用的題材上說了很多，是因為三十年來，這場神秘大爆炸一直在吸引本人的注意，在超過三十年的幻想小說創作過程中，不知道多少次想在這件神秘事件上加以發揮，可是想來想去，都想不出該如何處理，也可以說，要在這件神秘事件上落墨，化為小說是很困難的事情，所以在看了《北京滅亡》之後，格外佩服。掩卷深思，肯定自己就算可以作出同樣的幻想，可是在小說的結構上、寫作技巧上、情節動人上，也及不上《北京滅亡》。

相信大家看了《北京滅亡》之後會和我有同樣感覺。

這篇小說不是沒有缺點，缺點在於最後北京爆炸是由「地球聯邦」所發動，可是似乎並沒有達到目的，有些含含糊糊。然而在經歷了驚心動魄的閱讀過程之後，相信讀者不會在意，而會不斷回想小說的情節，越想越覺得其味無窮。

一九九九年七月二十六日
北京神秘大爆炸三百七十三年之後
三藩市

成吉思汗

董千里早年的作品，極其出色的歷史小說《成吉思汗》，經過整理修刪之後，最近由台灣遠景出版社出版，新書已運抵香港。用成吉思汗作題材所寫成的小說相當多，中、外都有。這個人類歷史上最充滿傳奇性的人物，和他所建立的人類史上最龐大的帝國，本來就是小說最好的題材。但是由於人物眾多，歷史資料的複雜，要整理出一個頭緒來，已經不是易事，何況是化為小說——必須是能引人入勝的小說，而不是歷史教科書，那真是談何容易。可是董千里做到了這一點，不但做到，而且做得極其出色。

二十餘年前，初讀董千里著的《成吉思汗》，已經有嘆為觀止之感。二十年後重讀，發覺改動的地方不是太多，但文字更動人，更簡練。要詳細介紹這本書的內容，那是不可能的事，數十萬言，內容包羅萬有。在《成》出版之際，曾寫了這樣的介紹「從成吉思汗的出生起，一直到這個充滿傳奇的人物，經過種種曲折、激烈的鬥爭，建立了人類歷史上大版圖的帝國，把錯綜複雜的歷史人物和事件，用流暢和文采斐然的筆觸，一一活躍在讀者眼前，堪稱是歷史小說中的傑作！」中外所有以成吉思汗為題材的小說中，以董著為最。

原刊於《皮靴集》

鋤頭集

農婦的《鋤頭集》，已經大致看了三遍之多，一直想介紹這本特出的散文集，但是卻一直不知如何下筆才好。這真是前所未有的現象。賣文二十年，一直是筆下不加思索，想到就寫。可是偏偏在農婦的《鋤頭集》上，躊躇又躊躇，猶豫又猶豫，自己想想，也覺得是怪事。或許是由於自己對農婦太熟悉，知道她的想法是多麼認真，知道她對生活、對一切美好事物的熱誠，是多麼地強烈，也知道她對自己的作品是多麼認真之故，所以才感到要審慎下筆？或許是由於《鋤頭集》中的散文，給了太多感觸，有太多話要說，以致反倒一句也說不出來？

《鋤頭集》，已經再版了。一本散文集，能夠再版，這就不是簡單的事，證明它有讀者。讀者自然也在農婦的文字中分享到了那份快樂。或許農婦是對，何必向讀者輸送這憂鬱和不快呢？但是農婦是一個有着強烈的民族感，而且對一切時勢事件有着極其敏銳觀察力、分析能力的高級知識分子，她有着普通人的不能想像的豐富生活經歷——為了保衛國家，她曾躍馬橫戈，指揮軍隊，以一個少女而擔任游擊司令，與入侵的日寇周旋。這一切，她似乎有意無意，要令之消散，而只是「今天天氣」，這無論如何不是令熟知她的人感到愜意的事。

平日，評書，很少涉及作者本人，因為是對書，不是對人，但是要提及《鋤頭集》，似乎無法不連帶提到農婦，農婦本人，就是鋤頭集，鋤頭集中所表達的一切，也就是農婦。文章和人，根本是一體，所以不能不提。鋤頭集中文字的最大特點，是字裏行間，充滿了那股逼人而來的熱誠——（不用「熱情」，熱誠比熱情還要真切。熱情可能是虛假的，熱誠則是真實的。）從她自己的兒子，到一個愛爾蘭的老兵，從一隻啤酒杯，到一個素不相識的年輕人，都能引起她由衷的喜悅熱愛，而又將這種感情化在文章之中，這是鋤頭集和農婦的特色。

曾經勸農婦，將她的經歷寫出來，不必像流行的回憶錄，只是將她的經歷作資料，寫成小說，那就是一部知識分子如何為國家民族貢獻自己所有精力的血淚史。農婦也已動筆，但歷時數年，未見發表。據稱，她一面寫，一面流淚。這更說明了這些資料經歷，有寫的價值，有發表的價值，這種價值，遠在《鋤頭集》之上——寫到這裏，豁然明白了何以對《鋤頭集》

難以下筆的道理。原來是內心深處，對《鋤頭集》不滿意。農婦應該拿出她更好的作品來，拿出有血有淚，震撼人心，感情澎湃，熱血沸騰的作品，而不單是《鋤頭集》！

在《鋤頭集》中，讀者可以分享農婦對生活的那股熱誠，那種不放過一絲一毫可以令人喜悦舒暢的小事所構成的一片柔和的光明。然而生活畢竟不是全被柔和的光線所包圍的，也有極其陰暗悲痛的一面。這一面，農婦的生活中不可能沒有，可是在她的筆下卻沒有一字之流露，這是為了甚麼？農婦絕不是一個矯情的人。這樣做，是有意的規避，不想讓陰暗的情緒影響讀者？還是欲説還休，只道天涼好個秋？《鋤頭集》是絕佳散文集，就書論書。但熟悉農婦的為人，就覺得《鋤頭集》只有一面，沒有另一面。

最後，要不客氣地批評一下「農婦」這個筆名。評書而評到筆名，真是開前所未有之奇，但有一定理由。「農婦」決不是農婦，她沒有種過田，五穀不分，一生之中拿鋤頭的時間，加起來只怕不會超過一小時。她選擇了這樣一個筆名，一則是為了表示知識分子親近工農的虛榮感，二則，有着嚴重的遁世意味，意味着她「解甲歸田」的一種願望。「農婦」不是農婦，根本是一個鬥士。鬥士而用農婦來作為護身，想不再戰鬥了，於是就有了「農婦」。過去拿槍與敵人周旋的豪情勝概，真的一下子全能埋進土裏？就算真能，為甚麼要這樣？

鬥士變為農婦，對人類也有好處的，農婦可以種出鮮美的花果，果腹的糧食，世上絕不能沒有農婦，農婦對其他人的貢獻，和鬥士作比較，也很難分別出哪一種更大、更有用。但是在一個還需要戰鬥的時代中，總希望看到更多的鬥士。鬥士不是人人可當的，農婦比較容易達到任務。鬥士有他獨特的本領，將這種本領隱藏起來，不拿槍而去拿鋤頭，令人氣沮。至少，可以一手握槍，一手握鋤頭。而鋤頭，不單要來種菜，也可以要來抗暴的，陳勝吳廣，就曾用鋤頭抗暴。農婦的鋤頭，何必只是用來種菜蒔花？

原刊於《沙翁雜文第三集》

高陽

讀高陽著歷史小說《金縷鞋》，寫的是南唐後主李煜的事，由於寫得實在太好，看到三分之二，想起李煜悲慘的結局，竟至於掩卷不忍卒讀，徹夜為之不安，這真是幾十年來看小說所從來也未曾有過的事。高陽的表達能力、寫作技巧之高超絕頂，由此可見一斑。通常，小說有懸疑性，「結局究竟如何」為讀者所關注，也是吸引讀者看下去的因素，但歷史小說卻沒有這點吸引力，因為結局如何，早已人人皆知。早年通宵挑燈，看完《荊軻》，已對高陽的妙筆嘆為觀止，而《金縷鞋》竟至於沒有勇氣看完，可知高陽的筆力，又深了不止一層。

《金縷鞋》寫的是李煜，上冊，專寫宮中艷事，寫李煜如何與小周后偷情，風光旖旎，寫小周后的風情，寫偷情之際男女的心理，真令人看得愛不釋卷。高陽的歷史小說之中，有關情愛部份，以《金縷鞋》寫得最細膩動人，最令人覺得蕩氣迴腸。雖然是帝王之戀，但寫來一點也不覺得牽強，就如同普通男女的戀情一樣，真是難能可貴之至。在《金縷鞋》中，另有一段男女之情，在下冊，雖然着墨不多，但一樣出色。高陽在描寫古代女性的心理變化上，真不知他何來如此妙筆，形容一個女人的眼色，便令人心情沉醉，不能自已！

正因為高陽將歷史人物活現在讀者的眼前，所以到了下冊，講到宋兵渡江，攻打南唐之際，就沒有法子再看下去了。結局如何，人人皆知，是一個悲劇。這個悲劇，在歷史書上讀到，可以全然無動於衷，只不過是一朝衰了，一朝興了而已。但是在高陽的小說之中讀來，卻是血淚交織，深恐會忍受不住這樣悲慘的結局而心情憂鬱，是以留了下部不讀。試想想，以高陽的妙筆，若是寫到李煜中牽機毒藥之後的痛苦，周嘉敏在那時的遭遇，縱使鐵石心腸，也不免淒然。本來自認鐵石心腸久矣，但在高陽的作品之前，只好高舉雙手投降。

原刊於《沙翁雜文第一集》

前無古人、後無來者

——「古龍精品系列」代序

真善美出版社，把古龍的一些作品，精印再版，這是大大的好事，極令人興奮。常有一個夢想：古龍的作品極多，版權分散在許多出版社，要統一出版，本來也不是難事，但一涉及權利，這就難上加難了。既然如此，則擁有版權的出版社，各自為政，各出各的，亦無不可，對讀者來說，也可以齊集古龍的所有作品了。真善美出版社首先行動，自有其特別意義。

武俠小說，如今大搖大擺，名正言順地走進了文學的殿堂，儘管一些人不斷地阻攔，可是在廣大讀者的面前，甚麼嚴肅文學之類的幌子，不堪一擊。文學創作，不論是甚麼形式，最重要的是要有讀者，沒有讀者或極少讀者的作品，不管如何聲嘶力竭，加多少好聽的名詞下去，叫多動聽的口號出來，很少讀者，那就是令人覺得可憐可笑，淒涼得很——更何況，那些吶喊叫嚷的少數人中，還有很大部份是「皇帝的新衣」，只不過為了表現自己的「學識」，硬是不懂裝懂，混充高級而已。

武俠小說，尤其是好的武俠小說，作為文字創作的一種形式，具有擁有大量讀者的絕對優勢，雖然近年來佳作並不多見。也還由於此，重溫舊作，或把佳妙的舊作介紹給未曾接觸過的人，也就十分重要。

古龍的武俠小說，已經世所公認，是武俠小說中的上上之作，一般的評論是：僅次於金庸。

這種說法，可以接受，但必須指出，古、金的創作手法，完全不同，是同類創作中的兩種截然不同方式的表現。一如青蛙和斑鹿，同是脊椎動物，但如何去比較他們的潛水能力或奔跑能力，以定一、二名次呢？

曾推崇金庸的武俠小說，「古今中外，空前絕後」，古龍的武俠小說，就可以用同義而不同的八個字形容：以前——沒有人像古龍那樣寫武俠小說，以後——亦不會再有任何人，能和他一樣，所以，他的作品是「前無古人，後無來者」。

古龍去世，已經九年多了，和他論交以來，聚少離多，本來很有機會和他多些相處，但當年重色輕友，白白放過了許多時間。不過，回想起和他相處的每一個細節來，都回味無窮。

近來，對以往的事，在記憶方面，形成一種很奇特的現象。有時，細節清楚之至，可是大環境卻反朦朧一片。有時，大環境清楚，細節卻又模糊了。自古龍去世之後，一直沒有正式寫過紀念他的文字，也算是愧對良友了。

不過古龍必知，千言萬語不知從何說起的情形。且有一事甚怪，九年來，竟未曾有夢中相見的情形，莫非英魂仍在醉鄉，無暇與故人相會乎？

算是新版古龍小說的序吧。

一九九四年十一月廿七日

三藩市

好書

鄭重介紹一部好書。這部好書，是柏楊的巨著：《中國人史綱》。《中國人史綱》，是柏楊近年的三部巨著之一。這三部巨著的另外兩部是：《中國帝王皇后親王公主世系錄》和《中國歷史年表》。三部巨著的總題是「柏楊歷史研究叢書」。《世系錄》和《年表》，搜集的資料，極其詳盡，是兩部有關中國歷史極有價值的工具書，因為它們是工具書，所以不作重點介紹，事實上，對中國歷史有興趣，或正在作研究的人，上述兩部工具書，非備不可，這是一翻之後就可以得出的結論，沒有人可以否認的。

《中國人史綱》不是工具書，是一部歷史的論述著作。這是一部極其特出的歷史論述。兩本厚書到手之後，一直放在床頭，放了將近半個月，沒有翻動。因為《史綱》，心想總是那麼一回事，以前已經出版過的史綱，不知有多少了。直到那天晚上，決心要翻一遍，順手取過下集，怎知一翻之下，「翻」變成了讀，一口氣讀完下冊，不知東方之既白。掩卷沉思，感慨之多，實難盡述。柏楊在論述中國歷史方面，創下了一個極好的典範，這種寫史的方法，是前人所未有的，雖然寫的是歷史，但實際上，是一種了不起的創作。

《中國人史綱》用的是廣大讀者所熟悉的，流暢生動的，柏楊先生獨有的筆法。柏楊將整部中國歷史，分成一個世紀一個世紀來敘述，每一世紀有簡單的總論，有史實的敘述，然後再是當時的文化發展，對外關係等等。任何人如果說中國歷史實在太複雜，太悶人，那本人就推薦他讀這部《中國人史綱》，在柏楊的妙筆之下，歷史人物是如此生動，歷史事件是如此之引人入勝。以前，從來也沒有人用這樣的方式寫過中國歷史，柏楊把眾所周知的歷史事實，寫得充滿了生氣，真是難能可貴。

然而，《中國人史綱》真正的可貴之處，是在於作者柏楊對歷史的觀點，是站在民主、自由、人權的立場之上，分析權力使人腐蝕，分析古今往來的帝王，幾乎沒有一個可以通過權力的關口。在柏楊的筆下，我們看到了中國幾千年的歷史，人民大眾的命運，全然掌握在幾個人的手中，在柏楊的筆下，我們了解到中國人的命運是多麼可憐。柏楊雖然在述史，但是他主要的目的是指出，中國的歷史，是一面鏡子，在這面鏡子之中，可以看到現在、看到將來。中國人的命運是繼續如此下去，還是在歷史教訓中尋求改進？這是最重要的一點！

原刊於《沙翁雜文第三集》

蘇賡哲捕捉到的一點

——《嘉芙蓮是一頭貓》序

寫人物極難，用十分簡短的文字來寫人物更難。高手如蘇賡哲，用的方法是選定一個人，只寫每個人的一點或一剎那，甚至不是素描，只好説是勾勒，但是勾勒得好了，簡單的一筆，也可以看出他寫的這個人的神韻，更比長篇大論地描述來得好。

蘇賡哲的文字功底好，所以才能寫出這樣的人物勾勒，而請留意每一篇的篇名——如果他的文字是一條矯矢的龍，那這標題就是這龍的睛：「陳映真終極之苦」、「劉賓雁遲來的醒覺」、「倪匡是個苦人」……甚至只是標題，也已自成段落了。

這本集子中，作者寫了近一百人，有現代人物，有過去人物，從芸娘到徐志摩，從黃霑到金庸，涉及的範圍廣，作者都用他的筆，捉到了他想捕捉到的「點」。這種寫人物的方式，十分特別，值得流傳。

一九九零十月廿四日

誰主沉浮？
——序阿化的短篇小說

有人這樣看人的命運：「每一個人一生下來，就等於是一個寫好了的劇本，不過看不到這場演出之後，下一場是怎樣的而已！」

這樣說，似乎「宿命」了一些，但如果承認人是受命運支配的，「宿命」又有何妨？人是生活在地球上的生物，而地球是宇宙中的一粒微塵，人類在整個宇宙之中，是渺小又渺小的一種生物，人的生命歷程，又是如此短暫——生命的短暫，如同一聲嘆息，古代的智者早已看透了人的生命的卑微。而人類居然自稱自己可以掌握自己的命運，而不以為命運受着某種力量的支配，想深一層，實在是十分滑稽的事。

支配命運的力量是甚麼？各持己見，宗教家和文學家的見解不同，文學家之中，也有千百種不同的見解，甲有甲的看法，乙有乙的看法。

這本小說集中的幾個短篇小說，主題全和命運有關，自然是阿化的看法。

可以同意他的看法，也可以不同意他的看法，但一定要承認命運是一種實質上的存在。

是為序。

一九八六年七月十一日，香港
八號風球，橫風橫雨的一個下午

舊書

現在的中年人，小時候的啟蒙課外讀物，大抵是征東征西，平南掃北，七俠五義小五義，包公施公，以及西遊、水滸、封神等等，這類書，坊間現在仍有售，但並不為現在的青少年所喜愛。當一個人，發現自己兒童時期喜愛的東西，已不被現在的兒童所喜愛之際，那麼，可以肯定地說，他已經是上一代的人了。現在的青少年（尤其是香港的），知道孫悟空的人多，但真看過西遊記的人就少，知道哪吒的人多，看過封神榜的人少。在這些書中，封神榜是很特別的一本。

封神榜一書之中，可取的有幾段，寫哪吒的一些是好的，但後來，哪吒，成了「三太子」，就一無特出之處。寫姜子牙發霉的時候是好的，但等姜子牙成了「尚父」，就沒有看頭了。最有趣的一段，還是五十六回，寫土行孫娶妻，洞房之夜的情形，身高不足四尺的土行孫，如何半哄半騙，半霸王硬上弓，將鄧嬋玉弄上手的經過，寫得極其詳細而有趣，連細節動作都寫得清清楚楚，鄧嬋玉堅拒了一個時辰以上，終於投降，這種描寫，在舊小說中很罕見，妙在看了只覺得有趣，真正是樂而不淫的上乘「不文」之作。

封神榜中，各人的坐騎，也寫得相當有趣，除了馬是最普通的坐騎之外，其餘各種各樣的坐騎，可以稱得上千奇百怪，應有盡有。開國武成王黃飛虎，騎的是「五色神牛」，五色哪五色，未見詳述，但有紅、黃、黑、藍、白等各種顏色也必，這種顏色的牛，實在很少有，所以才能成為黃飛虎的坐騎。不過牛無論如何「神」，想起來，總難以和馬的敏捷靈活相匹敵，在戰場上，總是吃虧的，但黃飛虎卻又是勇將，可知五色神牛，必有其獨特之處，可能是十分兇野的野牛，如西部片中所見者然，並不是普通的黃牛、水牛。

還有一個騎牛的是太上老君，老子李聃。此公騎的是青牛。青牛應該就是普通深灰色的牛，當然是水牛，太上老君騎牛，很可以想像，因為太上老君是不憑武打，但憑法力的。這頭青牛，在西遊記中，曾下凡來，作精作怪一番，結果是被金剛琢穿了鼻子，拉回兜率宮去的。老子應該是有記載的最早入了外國籍的中國人，他騎了那頭青牛，一直向西走，出了函關，就入了外國籍──「西出函關化為胡」，如今的英籍華人、美籍華人、日籍華人以至烏拉圭華人，如果有聯誼會，應該供奉李先生的像。

封神榜中另有一隻古怪坐騎，是澠池縣總兵官張奎所有，喚着「獨角烏煙獸」。這個怪物，有一隻角，而且奔走起來，其快若飛，憑這匹坐騎，連殺崇黑虎、黃飛虎等五員大將，甚至活捉楊戩，這「獨角烏煙獸」究竟是甚麼東西？看來十足是一隻犀牛。獨角的動物而可以做坐騎的本就不多，只有犀牛才附合，而馬有角，未之聞也。試想想，用一隻犀牛做坐騎來衝鋒陷陣，自然犀利之至，所向無敵了。澠池在今河南省，是不是商朝時，河南省有犀牛？古時中原有象，已成定論，就算有犀牛，也不是十分出奇之事了。

原刊於《沙翁雜文第二集》

四十年間，舊知新雨

——《龍活江湖之劍諜》序

大概四十多年前，我認識了古龍，他成為我半生的知己。四十年後，互聯網已經發達起來，我在網上看到了周翔的長篇武俠《放縱劍魂》，有那麼一會兒，真感覺老友又活過來了。

內地好的作家多了，像陳忠實和莫言的作品就很有深度。最近碰到多位內地作家，其中一位是余華，他寫的《兄弟》真好，是一流的作家。很多人說《兄弟》的上部比下部好，我覺得不對，他的下部寫得非常好，足夠荒謬滑稽……每當我在電視上看到那些沒有真才實學的公司主席，便笑指他是李光頭，好玩得不得了。但除了這些純文學作家，很多武俠作家也讓我很感興趣，比如周翔。

我是在極偶然的情形下接觸到周翔作品的，我在想，大有可能是出自古龍英靈的指引，因為他的作品極出色，相信古龍若在生，也會覺得高興。他已經掌握了寫小說最重要的訣竅，就是有極好的想像力和通順的文筆，掌握懸疑也恰到好處。簡言之，他能寫好看的小說。我現在逢人便說周翔的小說好看，和金庸見面，我也告訴了他。

在網上看到周翔的作品後，便很想告訴這位作者，他的作品雖然仿古龍，可是真的青出於藍，好久沒有看到那樣精彩的武俠小說了。於是找了 MSN 中國的編輯，請他轉告周翔我的電郵地址，和我聯絡。再次也推薦大家看這部小說，保證不會失望，在香港，我又努力向所有小說愛好者及出版社推薦它。後來香港中華書局出版了這部小說《放縱劍魂》，我很開心。

周翔很明顯的受古龍的影響，可是他所有的細節，人物性格，和武俠小說的寫作不太一樣，很細緻，情景各方面不能說是追上古龍，幾乎讓我感覺像看古龍的新作品一樣，讓人很愉快。

就他的《放縱劍魂》而言，細節的佈局很好玩兒，很好看，其中一段寫主角被人追殺，跑到水底下去，結果發現有人坐在那裏等他……這種情節在其他小說裏沒有看到過，很好玩兒，可以讓人追下去看。

《倪震．朋友》代序

替自己的書，替別人的書，寫過許多序，究竟有多少篇，也記不得了，可是至此地步，絕未想到，會替倪震的書寫序。

乍一聽得他要出書，就呆了一呆——噢，該說，乍一聽到他要寫作，就呆了一呆。在知道了他要寫的是人物訪問，就更加意外，因為在各種寫作形式之中，人物訪問，比較難寫。別的寫作形式，自己滿意，讀者滿意就可以了。而人物訪問，多了一重，被訪者也要滿意才好。而且，訪問別人，總沒有把人家痛詆一輪之理，而捕捉被訪者的優點，發掘掌握讀者有興趣的所在，適當地表達，還要加上自己的主見，多方面的配合，再加上行文流暢，才是一篇夠水準的人物訪問。

看過倪震寫的多篇訪問，居然都有以上提及的種種優點，真真不簡單。

忽然發現，替自家孩子的書寫序，好像比寫人物訪問更難一等。

氣質

翻閱着手頭的一本《柏楊與我》，發現名作家柏楊，他的作品，具有一種極其獨特的氣質。這種氣質，或許可以稱為「明星氣質」。這是一種可以吸引許多人在他的周圍，對之產生一種崇仰心情的氣質。《柏楊與我》這本書，由梁上元編著。書中收集了許多人寫的短文，短文的題材，自然是著作人和柏楊交往的經過，讀了柏楊著作之後的感想。在所有的文字中看來，人人對柏楊的崇仰，都出自真心。這種對他人具有無限吸引力的人，是成功人士的條件之一，文化界中有這樣的人，卻似乎並不多見。

《柏楊與我》一書中，有許多從未發表過的文章，其中也有很多，記述柏楊在「綠島」期間的生活，和他出獄後早期的情形，以及柏楊出獄後，重新找到的愛情。經過都極其感人，喜愛柏楊的人，不可不讀。由於柏楊是一個如日前所提到，有一種特殊吸引人的「明星氣質」的人，是以喜愛他作品的人，可以稱之為「迷」，熟讀柏楊作品的人，有獨特的「柏楊語言」，如「醬缸」，如「打狗脱」，未曾涉獵過柏楊作品的人，聽來會瞠目。所以，《柏楊與我》一書，「佩服柏楊先生的人，不可不讀」，確是實情。

原刊於《沙翁雜文第一集》

青草

《不眠的青春草》，是張香華的詩集。去年，還是前年，曾約略翻了一下，沒有細讀，近月，詩集再版，到手之後，讀了一遍又一遍，感嘆莫名。白話詩一直是愛好，自己也曾寫過一些。關於白話詩的種種爭論，不必再多議，只想說說看了《不眠的青春草》之後一點感受。白話詩絕對可以表現一種深邃無比的感情，張香華的詩，已經證明了這一種。張香華在她的詩中所用的文字，所用的句子，甚至是刻意在追求一種委婉、柔順、平淡、恬靜。可是一首詩接一首詩讀下來，可以充份體會出隱藏在委婉、柔順之下的那種剛強，那種不是尋常人能有的剛強。

將剛強藏在婉約之後，不知道詩人是故意如此，還是本來自然性格的流露？寧願相信後者。詩人不必搶天呼地，也不同雜文家，可以把自己的意思，直截了當地表達出來。詩人甚至不要求讀到詩的人，去了解他真正的意願，只是通過文字，通過詩句，自然而然地將心聲寫出來。不論表面上如何清逸淡泊，但只要本性是剛強堅韌的，在平靜的文字後面，就可以看到深處急驟的漩渦。

詩人張香華女士的名字，或者比較陌生，她的另一身份，是柏楊先生的夫人。這只不過是一般性的介紹，事實上張香華在詩創作上的成就，柏楊先生只怕萬萬不及。張香華在她詩集的封底上說：「如果風不自山谷吹來，我就自己搧動我的雙翼。」詩集中所收的詩，不但是雙翼忍受着痛苦所搧出來的風，也是深、廣、熾熱的吶喊。不過這種吶喊，並不是狂呼，而且通過一首又一首的詩表現出來：「為閃電吆喝、鞭笞，為暴風雨狂掃，為茫茫雪途驚恐震懾……」詩人的道路，何其崎嶇！

在崎嶇的道路上，一步一掙扎前進，這種滋味，只有身受者可以深切體會到，旁觀者或欷歔，或同情，或讚賞，或冷笑，或落井下石，或幸災樂禍，沒有任何一種表現可以觸及詩人的內心深處。只有在相類的情形之下，經過同樣嶇崎的路，才能有同樣的心情。那，不會同情、欷歔，也不會讚嘆，而只是一種相同的感覺，感到掙扎的過程中的種種，而起一種極度和諧的共鳴。誰在人生的道路上沒有經過崎嶇的路，可以不必讀張香華的詩，推薦張香華的詩，向還在受着風、雪、閃電鞭笞、狂掃的人。

原刊於《沙翁雜文第三集》

序

——《商旅生涯不是夢：從五十元到億萬富豪》

近年在日本和西方興起的以商業行為作背景的小說，有稱為「企業小說」者，一般以為是社會日趨商業化的結果。其實未必，商業行為是人類固有的行為之一，歷史十分悠久，並不自今日始。以小說而論，茅盾的《子夜》，就相當詳盡地描述了當時上海的那種商業行為。

小說是小說作家的作品，不知道在眾多的企業小說家之中，有沒有企業家親自執筆的作品？就算有的話，只怕也為數頗少，所以，當看到陳玉書的作品之後，就感到十分珍罕。

陳玉書是一個事業成功的企業家，可是他同時的身份，也是作家，他在企業上的成就，或許還不如他在寫作上的成就。《商旅生涯不是夢》就是一部極出色的自傳體小說，許多情節，是他親身的經歷，可是又極富傳奇性，有些經過，恍若創作的小說，但又是真實的生活，交織而成奇趣，使閱讀者得到高度的閱讀享受。而書中在描寫商業行為中的許多細節，人心的欺詐，江湖上風波的險惡，更是看得人瞠目結舌。
這是一本很好看的好書，樂於介紹給大家。

一九八九年十月廿五日

水滸

水滸一書，是寫宋江一直用皮裏陽秋的筆法，明褒暗貶的，金聖嘆早已指出。水滸的可愛，不在於宋江，而在於別的人物，但是這些英雄，也是不能用現代標準來衡量其行為的，他們的行為，有時真叫人看得瞠目結舌，懷疑這些英雄人物，是不是真的英雄，這種例子，書中屢見不鮮。

水滸中英雄人物的怪行之一是殺人如草芥，武松該是水滸中的好漢了，金聖嘆評為「上上人物」，但是殺起人來，「滿門良賤三百餘口」，一個不剩，張都監家中，無辜死在他刀下的人可不少。李逵也是「上上人物」，大鬧江州時，「只揀人多處殺去」，「排頭兒砍將過去」，見人就殺，以致白龍廟小聚，晁蓋給他的好評，是「殺人最多」，妙就妙在「只揀人多處」去殺，而不是「官兵多處」去殺，那些人，自然只是途人而已，這種行為，和如今瘋漢在街頭操刀，見人就砍何異？或許，那時候英雄的標準，是這樣的吧？

中共一直尊崇水滸，稱之為「農民起義」，可稱莫名其妙之至，梁山泊忠義堂上，一百零八個大頭目，有哪幾個人是農民出身的？可以說是少之又少，反倒是做官的最多，如林沖、宋江、花榮、黃信、韓滔、秦明、關勝、呼延灼、魯智深、朱同、雷橫、董平、楊志、索超、戴宗、孫立、宣贊、楊雄、徐寧、郝思文、單廷珪、魏定國等等。還有就是大地主，沒落王孫，如史進、柴進、李應等等，大約只有阮氏三兄弟的出身最好，算是勞動人民，是漁民。

將水滸傳評為農民起義，真正狗屁不通，因為至少在首領中，找不出甚麼農民來，可能小嘍囉中有不少是農民，但中國歷來就是農民最多，任何結夥行事的行動中，都一定是農民佔最大的比例，照這樣的標準來看，任何運動，都可以稱為「農民起義」了。當然，水滸是一部極好的小說，好在文字之妙，可以意會，不能言傳，女兒就曾問：「赤條條跳出來」，和「赤條條跳將出來」，有甚麼不同，文字上來看，是一樣的，但多了一個「將」字，就神氣活現，水滸的文字之妙，大都類如這般。

金聖嘆評水滸，不單指出宋江是假仁假義之徒，而且也隱約將一百零八個大頭目，分成了許多派，如今日「中共問題專家」，分中共頭目為「激進派」、「溫和派」、「宮廷派」然。

金聖嘆將首先上梁山的一派，以宋江為首，是一派，那一派，是在火併了王倫之後建立起來的，算是當權派，本來以晁蓋為首，但後來卻給宋江搞陰謀詭計奪了權。另一派，是盧俊義的一派，那是後來加入的。還有一派，是軍官派，全是原來的朝廷武官組成，這一派的實力可能很大，全是武藝高強的人物，但計謀顯然不及宋江一派遠甚。

水滸傳中，還有一個很大的問題，就是繼承人問題，誰為梁山泊主的問題。托塔天王晁蓋，曾頭市中箭，臨死之際，有「晁蓋遺囑」，曰：「看那個捉得射死我的，便叫他做梁山泊主」。而且還有註腳：「眾頭領都聽了晁蓋遺囑」。所以，晁蓋死後，宋江第一把交椅的位置，並不是「合法繼承」的。後來為了盧俊義，宋江更改晁蓋遺命，和盧俊義約定，攻打城池，以定作梁山泊的繼承人，這已是在搞陰謀了，將晁蓋的遺囑，放在一旁不理，自作對他有利的調度，使他的繼承地位，由「非法」變成「合法」，過程甚是曲折有趣。

原刊於《沙翁雜文第二集》

一團燃燒的烈火

——《為我而生》代序

（一）

常被人問，也常自問：怎麼才算是一部好小說呢？

我的回答是：首先，好小說，必須是一部好看的小說。

本來，好小說必然好看，似乎不必強調，但由於有一些人一直在糾纏不清，連小說必須好看都不明白，所以才要特別強調。

問題又來了：怎麼才算是一部好看的小說呢？

可以有比較具體的回答：

要有性格鮮明的人物；

要有情節變化多端、豐富動人的故事；

要有引人入勝、叫人越看越想看的寫作技巧；

要有簡易通俗、讀者看得懂的文字。

能夠具備以上四個條件，必然是一部好看的小說。

林燕妮新著《為我而生》，讀者諸君看完了之後，不妨和上列四個標準印證一下。夕陽那麼鮮活，麗莎的身份懸疑為何叫人在心中幾十遍生出疑問，故事設計的人物身份是如此不凡、不尋常。一口氣看下來，又如瀑布下瀉，很少有人可以推翻這個結論。

（二）

於是，必然有人會問：內涵呢？

這樣問的人，其實不是很懂得小說——每篇小說，必有其一定的內涵。

這樣問的人，目的是要把「社會責任」、「人類理想」種種，加在小說的身上，簡單地說，要「小說載道」。

好小說，必有道在。

好小說，可以絕不刻意載道。

好小說，也可以大大載道。

這都不是主要的所在，主要的是：好小說必須是一部好看的小說。

（三）

《為我而生》是一部極好看的小說，從一開始就出現的主線，貫徹始終，到了後半部，作者的想像力恣意汪洋，到了奔騰狂瀉的地步——一個小說家若是沒有想像力，那是不能想像的事。

林燕妮在這部小說中，十分大膽地把時人寫入了小說之中。時人，就是還活着的名人——已故名人被寫入小說的極多，不是好奇，而時人變成了小說人物，又並非用影射筆法，而是直書其名的，都極其罕見，初讀，不禁愕然，但看下去，可見其氣勢之磅礴，這是《為我而生》的讀者都可以感覺得到的。這種創作方法，新奇而大膽，在西方小說創作中，也不多見。

（四）

林燕妮在《為我而生》這部小說之中，通過主要人物的言和行，通過故事情節的安排，強烈地表現了一個主旨，這在她以前的小說之中，比較罕見，她以前的小說，自然也各有主旨，但是那種主旨（內涵）未必需要強烈地表現，所以處理的方式，也有所不同。而《為我而生》的主旨，必需注入強烈的感情，必需有悲憤的心情，必需有熱血的沸騰，必需有撕心的吶喊，那是山嶽的絕對分野，是光明與黑暗的劇烈決戰，林燕妮就把她全部的感情，自筆尖流瀉而出，使這部小說幾乎一進入情況，就充滿了強烈的感情，甚至男女之間的糾纏，也受了感染，變得如此熾熱，如同熊熊烈火，絕無妥協的餘地。

這種感情上的熾熱，是林燕妮的性格——儘管她外形看來委婉纖弱嬌美，但是她的內心世界，總有一團火在燒。

燃燒的內心之火，也有起伏強弱的時候，也就不同程度反應在她各類形式的作品之中，她這期的散文作品，感情也突然強烈起來，自然是內心之火燃燒得突然旺盛之故。

內心沒有火在燃燒的人，不能成為作家。

內心之火不是千變萬化、沒有迴腸百轉的人不能成為好作家。這團烈火，可能把她也燒得十分痛苦，幸好這種痛苦可以藉不斷地寫作而減輕。

林燕妮已用她的許多作品，證明了她是一個好作家！

（五）

《為我而生》的主題，涉及政治。

林燕妮沒有迴避這一點，她明白小說要寫人類的生活，各種形式的生活都要寫，政治生活既然是人類生活的重要組成部份，自然可以寫。

在《為我而生》中，林燕妮表達了十分強烈的政治觀點——通過夕陽這個美麗浪漫的女郎而表現出來。作者的政治意向，十分鮮明，組成了整部小說的主旨，就算完全持相反意見的人，只怕看了以後，也不免感到震撼！

（六）

林燕妮自己曾寫過這樣的句子：

「我本身是不存在的。

我存在於工作裏。

我存在於愛情裏。」

烈火的本身也是不存在的，要發光、發熱，才顯示了它的存在。
這光，這熱，是烈火的生命。
林燕妮為此而生！

香港，一九九零年五月廿九日

我城

仔仔細細，看完了西西的《我城》。對西西的作品，一直存有自己不夠資格批評的想法，看完了《我城》，這個想法依然不變。但是仔細看下來，對於西西獨特的筆法和獨特的表現方法，多少增進了一點了解，所以也不是全然無話可說。西西，是香港眾多的作家中極其獨特的一位。她的作品，不獨是短文或小說，都有着她極其特出，與任何人皆不類同的風格，而她一直以來，都保持着這個風格，在這個個人的，只屬於她個人的風格上發展，而且漸趨成熟。西西的小說作品不多，她選擇了《我城》作為第一本單行本，有一定的道理。

《我城》寫的是生活，是環繞着作者個人的生活，也是在這個大城市中，每一個平常、普通人的生活。《我城》，實際上是「我們的城」，也是「我們的生活」、「我們的遭遇」、「我們的心理」。儘管西西在寫作之際，採取了一種片斷摘擷的方法，乍看起來，好像並不連貫，但是仔細讀來，卻可以領會到作者想要表達的，實在是對我們早已習以為常的那種生活的一種抗議。這種抗議，並不是強烈的，直接的，但卻發自心底深處，或者可以說是一種心平氣和的哀鳴，那樣單調，那樣無可奈何。當然有時也有歡樂，但沉鬱感卻蓋過了一切。

如果說文學作品一定要表現甚麼的話，那麼，西西的《我城》表現了甚麼呢？已經提到過「心底深處的一種鳴叫」，這種鳴叫，是帶有一種極度的無可奈何的成份。這種鳴叫，其實每一個普通人的心中都有，在香港這樣的一個地方，人人都有自己的心聲，在《我城》中，普通人可以找到自己心中想要申訴的，想叫出來而又被生活壓得叫不出來的情緒。西西寫得是這樣細膩，她甚至故意不寫出她所想表現的東西來，作一種有意的規避，但是讀者還是可以看得出她其實是想說甚麼。「欲說還休」，比直截的描述更動人，也更深刻。

《我城》由素葉出版社出版，印刷、編排，極其精良美觀，遠在一般出版社之上。聽說，「素葉出版社」是一個很奇特的出版社，由十餘位志同道合的寫作人，自己出資組成，方式是每月個人出資若干，而所有的編排工作，當然自己動手。這是一條極新的路，也極其可行。由這條路發展去，可以出版許多好書，可以替整個社會，提供更多的讀物。「大屋子一共有十七扇門，阿北每天起來，去把所有的門一扇一扇看過……」好的讀物，也可以打開門，看看更遼遠的世界。

原刊於《沙翁雜文第一集》

無名氏

前些日子，卜公少夫提起，要為無名氏出專集。無名氏是筆名，在一九四零年之後，發表了極多的作品，包括小說、散文等等，擁有極多的讀者。小說之奇麗雄偉，中國作家中很難有可以與之相埒的。以愚意，中國的小說，三十年代自成體系，接下來的，就是無名氏時代，無名氏時代之後，才一分為二，大陸、台灣，各有才人。但是無名氏的作品，卻一直為人忽略，論者總以三十年代的作家為一結束，沒有注意到無名氏處在時代的大動盪之中的一系列作品。而事實上無名氏的作品，是有承上啟下的作用的。

無名氏的作品相當多，小說中著名的是《北極風情畫》，寫愛情之迴腸蕩氣。還有《塔裏的女人》、《野獸、野獸、野獸》、《金色的蛇夜》、《海艷》、《一百萬年以前》等等，散文集則有《露西亞之戀》、《火燒的都門》、《冥想偶拾》等等。這些書，早十幾年，還可偶然見到點翻版本，現在要找齊，只怕很不容易，要費一番功夫。無名氏的作品，對五十年代、六十年代的香港文藝青年，起過巨大的影響，而近年來，無名氏的作品，似乎漸漸不為人所知了，實在是極其可惜的事。

無名氏的作品，對讀者而言，有一個極其突出的特點：要就喜歡到極點，要就完全不能接受，似乎並沒有人對無名氏的作品無可無不可的。考其原因，是由於無名氏文章的「怪」，這個「怪」，是說他的作品，是與眾不同的，獨創一格的，不依傳統的，不照規矩的，奔騰如浪，詭譎如雲，全然不可捉摸，根本不能將之劃入任何的框框之內。所以，要接受他的作品，閱讀者要有先天、後天的條件。先天條件是閱讀者要有豐富的感情和想像力，後天的條件是閱讀者要廣泛接觸新事物。一個拘泥而沒有想像力的人，決不可能喜愛無名氏的作品。

原刊於《沙翁雜文第二集》

武俠小說

自小就喜歡看武俠小說，簡直看得廢寢忘食，如癡如醉，也不知嘗過多少次為了看武俠小說而帶來的苦果。如今，社會畢竟進步了（從看武俠小說而一筆帶到社會進步，行文如天馬行空，偉大得很，一笑），武俠小說早已被接受，重要的是，被家庭接受，被學校接受，家長或教師對武俠小說不再排斥得如此之甚了。其實，家長或教師，很多一直自己也看武俠小說的，只不過不讓子弟或學生看而已。如今武俠小說堪稱是蕭條期，金庸不寫了，古龍不寫了，臥龍生不寫了，只有溫瑞安還在堅持創作，而且頗有可觀。

武俠小說的創作少，其實正是有本事寫武俠小說的人大展身手的好機會，因為只是創作少，並不表示讀者不愛看武俠小說，不表示市場上對武俠小說不需要。

小說之中，以武俠小說最不易寫得好而又最容易下筆，似乎所有武俠小說中可以表現的情節都已表現完了，必須另闢道路，這是難處。易處是反正就是那些情節，隨手拿來就是。

原刊於《眼光集》

看小說如對異性

——《香港仔日記》序

有云：治大國如烹小鮮。

我說：看小說如對異性。

（男人的異性是女人；女人的異性是男人。）

（當然也可以是同性，視乎閣下的性傾向而論。）

從小就喜歡看小說，於今尤烈，一本小說在手，愛之撫之，樂不可支。這當然是還沒有開始看的時候的感覺。

看了之後，是喜是悲，在那時候還完全是未知數。

很久以前，總要看到一半，才能肯定這小說不好看，知道上了當，浪費了生命，這才放棄。漸漸地看三分之一就可以知道不必看下去，然後進步到五分之一、十分之一……

到現在，積超過半個世紀看小說之經驗，敢誇欣賞能力極高，所以只要看開頭幾百個字，就可以知道這本小說是龍是鳳，還是垃圾。

不過無論怎樣，總要先看了才知道——即使只看一眼。不看，有可能錯過了一部好小說，那簡直是終身遺憾，看了，一發覺不好，立刻可以扔掉，損失不大。所謂「有殺錯、冇放過」者是。

所以當黃霑說，他著有一部好小說，快將出版，就請他先寄來看，說是「先睹為快」，實在頗「不懷好意」——寫小說乃本人之強項也，閣下雖然百足那麼多爪，瓣瓣皆能，難道連小說也寫得好不成？而且說是「鹹濕小說」，那是小說中的極品，以中國五千年文化傳統而論，好看的鹹濕小說也來來去去只不過那幾部而已，所以雖然頗「不懷好意」，卻也真的想看看。

小說到手，才看了幾行，就被吸引。

看完寄來的第一冊，連連感嘆：這豈止是鹹濕小說而已！所謂鹹濕小說者也，當然是談話時的方便用語。實際上這是一部極佳的——「社會通俗小說」。

這一類小說，可以上溯到四大奇書之一的《金瓶梅》，以及晚清的《二十年目睹怪現狀》、《官場現形記》。黃霑這部小說更接近《海上花列傳》和《九尾龜》，因為都用方言寫成——後兩者用吳語，前者用粵語。

小說以香港為背景，用粵語來寫，使讀者倍覺親切。香港報章上頗多粵語入文者，然而看起來不覺得彆扭者，如鳳毛麟角，真正只有兩個而已。

鳳毛者，已作故人之三蘇大師；麟角者，生猛活潑之黃霑先生也！

所有小說都以文字作為面目見人，文字好，一如人面目俊朗秀麗，自然一照面就能吸引人、惹人好感，所以是好看小說的先決條件。

當然好看的小說還要有豐富的情節，這部小說情節之豐富簡直如汪洋大海，因為它取材於香港的社會百態。香港社會的多姿多采可以名列世界第一，給社會通俗小說提供了無窮無盡的題材，黃霑順手拈來，就已經看得人眼花繚亂，全身三十六萬個毛孔，個個都大叫過癮。小說中的人和事，有的是我們經歷過和看到過的，有的是我們只聽說過的，有的是我們想都想不到的，卻又完全是在我們周圍的事情，其過癮之一。

小說用第一人稱寫成，採用了自己對自己說話的形式，所以句句是男人的真話，敢說小說中的話，應該每個男人心中都有，只是敢不敢、能不能說出來而已，現在代大家說出來，其過癮之二。

小說當然也有缺點。

不懂廣東話的人，會像看天書一樣，不知所云。然而如果肯下功夫，學着去看，不但其樂無窮，而且可以學會很高級程度的廣東話，成為額外收穫。

缺點之二，是小說的「鹹濕」部份，頗嫌不足。

小說無非是寫人的生活，而性生活是人生活之中極重要的組成部份，應該可以作為小說的內容大寫特寫，以黃霑之豐富經驗（一笑），絕對不應該僅止於此。

一看就被吸引，看了大叫過癮，看小說有這種遭遇，和遇上稱心如意的異性一樣，實在是賞心樂事。

常常說：「我的欣賞能力，十倍於我的創作能力。」

我說是好看的小說，不會不好看。

算是介紹，然而可以不必，因為俊男美女，人人一眼就可以看出來，何需別人指出。

一九九八年二月二十五日

清晨六點起到八點半。因為用聲控打字法，有的廣東字不好找，所以很花時間。

看透了韋小寶這個人

——序《小寶神功》

劉天賜先生把金庸小說《鹿鼎記》中的人物性格，作詳盡的分析，寫出了《小寶神功》一書，拜讀之下，深覺《小寶神功》堪稱人際關係的聖典。

人是群居的動物，極少人可以離群獨居、不和他人發生關係，所以，人際關係是任何成年人，甚至少年人所必須學習的一種生存方法。人際關係處理得好，許多情形之下，可以事半功倍。反之，則很可能作了十倍努力，一無所得，還惘然不知其理。

韋小寶這個人，一般讀者的印象是「不學無術」、「好吹牛拍馬」、「滿口髒言」……等等，為了替韋小寶辯護，先後寫過不少文字，這種「普遍的印象」卻很難糾正。讀了《小寶神功》一書，不禁大喜，因為畢竟有人，也看透了韋小寶是「一個老實的忠厚的朋友」、「對朋友義氣看得特別重要」。

這一點是韋小寶自小的性格，當他還是一個小孩子的時候，他不出賣茅十八，就表現了他這種性格。可以肯定，有這種性格的人，一定會有很多朋友，而「出外靠朋友」，得道多助，成功也必然。

劉天賜先生也指出韋小寶「不貪婪」，韋小寶極大方、疏財，深明有財大家發的道理，比起越有錢越孤寒的一些人來，自然可愛之至，也容易走上成功之路。

《小寶神功》也大大點醒了在上位者在人際關係中應該怎麼做，借讚揚康熙「識做」，指出了許多點，真值得許多在各種不同「上位」者借鏡，小寶神功訣云：「多留餘地。」真是可圈可點。

《小寶神功》中又有一大段，論及人際關係之中，有時必須虛偽、必須有謊言，不能句句都說老實話，這更是金玉良言。雖然道學夫子或許會作反感狀，但不必聽道學夫子的話，本人意見與劉天賜先生的一樣，在發表過的散文中，不止一次指出人際關係必然如此，若真是處處說實話，只怕在群體之中，寸步難行！

要明白「小寶神功」是甚麼，自然最好是看看這本書，這本書的結論是：「小寶功不止是嬉笑、講好聽的話，小寶的做人處世精神，也是應該學習的。」

能學到韋小寶做人的精神，即熟讀《小寶神功》而付諸實行——套一句朱柏廬治家格言的結語：為人若此，庶無近焉！

一九八四年七月卅一日，香港

《新幹線殺人事件》序

推理小說，或稱偵探小說，是小說眾多形式中十分奇特的一環。推理小說有異於其他形式的小說者，是一定要有結構緊湊的情節，而不容許有「廢話」，要求作家以嚴謹的，縝密的頭腦去寫作，所以，是小說眾多形式之中，相當難寫的一環。

推理小說，好的推理小說，可以看得人連氣都喘不過來，作者的故佈疑陣，由作者自己抽絲剝繭解開來，讀者一面看，一面在測驗自己的智力，所以看好的推理小說，等於是在進行一場智力遊戲，或者是在和推理小說的作者，進行一場智力的競賽。

一再強調「好的推理小說」，是因為實在有太多的推理小說，寫得不是太好，甚至十分之差的緣故。看了這一類開始故佈疑陣，到頭來完全不能自圓其說的推理小說，非但享受不到讀書、求知的樂趣，而且會大為氣惱，唯有結局出人意表，但又處處令人心服口服的推理小說，才能使讀者得到莫大的樂趣。

推理小說，大抵始於西方，但在日本，卻發揚光大，日本推理小說，好的，看了之後，印象深刻，可以隨時拿出來讚美一番的，不知多少，有好作品拿出來的推理小說家，也為數極多。

中國的推理小說並不盛行，所以我們要看推理小說，不是西方，就是日本。

夏樹靜子是一位女作家，她的作品，有着極其鮮明的特色，一是作品大都很短，適合如今社會的緊張節奏。二是佈局極佳，很多故事，都是早已知道探索的是甚麼，但仍一步一步，作精密的求證。三是在她的作品之中，罪犯究竟是不是這個人呢，她不作明寫，留下很多餘地給讀者自己去設想，更增讀者的樂趣。

所以，那天，幾位朋友談起推理小說的翻譯，就竭力主張把夏樹靜子的作品介紹給讀者，結果，沈西城先生坐言起行，立即着手翻譯，而這本推理小說集，也得以面世。

夏樹靜子的作品，絕不會使讀者失望，這是可以絕對肯定的事，所以，樂意為此寫序，推薦介紹。

一九八四年六月十日

妹妹

——《銀女》代序一

很久以前，很久很久以前。

上海。

強街的窗口，傳來斷續的呼叫聲，衝破江南悶熱的夜：「方糕……伏苓糕……」

叫聲單調而寂寥，沒有回聲。

強街的屋子中，一個兩歲不到的小女孩，坐在床上，哭嚷了起來：「方糕！方糕！」

小女孩吵着要吃方糕，做哥哥的趕下去替她買，方糕買回來了，小女孩破涕為笑，就在這時候，一隻小小的蜻蜓，忽然飛過來，停在小女孩的鼻尖上，小女孩不知所措，那種狼狽的神情，可以使人記住八十年。

方糕是一種很可口的江南甜食，用米粉蒸熟，中間有甜膩的豆沙餡，正方形，上面印着篆書的「福」字，或「祿」字，或「壽」字，入口香軟馥郁。

蜻蜓是俗稱為北斗蜻蜓的那種，有碧綠的身體，透明的翅膀，鮮紅的脈絡。

小女孩，是今天著名的小說家。

哥哥，到今天還是她的哥哥。

人的記憶十分怪，很多很久以前的事，都變得模糊不清，但是會有一些事，在記憶之中，十分清晰，就像是一分鐘之前才發生一樣，上面所述的那情景就是。

哥哥和妹妹，純屬血緣關係，和朋友不同，不能選擇，兄妹之間的性格不同、愛好不同、教育背景不同、生活方式不同。小蜻蜓停在她的鼻尖上、把她從幼兒園中帶出來，這全是多年之前的事，然後，各有各地生活，忽然之間，她長大了，開始寫作。

當然，我開始寫作比她早，是不是這一點影響了她？如果是的話，那可以說是寫作生涯中最大的成就，因為由於從事這一生涯，而使世上多了一位如此出色的小說家，使千千萬萬的讀者，在她的作品之中，得到了許許多多的樂趣。

她的小說技巧之高，文字運用之生動活潑、流暢潑辣，小說中人物性格之鮮明可愛、可恨無奈，早已有了公論。《玫瑰與家明》，多麼親切；《曼陀羅》的故事架構，何等偉大；

《香雪海》的人物造型，何等冷森。

她的雜文技巧，也眾所周知，用字用句之直率無忌，對各種各樣虛偽道德的挑戰，就像奔騰的洪流一樣，往往以人喘不過氣來。

她是作家，一個好作家，這正是大量讀者所公認的事實。她的作品，一直處在暢銷書的首三名之內。

雖然哥哥、妹妹是一種不能自由選擇的關係，但是極喜歡有這樣的關係。

講出去，多神氣！

一九八三年九月二十五日

《銀女》及其他

——《銀女》代序二

書有序，一點不稀奇。一本書有兩篇序，也一點不稀奇，甚至有十八篇序，也頗為平常。但一本書有兩篇序，而兩篇序全由一個人來寫，就很有點不平常，是不是可以算是創舉，待考。

一本書有兩篇序，一篇是倪匡寫的，另一篇也是倪匡寫的，為甚麼不合起來呢？當然有原因：一篇，只說說人；另一篇，要說說小說《銀女》。

這一篇，就是說《銀女》的。

《銀女》是一篇情節極之曲折的小說，同樣的寫作方式，在作者已發表過的眾多作品之中，並不多見。作者已發表過的小說，以中、短篇居多，《銀女》在篇幅上未必見得長多少，可是包含的內容之豐富，卻出人意料之外。

一開始，無邁的無可奈何的婚姻生活，道盡了男女之間感情上的糾纏。明明是沒有感情的了，可是：「……也許我還有所留戀，我要等他先開口，待他親口同我說，他要同我分手，屆時我會走得心甘情願。」

屆時，真會走得心甘情願嗎？如果真心甘情願地走，又何必要等這無趣的一刻。

《銀女》是用第一人稱寫的，「我」是一個婚姻失敗的，受過高等教育的婦產科醫生，在物質生活上，甚麼都有；在精神生活上，甚麼也沒有。在陳小山意外發生之後，林無邁女士不把她的精神寄託在一直愛她的季康身上，卻熱衷於陳小山和小舞女的孩子，是不是她的空虛，已經到了無可彌補的程度？這真是可哀之極的一種狀態。

陳小山的撞車喪生，在小說結構而言，簡直是石破天驚的。小說一開始，讀者就被引進了一定是林無邁、陳小山感情糾紛發展成為故事的圈子之中，可是小說作者卻偏偏奇峰突出。一個小說作者如果能在自己的作品中有這樣的結構安排，才堪稱是一個小說作者。

《銀女》有作者一貫的銳利筆法。但是在多年的創作歷程中，《銀女》是成功又成熟的一部小說。在《銀女》中，人和人之間的關係，寫得如此真實，即使書中人感到「人與人的關係可以進引到這種虛偽的地步」，但由於人際關係就是那麼虛偽，所以也就格外顯得真實。

很多人，對小說中的人物要求真實，其實，只能要求性格上的真實、心理上的真實。要求其他的真實，那是外行人的說法。《銀女》作者的小說，一直都有着小說人物應有的真實，也正基於這一點，所以她的小說，才一直受着廣大讀者的歡迎。

《銀女》的真正女主角，除了林無邁，就是王銀女。王銀女是「小姐」——香港有多少這樣身份的女孩子？這種身份的女孩子，不知曾多少次在小說裏、電影中、電視上出現過，可是真正能寫得出這種身份女孩子的內心生活的，又有多少？

即使身份、遭遇是一樣的，事實上，內心也絕無可能一樣，有的認命屈辱、有的咬緊牙關、有的自暴自棄、有的倔強拚命……有幾百千種不同，王銀女，只是其中之一。作者寫的就是王銀女，不是籠統模糊，似是而非，想當然的典型，而是一個活生生，鮮蹦亂跳，她就是她的王銀女！

這一點，是作者小說的極大優點之一，和那些侈言甚麼社會意義，可是作品中的人物僵死如紙紮，還自以為那才是「文學作品」的大不相同。

有了活生生的人物，才有情節動人的小說，《銀女》就是這樣的小說。

一九八三年九月二十五日

《倪匡筆下的一百零八將》序

小友藍手套*（好古怪的名字，其藍家峒人乎？）者，衛斯理專家也。對衛斯理故事之熟知，宇宙三名之內，而本人區區在下，反而不在這三名之中，這種怪事，也只有在衛斯理故事周圍才會發生。他對小說中各色人等，都有深厚感情，作有系統的評議，或妙趣橫生，或令人嗟嘆，或令人扼腕，或令人唏噓，讀之竟勝原著，誠小說衍生作品中之傑作也。

二零一四年三月六日，香港

* 編者註：藍手套即本書編者王錚之網名。

【第八章】尋夢

從偵探小說說到奇情影片

全世界所有的偵探小說作家，一致公認其創始者，是美國作家愛倫．坡（E.Anen Poe），但是，偵探小說逐漸演變的結果，愛倫．坡作品中的那種奇幻而曲折的情節，追求一個出人意表的結果的作風，反倒被忽略了，而尋常所見的偵探小說，都是以偵探着手探案，着重科學化的推理的為多。

自愛倫．坡以來，最著名的偵探小說，當然要推英國的「福爾摩斯」探案，和法國的「亞森羅蘋」偵盜奇案。這兩部純作家所創造的人物，在讀者心目之中，留下了那麼深的印象，以致當柯南道爾爵士，在〈最後問題〉一文中，安排福爾摩斯和一個匪首同歸於盡的時候，憤怒的讀者，以石塊拋擊柯南道爾住宅的窗戶。

由此可知。偵探小說是如何受人歡迎的一種小說形式，而偵探小說作家們所創造的人物，也是如何地深入人心。

在中國，也有偵探小說，霍桑探案，和俠盜魯平奇案，都是很有名的作品。但是，這兩個人物，都脱胎於福爾摩斯與亞森羅蘋，固然不乏佳作，也難以列入上乘作品。

除了霍桑和魯平之外，最有名的，而且海外的讀者，對之印象最深的，當然是小平先生所創造的那三個劫富濟貧，俠骨柔腸的「女飛賊」了。

三個「女飛賊」，實則上是三位女飛俠。只要是喜歡看偵探小說的人，可以說沒有一個不能叫出她們的名字來的：黃鶯、鄔雅、向遏。

女飛俠黃鶯的故事也是最接近於偵探小說鼻祖愛倫·坡的作風的。那種詭異的氣氛，不到最後，絕難估到結果如何的佈局，獨步一時，至今無人能繼。

因此，在所有的偵探小說之中，被搬上銀幕的，也以女俠盜黃鶯的故事為最多。

在全部女俠黃鶯的故事之中，《黃毛怪人》，是最突出的一部，因為《黃毛怪人》，不但有一個案子，而是案中有案，因此也就分外撲朔迷離，引人入勝。

《黃毛怪人》上銀幕，已經成為事實了，這是偵探小說的愛好者——追求曲折、驚險、迷幻、不可思議而又有科學推理的人們的大喜訊。也是對偵探小說的發展的一種鉅大的推動力！

原刊於《真報》「觀影隨筆」專欄，一九六二年九月二十二日

地心探險記（JOURNEY TO THE CENTER OF THE EARTH）

在同類的電影中，這是一部上乘的佳作。與之和普通的科學幻想片來比，當然高過不止一皮，即使與之和同作者的「海底兩萬里」來比較，本片也不見得會遜色。因為，片名雖然是「地心探險」，但是其可看之處卻並不是僅止於地底下的那些事，而且在地面上，也有許多事發生，它甚至還包括了一件謀殺案。

要說故事的梗概，在這一個小方框中也是難以說完的。寥寥幾句的話，就是愛丁堡大學的一個地質學教授林登（占士美臣），在一個偶然的情況之下，發現了一個三百年前偉大地質學家的留言。那地質學家說，他曾到過地球中心，而且指出了道路。林登在得到了這個秘密後，就擬出發探險，但這個秘密又被另一人盜竊了去捷足先登，而螳螂捕蟬，黃雀在後，那人卻又被人謀害了。

於是，本來已夠驚險的「地心探險」再加上了存心破壞的壞蛋，戲便從頭緊張起一直到尾。

如果只是一味緊張，還不能算得好。本片在緊張中，還有極其輕鬆的場面出現。而導演在處理這些場面的手法方面，是異常巧妙的。當觀眾緊張時，便來一下調劑，可笑處往往使人捧腹。例如白潘赤身在樹上，要修女給他袴子穿就是一例。

唯一失望的觀眾，是因為本片乃「白潘」主演，而誤以為是輕鬆的歌唱片的。那就真的大失所望了。白潘在本片中，只唱了一隻小調（其實也是多餘的安插）。霍士用白潘來拍此片的緣由不很清楚。但白潘給人印象，卻從此有了改變。在本片中的演出，記實了他不但能演歌唱片，而且可以真正地做戲。當他所飾的貧苦學生麥克文，在地心中和探險隊走失了時，那種焦急，失望的心情，真使人代為着急。而當他愉快地唱歌和歡笑時，也充滿了青春的氣息。這，或許是其他專靠唱歌的演員很難做到的。

但是，全片演得最好的還是老牌明星占士美臣。奇怪的是占士美臣不知為甚麼，總不能在荷里活走紅。實際上，他是第一流的好演員是毫無疑問的。在本片中，他飾一個追求科學真理、固執、討厭女人的教授，真是活了！最好的是他處處有學者的氣度，學者的架子，絕非一般演員所能摹擬。有他壓着，本片才顯得更有份量。

兩個女演員也都很好，演探險隊員之一的雅蓮黛露，並不為占士美臣與白潘兩人所掩，而仍有其搶鏡頭之處。

其他，如瑰麗的彩色，譎異的場面，光怪陸離的地心，種種怪獸等，均足以使人開心。由於該書原著者是一個學識非常豐富的人，所以電影中的許多事，事實上都是有科學根據的，例如根據最後一次回聲來測定聲音傳來的方向等等。

電影最後，以林登教授的一句話為結束：「人類探求知識的信心是無窮的。」在「海底兩萬里」中所幻想的原子潛艇，今日已經實現，真正的地心探險，大概也不會很久了。

原刊於《真報》「觀影隨筆」專欄，一九六零年一月四日

兒女英雄傳

在北方流傳極廣的同名小說改編而成的國語武俠打鬥片。大概是由於「悅來店」，「能仁寺」等高潮含有極豐富的戲劇衝突的緣故吧，十三妹的故事不但在舞台上吃香，就算在電影上，這次邵氏所拍，已是第三次。

國語片中的古裝片，近年來彷彿已走紅了些，但為數還是不夠多。老實說，國語片拚命地走「時裝表演」的路，拚命地去學外國，真不是一條正路。但是，發展古裝片，的確有此必要。但是，發展古裝片卻並不是那麼補償貿易的事。這困難則並不在於故事的缺乏（相反地，最不成問題的是劇本來源），而是由於能演的人少。

我們不難看到有些古裝片中，主演的人是那麼地現代化，一舉手，一投足，都令人聞到二十世紀香港地的氣息，這真是很「滑稽」的。另外，佈景、服裝等缺乏態度嚴正的考據，也是使古裝片不能令觀眾滿意的原因。雖有七彩片「江山美人」賣座雄據十名之前的紀錄，但如此就以為古裝片已不用改進，則無疑是葬了古裝片的前途。

說該扯回來了，在「兒」片中，人們看到了一個可喜的現象，那就是安公子一角，由王植波來飾的。王植波的書法小說，早已出名。會做戲，卻很少人知道。當消息傳來時，不少還頗以為不然，以為由書法家降格去當電影演員，未免太「那個」一點，有「撈過界」之嫌。但看了此片之後，在目前香港影圈的小生群中細細尋找，卻再也找不出另一個人，能代王植波而將安驥此一角色演得如此之好的。

安驥是一具讀死書的書生，而又膽小，又為人正直，這原是燕北閒人筆下的一個典型。王植波做來，真是有趣。「悅來店」一場尤好，「能仁寺」拒婚時也妙。

還是「兒」片最好之處。樂帝的張金鳳戲很少，還可以。十三妹卻差勁兒。老是披着披風，不知幹甚麼？而且騎的應該是驢子，卻變成高頭大馬。打鬥場面也不夠想像之激烈，有幾下子，是一個擺好了架子讓另一個砍上去的。觀眾中有「老襯」之呼聲焉。

在「悅來店」中一場，安公子本着「逢人只說三分話」的原則，將姓安說成姓蓋的，但電影中卻變成了姓馬，而刪了安公子自忖自想的一段獨白，不知是何緣故？當然，電影必然不同於原著，但原著是佳作，可以不更動時，還是不要亂動的好。

導演是李翰祥，在「兒」片中的表現似乎有失「亞洲最佳」之譽。全片氣氛鬆散，「能仁寺」一場更不如「悅來店」，劇情進展太慢，趕車走，騎馬走的鏡頭太多。片子本來就夠短了（一百分鐘），因此戲肉就太少了。

而最壞的，卻是黑風僧密室中的那一場「艷舞」，令人嘔心之至矣！

「兒」片當然不算是成功的。成功的只是王植波個人，因為人們知道了他的確是到目前為止，演古裝片最像樣的一個呢。

原刊於《真報》「觀影隨筆」專欄，一九六零年一月五日

好書拍成壞電影

——評「靜靜的頓河」

如果因為蕭洛霍夫所作的《靜靜的頓河》是一部好書，因此硬要說格拉西莫夫所導演的「靜靜的頓河」也是一部好電影的話，這是毫無根據的。

書是好書，這毋容討論。那麼為甚麼電影並不是好電影呢？這使人想起，每種大部頭的文學名著，在坊間大抵都有所謂「節縮本」出現——將原著東錄一段西抄一段所連綴成的不成東西的東西。任何「節縮本」不能和原著相提並論，「靜」片和原著的關係也是這樣。

這部片子是蘇聯片。總括來說，蘇聯將文學名著改編為電影時，對原著的精神是較為重視的。但小說究竟不同於電影，兩者的表現手法完全不同。完全按照原著去一章一節地攝製電影，這個電影是注定要失敗的。蘇聯的許多根據文學名著（尤其是長篇的）所改編的電影便都犯了這個毛病（如「遠離莫斯科的地方」一片）。這個毛病，使得電影成為原著的「插圖」，而不是能單獨獨立的電影。

例如「靜」片，沒有讀過原著的觀眾，有多少人能在這混亂的一個片斷一個片斷中了解《靜靜的頓河》的故事呢？電影只告訴了人家：男主角愛上了女主角（鄰人之妻），和她私奔了，後來又因為女主角的不貞而回到家裏。觀眾所能接受的，只是這一點。而這一點，是任何電影都可以有的。

蕭洛霍夫的原著哪裏去了？在電影裏找不到。

有誰注意了施托克曼這個鐵匠呢？在書中，他是一個到哥薩克的村莊來傳播布爾什維克道理的一個革命者。因為原著在他身上所化的篇幅並不多，所以一到電影上，他從出現到被捕，都使人莫名其妙。

再如，彭楚克，那個機槍射手，他和他的妻子（差不多一出場就死了的）都是書中的重要人物，而在電影中卻使人不知其出現的作用。

將四本厚厚的書拍成電影，是很不容易討好的。但如果將情節完全集中在主角的身上，這可以成功。又要想「氣魄大」，又沒有這個處理能力，電影就必然只有讀過原著的人才能看得懂。「靜」片的情形就是如此，一個鏡頭的轉換，就會使觀眾摸不着頭腦。譯製該片的人，大概也看出了這個毛病，所以有中文字幕的説明，但還是未能解決問題。

導演的水準頗高，但手法陳舊（有些地方應歸咎於剪輯）。對許多淩亂的地方，沒有適當的處理。照原著的標準來衡量，阿克西妮亞（女主角）欠野又欠艷，男主角人選堪稱佳極。最壞的是該片的「國語對白」。如果說看了「靜」片而感到不滿足甚至大呼「老襯」，則「國語對白」要負絕大的責任。該片是有中文字幕的，為何一定要配國語對白，頗使人不解。例如有這樣的話：「你頭髮上的香味，聞到了叫人心裏癢癢的。」老天！男主角的心倒不會真癢，觀眾的肉倒真的發起痲來了呢！

在提到整個影片的精神方面，就不能不涉及原著。原著是一部好書，它對以一九一七年為中心的那個時代，描述得極為真實。或許因蕭洛霍夫是在丹麥、德國、英國、法國等地寫成這部書的，所以能保存了一部份真實的資料——例如紅軍的殘暴成性，紅軍的混亂情形等等。也就是因為這些，這部書曾受到史太林的指責。史太林曾稱這部書有嚴重的錯誤，但也不得不承認它是一部好書。而拍成影片，這些真實的部份被有意無意地規避了。例如，彭楚克和波得捷爾柯夫（這兩個布爾什維克的領導人）對俘虜的殘酷情形，在片子裏看不到。尤其，原著在彭楚克押送俘虜時，曾化了不少篇幅來描寫俘虜遭遇之慘及紅軍之強橫殘忍。但在影片中，都不見了。

這部影片在放映之前與放映之中，其宣傳是不遺餘力的。然而平心而論，實在算不得一部好電影。凌亂、鬆散、對白之使人肉酸，難懂（如「國家杜馬」一詞之出現於對白中），都不會給觀眾以好印象，尤其是未曾讀過原著的人。不信，是不妨去看一下的。

最後要聲明的是，這裏所談，是指上集而言的。

下集，要比上集精彩些。當然，這是對看過上集的觀眾而言。因為，人物的發展，全在下集有了交代的緣故。

在未看上集前，不少人認為下集可能有些地方會不忠實於原著。這一點，電影倒並沒有違反原著的精神。

蕭洛霍夫在書的下半部，對葛里哥利寄以極大的同情。他在描述葛里哥利的遭遇時，不啻是提出了一個與蘇維埃政權不能相容的問題。這個問題，是蕭洛霍夫通過了藝術的筆觸向讀者提出。放在電影中，問題雖然沒有那麼尖銳了，但總算還存在。那問題就是：在動亂的時代中，一般老百姓被政客或將軍們率去打仗，當一個政權成立之後，曾經為反對這個政權作過戰的人，為甚麼就此喪失了生活的權利？

在電影中，這個問題還是存在着的。葛里哥利起先是白軍，後來是紅軍，後來又當了白軍的高級軍官，最後，他投入布瓊尼的騎兵軍團，又當到了高級軍官。但當他回鄉以後，他卻無法平靜地生活。村蘇維埃主席不顧他已厭倦打仗的事實，而肯定他「將來一定仍會反革命」，而要他去自首，而要抓他！

這是為甚麼？如果說他因為當過白軍而殺過紅軍的話，那麼他當紅軍時不是也殺過白軍的嗎？而且，那個村蘇維埃主席，不是一樣也殺過人的嗎？

蘇維埃政權建立之後恐怖的大逮捕和大屠殺，蕭洛霍夫是知道的。他將這件事，通過葛里哥利的遭遇而真實地寫了出來，電影也保留了這一點真實。

再者，內戰殺人，紅軍和白軍也都是一樣。這個電影在宣傳時拚命強調白軍的殘暴，所以給以觀眾以先入的印象，以為在殺人的一定是白軍了。的確，電影在白軍殺人的方面作了過多的描寫，而對紅軍殺人的鏡頭，卻可簡則簡。饒是這樣，紅軍殺人的場面還是不能沒有。

有一場是這樣，施托克曼在當眾宣讀應被槍殺者的名單的時候，白軍偷襲了。大概是由於觀眾因為人物太多而搞不清楚是誰在殺誰了吧，當白軍進襲時，竟也響起了一陣掌聲。

兩方面都殺，紅軍軍官被俘後被殺，蘇維埃政權一成立，村主席的第一件事也是擬名單殺人。在亂的時代，雙方為了勝利，殺人倒也罷了，但是，在政權已經成立之後，卻為甚麼還要繼續殺人呢？蘇聯到現在四十餘年了，殺人有停止了嗎？

看下集，在那些殺人的場面中，只感到人民的無辜。他們的犧牲，難道有一次是為了他們自己麼？不是為了沙皇就是為了克里姆林宮的新主人！蕭洛霍夫表現這一點，表現得最為透徹了。

男主角在下集因為有更多的表現機會，所以演得極為出色。凌亂鬆散之處，則仍一如上集，一個畫面換另一個畫面，銀幕上一黑就黑上幾秒鐘，叫人看來極不舒服。三個小時另五分鐘，座中打呵欠者大不乏人。

下集的故事是全片的重心，可以單獨存在的。未看上集的人，如果對前面所提到地那些問題有興趣，是不妨去看看下集的。

原刊於《真報》「觀影隨筆」專欄，一九五九年十一月十五至十六日

紅男綠女

國語片，由卜萬蒼導演，喬宏、葉楓、吳家驤、李英等合演，汪榴照編劇。

故事是說老千集團猖獗，新聞記者協助警方，假扮美國歸來之闊華僑，引老千集團上鈎。本人忝為記者，覺得電影中的那群記者，輕輕鬆鬆，還有餘興去扮闊佬，捉老千，總不免有想像力豐富了些的感覺。但戲總是戲，和現實生活，是應該有不同之處的，否則，只要站在報館門口看記者出出入入便是了，何必巴巴地跑到戲院去看「紅男綠女」？

電影前半部頗悶，其原因是在介紹報館情形上花太多的工夫——這當然也是個人的觀點，因為本身是記者，其他觀眾，或許看了會感到興趣，也說不定。不過能夠將老千集團作惡的線索，交代得更早一點，自然會更好些的。

從賣煙的婦人為老千所騙，跳樓自殺之後便高潮迭起，喬宏扮老年華僑，葉楓扮女兒，和老千李英、歐陽莎菲周旋，可惜過於平直，除了後來葉楓的未婚夫誤會時，有些緊張外，並沒有甚麼勾心鬥角場面，連對白也不夠緊張。戲至將老千捉住就完，應該夠了，婚宴一場，已嫌蛇足，至於葉楓在新婚席上，穿了新娘子的衣服，又跟了報館同人去工作那一個煞尾，豈止「不近人情」而已！

李英飾老千，是戲中最好的一個演員，一舉一動，夠「功架」之至，葉楓飾女記者，也算中規中矩。吳家驤的「攝記」，算是一絕，攝影記者而買私家車，當然是戲硬派給他的，這些自屬細節。

編導方面的最佳處是在葉楓未婚夫的三次被擊暈，以及吳家驤急於打電話報警，卻偏偏碰上一個「長氣袋」在呶呶不休，都讓觀眾着急了一陣子。

總的來說，題材新穎，頗可一觀，八字足可當之。

原刊於《真報》「觀影隨筆」專欄，一九六零年九月二十日

糊塗艦長（DON'T GIVE UP THE SHIP）

差利卓別靈老了；羅佬和哈地、高腳七和矮冬瓜，不是拆檔，便是已經逝世，諾曼威士頓和泰利譚馬士的含蓄太深的英國式招笑方式，又未為本港人所全部接受；卜合，則退步了。於是，笑片成了謝利士路易的天下。而謝利也真不負觀眾的厚望，一部片的獨特之處，一部片比一部片好笑，這部「糊塗艦長」，本人的感覺，就比謝利以前的任何笑片更有趣。片子一開始，就有字幕啓謝美國海軍當局，說是由於海軍的幽默感，才能有這部電影。的確，如果不是美國海軍有幽默感的話，將謝利這樣的人去飾海軍上尉，大家想想！

故事本身，招笑的地方就很多了。謝利剛新婚，要去度蜜月，「東窗事發」，二次大戰剛結束時交給他指揮的一艘驅逐艦護航艦，下落不明。為此，預算委員會便刁難海軍，不批准新預算。海軍一急，便追查責任，責任落在謝利的身上——因為他是這艘戰艦的最後指揮者。於是，每當謝利要與新婚妻子親熱的時候，憲兵便來了，謝利也就只好離開她。而且，謝利的演技，那種使人發噱的表情，也越來越真實，越來越相信真是有那麼一個傻瓜的了。

這是他本身的進步處。招笑能夠不窮兇極惡地搗亂，不互相打來打去，而只依靠對白和個人的動作，這是很進了一步的。

在本片中，不但謝利的表情使人捧腹大笑，而且其他人，即使是板起臉，準備宣佈謝利的罪狀的人，也使人覺得好笑。最有趣的是，當海軍上將要他交出上戰艦時，他竟攤開雙手大呼：「搜我！搜我！」

謝利所扮演的角色，往往是個老好人，傻得使人可愛。在本片中，也是如此。當他與一位年輕美麗的海軍女少尉，一起在火車中同一寢室的時候，謝利只穿襯衣，突然腿直直地跪在女少尉的面前——到這時，一世未笑過的人，也會閉不攏嘴了！

在一百多分鐘的時間中，數不清有多少次大笑。我相信外國觀眾一定很吃虧，因為根本無法在全院的哄笑聲中聽得清對白。如果任何人是想去輕鬆一下而來到戲院的，包你不會失望而歸——唯一可能失望的，就是會買不到票子。

映此片的戲院新年準備上映「和平萬歲」（On the beach），則此片真正是映期無多了。這是很可惜的，一定會有不少人失望，院方實應考慮重映才是。

原刊於《真報》「觀影隨筆」專欄，一九五九年十二月二十五日

虎城煞星（NO NAME ON THE BULLET）

西部片中的下焉者，要給起分數來，是無論如何不能及格的。影院內電燈一黑，廣告、預告片、廣告、加映短片、預告片、加映卡通、又是預告片，然而，「千呼萬喚始出來」，已經三十五分鐘過去了。正片，只得七十五分鐘。

本來，片不在長而在於精，然而，本片之鬆散處，即便七十五分鐘也使人提不起勁兒來。說是西部片，但卻沒有甚麼槍戰鏡頭。奇怪的是，本人看了兩次此片的「畫頭」，好像「畫頭」上，槍戰鏡頭還比正片要多一個似的。其實，好的西部片，也不一定是靠槍戰鏡頭來使觀眾的神經緊張，如加利谷巴的「龍城殲霸戰」就是一例。氣氛的緊張和人物性格的烘托，已是西部片現在的主要表現方法。一味「乒乒乓乓」地打殺，是已經過時了的。但是本片的氣氛不知道為甚麼，總無法使人感到緊張。

說起來，倒是很冤枉的。因為這部片子有一個很好的故事：職業槍手強甘（奧迪梅菲），突然來到了洛士堡。強甘每到一個地方，必定有人喪生，而且喪生大都是平時做了虧心事，結了冤家的人。

強甘的槍法如神，法律也無奈他何。因為，他每次殺人，必定迫得人家先拔槍，他才動手——這是自衛不犯殺人罪的。

這次，強甘來到洛士堡，到底是找誰呢？平時做過虧心事的一般人，便個個神經衰弱起來。其中有偷搶拐騙的銀行家，有誘拐他人老婆的壞蛋……等等。

在這一段中，原應有很多戲可做的。但是導演此公不知用的是何手法，零零落落，一個鏡頭，一個鏡頭毫無緊張可言，反而可笑。最滑稽的是一個銀行家，竟然受不住強甘坐在對窗的威脅，而自殺了。

但事實終於揭曉，原來強甘要找的是一個退休了的法官。到這時候，原來又是有很多戲可以做的，因為那個法官是個殘廢的老人，有着重病，活不過六個月的了。這樣，強甘就無法迫他先動手，也就是說，強甘無法巧妙地洗脱殺人罪了。如何才能再來設法「自衛」呢？這裏應該有些戲才行，但是影片只化了幾分鐘就把事情解決了——強甘拿出了法官女兒的一件撕破了的上衣，法官就拿來福槍要將強甘打死，結果是跌落下來，自己死去。

導演毀滅了全部戲，糟蹋了一個好劇本，更大大地委曲了奧迪梅菲。奧迪梅菲雖然屬於「細粒」之流，但他是真正的神槍手。新的西部片的表現法，差不多是對準他的戲路的。以前，他有一部片叫「Night Passenger」（中文譯名記不得了）的，就很出色。但在本片中，導演叫他做甚麼事呢？就是騎着馬來了，然而坐着——不是坐在酒吧裏喝咖啡，就是坐在欄杆上，然後，放了一槍，然而，又騎馬走了。

如此對待奧迪梅菲，真是大大的冤枉！

原刊於《真報》「觀影隨筆」專欄，一九五九年十二月十三日

護士嬉春（CARRY ON NURSE）

「文章本天成，妙手偶得之」這句話，用在喜劇劇本上，更是適合。日常生活之笑料俯拾即是。那去追求過火的動作鬧劇，當然是下焉者的手法，將日常生活中的笑料提煉出來，才是上乘之作。

「護士嬉春」一片，雖不足以稱之為上乘的喜劇，但比起一般胡鬧片來，真有點喜劇的味道，而且別開生面，全片並無一個一氣呵成的故事，說它是由片斷連綴而成的也好，說它整個原只是病房中的一個片斷也好。總之，電影就是抓住了醫院中病人和護士之間的種種可笑的事，讓觀眾看到了形形色色的病人，護士，以及病人的家屬。這種手法，倒頗有點近乎中國小說《儒林外史》之類的。

一間病房之中，有七八個病人，其中有：研究原子物理的大學生，拳師，收音機迷，建築工人，新聞記者，賭馬的馬迷，還有一個油腔滑調的小鬍髭。當然，還有護士長，有護士，更有一個「舍監」（大概是中文翻譯的問題，舍監兩字不倫不類）。這些人，就組成一部異常清新風趣的喜劇，笑料之多是出於意料之外的。

例如，護士個個是年輕美麗的女人，而病人卻全是男人。在護士來說，護理男人本是她們的天職，在她們的心目中，本無若何性別的畛域，但對病人來說，可就不是那樣了。本片並無鹹濕鏡頭，只是通過對白或表情，來作極為含蓄的表示，妙到了極處，即使不哈哈大笑，也會作會心一笑的。

在那麼多演員中，最有趣的是那個收音機迷了。他一面套着耳機聽音樂，一面隨着音樂大作手勢，神情之突梯滑稽，令人絕倒。到後來他假扮護士，更是「笑到碌地」。其次是那個專撞板的護士，一股傻氣，最後竟想出辦法「泡制」調皮病人，假託「探熱」，在病人的屁股上插了一枝花！電影也就在笑聲的最高峰中，以「舍監」檢查病房，拿起那朵花來而告結束。

本片的攝影技巧很好，當病人自己開刀時，那些刀、鉗、病床、無影燈等都有了恐佈片的效果。導演要將如此一個並無故事的劇本處理到現在這樣程度，當然是好手了。雖然整天只見幾個護士行來走去，但因為每一次走來走去都有笑料發生，因此一點也不使人討厭。

本片還有着很厚的人情味，如接觸到病人與探病者時，也是很細膩的。這部片子拿來作為春節前放映，映期如此之短，是可惜了的。

原刊於《真報》「觀影隨筆」專欄，一九六零年一月二十六日

蘭閨風雲（WEDDING BELLS FOR HEDY）

要對「蘭閨風雲」下斷語，是較為困難的。因為這部片子，細細看來，有其好的地方，也有其壞的地方。不過，在國語片子的水準尚在目前這種情形的情況下，要求當然無法太高。

在宣傳上，「蘭」片有它的先天條件。第一，有「四千金」賣座的基礎在先；第二，有大堆頭的演員，這些演員，差不多已是個個都能獨當一面了的。再加上又是彩色片，所以「蘭」片有它吸引觀眾的條件。

總的來說，在國語片中，「蘭」片在「蜀中無大將，廖化當先鋒」的情形之下，總算可以算是一部不錯的片子了。讀者大概可以看出我說「總算不錯」時的語氣有些勉強。真的，因為片中有許多地方很莫名其妙，尤其是整個故事的發展方面。

導演是陶秦，「蘭」片能給人以「總算不錯」的印象的成績，主要還是歸功於他。斯坦尼斯拉夫斯基曾言，一部戲的好或壞，一切的賬都應算在導演的賬上。這話很有道理。在這樣一個雜亂的故事——要同時表現四對夫婦間的事——面前，要構成一部完整的電影，真是談何容易！但陶秦能以摒棄了舊式的蒙太奇手法，而直截地來撤開一個推出一個，而將四件事串連一氣，次第發展，真是下了一番功夫的。

片名「蘭閨風雲」，當然都是些閨閣中的風波，它是說大小姐穆虹，因不知林蒼生意失敗，而懷疑林蒼與廠中女會計有染，於是姐妹四人設計如何處理，結果真相大白。以及二小姐葉楓，因在一個別墅中畫壁畫而不准陳厚進去。而且非至深夜不返，引起了陳厚的懷疑，又由三姊妹設計，為陳厚介紹了一個交際花，來氣葉楓，但結果陳厚弄假成真，當然四姐妹又聯成在一起，還是陳厚倒霉。再就是三小姐林翠了，因為長和一個學生家長接近，招起雷震的疑妬，特為從外國趕回來。

如此打打鬧鬧，製造誤會和消釋誤會，本來就是一部低級喜劇的老套。照故事的發展，再下去應該是四小姐蘇鳳和田青間的故事了。然而忽然一轉，講到了王元龍生了壞血病，女兒們瞞住他，他也瞞住了女兒們。這一段戲，本來是全戲的最好部份，人情味兒很濃，但是，和上半部卻無論如何無法在氣氛上融會貫通，以致使電影成了一個極不調和的拼盤——像「甘草拼蝦」一般。

真不懂得，這樣一部以鬧劇開頭的電影，為甚麼弄得要使王元龍含着淚，搓着手套，陪着嘴一歪一歪的林翠到教堂去行婚禮不可。

當然，劇情漏洞不止此，例如葉楓她們竟能隨便進入交際花的家中去捉陳厚，便是又一例。

就演技而言，則最好的就是王元龍。但王元龍演得最好的一段，卻又恰恰是就整個電影來説，最不應有的那段：就是當他知道自己死期將近的那部份。王元龍演得好極了，一面看，一面想到這位天才演員真的已去世了時，不禁熱淚盈眶。

其他，女角方面：葉楓在本片中肥得不像話；林翠搔頭咬指甲；穆虹平平；蘇鳳歪頭；四言可概括矣！男角方面，除王元龍外，陳厚最好，其他無甚可言。

原刊於《真報》「觀影隨筆」專欄，一九五九年十二月二十四日

怒海奪沉舟（THE WRECK OF THE MARY DEARE）

兩大天皇巨星主演的七彩新藝綜合體神秘驚險鉅片。

單憑這以上一句話，就足夠吸引觀眾的了。但整個電影，顯然不甚理想。其毛病在於頭重腳輕——故事如此、演員如此，一切都給人以頭重腳輕的感覺。

因此，「怒」片之好，是好在上半部。而鬆散者，則是下半截。

上半部的確是極神秘的，能引起觀眾種種的揣測。它是說，有一艘救援船，船主是辛士（查爾頓希士登）。一夜，在狂風怒濤中，發現了一艘看來似倏無一人的大貨輪——馬利太號。辛士於是登船，準備將馬利太號拖出險境。但在船上，卻遇到了原來是大副，因船長神秘失蹤而任船長的柏治（加利谷巴）。全船上只有他一個人，而他卻正在掘煤堆，煤堆中，有一隻人手外露。

辛士於是勸柏治將船放棄，而柏治卻一定要將船駛到「猛鬼礁」去擱淺。而且，不准辛士說出船的下落。

這一部份裏，演員的演技，導演的安排，以及音響效果，攝影光線角度，都是一等一的好。

到底柏治船長為甚麼行動如此神秘呢？為甚麼船上只剩下他一個人呢？為甚麼在煤堆中會出現一隻人手的呢？種種的疑竇，使觀眾的心情緊張到了極點。屏住氣息地等着下半部戲來解答。

但是，下半部戲卻給觀眾緊張的神經開了一個玩笑，原來，並不是甚麼大而神秘的事，而只不過是船主企圖吞沒貨物，索取保險公司賠款，故意使船沉沒的罷了。戲從此一轉，轉到了柏治一人面對全體船員，在「海事法庭」上爭辯。

這一段法庭戲，並不精彩。柏治拒絕用律師。原告是船主。因為柏治過去的紀錄極壞，所以法庭上他只是答應着「是！」「是！」而他的推測，卻無人相信。後來，當然是靠辛士幫忙，真相大白了事。

這樣的故事，如果沒有兩個大牌演員壓着，很可能成為乙級片的。但好演員演來，究竟不同。加利谷巴好過查爾頓希士登，但後者飾一個熱心而肯幫助人的海員，也極出色。另一配角，飾二副赫金的，甚似「郤德格拉斯」，在船中謀刺潛水探明真相的柏治與辛士時，演得好極。

在法庭中的那一場，如果能由雙方將當時的事實——那在怒浪中所發生的事實，覆述一遍的話，就不至於頭重腳輕了。尤其，柏治是殺了原來的船長的，一定大有戲看。這樣草草了之，實在可惜。

全片配音好極，甚至連浪花聲也成了音樂一部份，不可多得。

原刊於《真報》「觀影隨筆」專欄，一九六零年一月一日

評「仙鶴神針」（一）

近年來隨着武俠小說的大受讀者歡迎，武俠電影也隨之而興，不論是國語片和粵語片，武俠片都佔了很大的比例。初期，一些武俠片，令人看了不禁搖頭嘆氣，例如某片，在原著中的「七俠」，放在銀幕上一看，竟是七個白粉道友似的！武俠小說不能拍為電影，在不少寫武俠小說的行家之中，已成為口頭禪。

但是武俠小說究竟是可以拍成電影的，只不過很難而已。稍持不認眞的態度，表現在銀幕上的形象，便不覺令人作嘔。

「仙鶴神針」上映了。這是一部聞名武俠小說改編的，金童原著，金童即是台灣名武俠小說家臥龍生的另一筆名，原著銷行之廣，絕對是武俠小說中的第一流。因此，將《仙鶴神針》搬上銀幕，實在是異常吃力的事，一不好，便走了樣，成為不忍卒睹的八級片。

但「仙鶴神針」製作的認眞，終於為武俠電影開闢了一條新路。那就是：在認眞的製作，好的原著，上佳的演員，種種條件配合之下，武俠片可以成為一種極有前途的片種。「仙鶴神針」便顯示了這一點。首映放映，竟能全線爆滿。

當然，從賣座情形來看電影的好壞，只是「皮相」，實際上，「仙」片自有它吸引觀眾的理由。

第一，武俠是所不可缺少的武打場面。在「仙」片中已達到了新的境界，舉例而言女俠白雲飛的天罡掌，酷腕掃處，便有雷霆萬鈞之力，絕不是紙糊的佈景搖搖擺擺，而是當真的威猛無比。武俠小說之難以拍成電影的一點，是因為武俠小說允許讀者有豐富的想像力，而武俠片卻少了這一點，因此反會令人覺得索然無味。而「仙」片卻是充實了觀眾的想像力，而不是將觀眾的想像力，全都粗製濫造地現在銀幕之上。這是其成功之處。

第二，「仙」片的原著，故事龐大到了極點，人物複雜。原作者在原著中，將各人的性格，全部表現得神氣活現（惟主角馬君武稍差），人物沒有了性格，無論如何，不能成為佳構，在「仙」片中，林家聲演得相當認真，充實了馬君武的性格。而鄧、于兩人和白雲飛、蘇飛鳳，也值一讚。

缺點，當然不是沒有。當仙鶴出來時，左鄰小孩大叫「假嘅」。而兩位女俠因為爭風吃醋，所道之對白，有幾句其肉麻之處，令人說不出的不舒服，是「女俠」呀！可不是「潑婦」，實不相稱之極。另外，「桃花陣」一場，稍嫌粗疏。

但總而言之，「仙」片是武俠片中，較佳的一部，若干方面，已開了新的境界，這是最難得的一點。

原刊於《真報》「觀影隨筆」專欄，一九六一年八月十一日

評「仙鶴神針」（二）

「仙鶴神針」第二集，目前正在本港上映。「仙」片是武俠片，但是卻不同於近年來所推出的那麼多武俠片。在第一集上映之時，不少人經已指出「仙鶴神針」一片，為武俠影片創出了一條新路。這條新路，在「仙」片第二集中，已得到很大程度的鞏固，這是一個很可喜的現象。

武俠片和武俠小說難以調和的一點，是武俠小說中的高手，在武俠電影中，往往成了低能兒。一個高手和一個無名小卒交手，也要吆喝上半天，乒乒乓乓地打上一陣，對武俠小說這一類的小說來說，這簡直是不可想像的事，而這樣的電影手法，也會漸漸地失去愛好武俠小說的讀者，和武俠片的觀眾，是大同小異的，因為觀眾所要追求的刺激，新奇，全都沒有了着落。

大概因為南洋一帶，對於武俠片的檢查，相當嚴厲，因此一般武俠片的製片家，便心存顧忌，拚命從「文藝」上去發展。

若眞的有好的故事，倒還説得過去，但是不倫不類，看得人懨懨欲睡的「文藝武俠片」，老是兵刃對兵刃，「乒乓」上一陣子的「武俠」文藝片，的確是令人不敢領教的。

「仙鶴神針」的製片不是從檢查官的好惡去拍攝「仙」片的，而且從觀眾的好惡去攝製「仙」片，其能賣座，實非幸致。在廣告上，「仙」片便標明「超現實」三字。「超現實」，其實是一切武俠小説的特徵，也是武俠小説的靈魂，沒有一部武俠小説是「現實」的。有許多人，喜歡以「科學上可能」或是「科學上不可能」來衡量武俠小説，或武俠電影。試問，莎士比亞的「哈姆雷特」中，有鬼魂出現的情節，這是科學的呢，還是不科學的？

「仙」片大膽地棄了種種的束縛，將武俠小説中的一切，反映在銀幕上，而且充份發揮電影中的特技鏡頭，會將原著中受讀者喜愛的人物，活現於銀幕之上，又成為觀眾所喜愛的人物。

「要就不看武俠片，要看，就要看這樣的武俠片！」這是散場時兩位中年觀眾的談話，本人與有同感。

演員仍是第一集的原班人馬，演出當然駕輕就熟。陳好逑在第二集中，顯然顯得更好，她在山頂呆立等候馬君武的時候，那種茫然之感，能令人想到這位天眞的姑娘，是多麼的癡情。

新人李紅，是港聯公司發掘的，演片中人物藍小蝶，竟然可觀，理應順提一筆。

原刊於《真報》「觀影隨筆」專欄，一九六一年十月七日

七鷹大廈寶藏（THE HOUSE OF THE SEVEN HAWKS）

黑白片，又不是新藝綜合體，事先宣傳又不夠。演員又只有一個「大牌」，而且還是近年來走下坡的了，於是給大家的第一印象，就是這是一部「水片」。

其實，本片倒還可以一看。當然，故事犯駁的地方很多，但全片的氣氛還是緊張的。尤其是如果事先肯不看「說明書」的話，大致不會失望。

首輪戲院從新年換片起，直到這兩天才換映新片，因此賣座情況倒也不差。筆者看昨天的夜頭場，煞風景的是到最緊張的時候銅鑼灣區突告斷電，面對白銀幕達二十分鐘之久！

羅拔泰萊是很老了，但他還是在飾小生，影片中人也將他稱作「年輕人」，未免有點使人牙齒發酸之感。而且，近年羅拔泰萊似乎演了不少與走私、船長等有關的片子，這些，都不是大片子的角色，因此近來他似乎黯淡得多了，與二十年前來比，自然不可同日而語。在本片中，他也只不過是照例的演出而已。

兩個女主角都是陌生的，面貌皆不致使人討厭演技卻平平，無甚可稱讚，也無甚可批評，就像本片全部一樣，演得最好的是一壞蛋查利威斯，是何人所飾竟不得而知，是很可惜的。

羅拔泰萊飾一艘小遊艇的船長諾里，他是美國人，但在英倫停泊。一日，有一名神秘人物僱船作沿海之遊，出海後，卻以鉅金誘諾里船長將之送往荷蘭。諾里本來就是亡命之徒式的人，當然答應。

誰料半途上，此神秘搭客突然死亡，諾里在檢查屍體時，發現他胸前藏有一幅地圖，遂收了起來。

船到荷蘭，諾里為警方拘留，才知道此一地區竟牽涉到了一批價值數百萬鎊的鑽石的下落。於是通過他的好友查利威斯，合作尋覓。

當然，結果是鑽石尋到，英雄美人結合。但其中經過的情形，甚為曲折。而且，集中在鬥智方面。惜乎鬥智的三方面：諾里及納粹餘黨中，只有諾里的戲。那些欲奪得鉅額鑽石的納粹餘黨，真是飯桶到不像話。而且，全部人馬只不過一個頭子，一個糟老頭兒，和一個傻瓜打手而已。憑這幾個人，何以能策劃取得寶藏，真使人懷疑。

而且片名「七鷹大廈」，更不知何所指，只不過幾間木屋而已，何得稱「大廈」？結局鑽石如此出現，也嫌牽強。所幸者導演手法尚好，才能差強人意，令觀眾相信真會有如此這般等的事耳。最成功的是導演安排了一個「不由自主」地要做壞事的「查利威斯」，使得故事變成有趣而曲折。

最後，需要說明幾句的是，本欄只是「觀影隨筆」而已，純屬個人觀影後的意見，並非「權威式」的論定，還望專門「評影評」的專家，幸勿垂顧是幸！

原刊於《真報》「觀影隨筆」專欄，一九六零年一月十六日

傻人福星（FOLLOW A STAR）

這是笑片。好或壞，本來都是相對的，比較的。笑片必須和笑片來比，就像數學上的加法，必須同名數才能相加一樣。若拿「傻人福星」來和「紅粉忠魂未了情」作比較，要判斷出哪部片子好些，便是大笑話了。

以最近同在本港上映的兩部笑片來說，本片不如「糊塗艦長」。賣座情況也是如此。這，或許是英國式的笑和美國式的笑之間有所不同。英國式的，較含蓄而深刻；而美國式的，卻放縱與胡鬧。比較起來，當然是後者較易為人接受。世界公認的大笑匠差利卓別靈，其作風也是從後者始而漸漸轉入前者的，最後才定下了含着眼淚的笑的那種類型。

諾曼威士頓，是有着「差利第二」之稱的。從他的造型和動作，種種方面來看，諾曼也的確是在刻意模仿差利。在本片中有些遠鏡頭，如兩個高大的壞蛋夾着他走過來時，一時真能給人以差利的錯覺。然而，諾曼威士頓要想趕上差利，顯然還有一大段距離。這，要基於演員個人的藝術修養，並不能基於劇本賦於一個類似差利的角色——善良的小人物——所能解決問題的。

本片的故事，有着頗為富豐的戲劇性衝突。它是説有一個熨衣工人諾曼，天生有一副佳妙的歌喉，但他自己卻不知道。而且，他是個膽小而又神經質的人，沒有他的愛人茱莉在場，他便甚麼都唱不出來。

當他在認識了一個當年名重一時，且今已漸為觀眾唾棄的老牌歌星郎奴之後，郎奴和他的經理人就打諾曼的主意，假裝訓練諾曼唱歌，事實上用錄音機錄下了諾曼的聲音，當作自已的，果然轟動一時。

這個故事，較「糊塗艦長」甚至謝利路易一切的片子，要深刻得多了。而且諷刺了那些只顧名氣而不擇手段的所謂「藝術家」們（在香港，也不難找到諸如此類的「作家」或「畫家」來）。

全片中，諾曼演得最好的一段是他在心理醫生處接受了催眠之後的情形。醫生説他只有十八個月大，他便裝作五歲。動作之逼真有趣，的確可笑。其次，當他假充闊人，在一個全是高官厚爵出入的俱樂部中的那場，也很精彩。在那場中，狠狠地刺了一下餐室侍者。英國人是不肯放過任何可以幽默的場面的。當諾曼信心消失，須要一個老太婆來扶他過馬路時，也是附帶的「幽」了一「默」的。看完本片之後，令人覺得不舒服的是故事有些地方真實性太差，如俱樂部中吃飯，歌劇院內胡鬧，真是「做戲咁做」的。

主題曲頗動聽，另一曲「肥皂」，也很不錯。女主角是新名字，很美，叫「珍麗華歷」，定可有前途。那個肥婆，曾與諾曼在「傻人當兵」中合作，此次演來差勁。

原刊於《真報》「觀影隨筆」專欄，一九五九年十二月二十九日

上海姑娘

「北京電影製片廠」出品的彩色故事片。在大陸的出品中，這算是水準較高的一部。雖然彩色仍是黃多紅少，但有些鏡頭的攝取，使人看得出來用過一番功夫。

此片在香港上映，廣告上用許多有關男女愛情的肉麻辭句，諸如「男歡女愛初相戀」等等。不知道發行此片的公司何以要以如此的辭句來號召？因為，這根本不是一部肉麻的愛情片，而且，與香港的一般無聊的談情說愛的電影是大不相同。電影以兩個青年人在日常工作意見不同而鬧翻為故事的經緯，而所要表現的，卻並不是他兩人的愛情，而是一個「正確的主題」——即施工建設的質量和進度問題的矛盾。

香港人，對這種主題不會有興趣，在大陸生活過的人，也不會有興趣；最有興趣去看本片的，大抵還是此間與中共有聯繫的學校的一些年輕學生。他們既不知道大陸工程人員生活的真正情形，又嚮往「投身入火熱的建設」，這樣的電影，自然是合他們胃口的。果然，場中也以此類人較多。

電影是根據刊載在「人民文學」上的小說「甲方代表」而改編。中共在實施「經濟核算制」之後，施工單位和驗收單位之間訂有合同，互稱「甲方」與「乙方」。譬如建造一個工廠，廠方就是「甲方」，造廠的建築工程隊就是「乙方」。

在電影中，「乙方」的工長是陸野（趙聯飾——趙丹之子），甲方代表是白玫（陶白莉飾——陶金之女）；兩人起先合作得很好，後來，陸野不顧工程質量，加快施工，出了岔子，白玫與之鬧翻；待陸野受了處分，白玫調去西北之後，又留了一封信給陸野，言歸於好了。

整個故事，就是如此，單調乏味之至。

值得一提的，是這部電影在大陸上映時，曾遭到了所有報刊的攻擊，認為是「有毒的電影」，因為，在影片中沒有表示「黨的力量」而只是表現了「知識分子的力量」。

其實，電影反映的正是大陸建設工地的現實。例如陸野在不顧質量趕工的時候，他的領導人員不但同意，而且正式批准，可是一出事故，責任卻在陸野，受了處分不算，還連日連夜地在工地趕工，以致體力不支而病倒了。領導人員呢？一點事兒也沒有。

影片在大陸上映時，正是「大躍進」使人勁疲力盡的時候，所以陸野在工地上暈過去一事，大概也獲得了人們的同情，所以中共又認為此片「有毒」。中共認為「有毒」的當然還不止這些。例如「小資產階級情調濃厚」等等。在香港看了本片而認滿意的某些學生，千萬要注意，如果回到大陸而模仿電影中人物的話，是會受到批判的！

電影開始時的字幕，是放在一圈圈的水圈中，水中倒映着上海外灘的景色，頗具巧思。至於影片開始時幾個上海人講上海話，則是畫蛇添足。趙丹的兒子似足趙丹，演來頗好。

（原刊於《真報》「觀影隨筆」專欄，一九五九年十二月二十一日）

世界大馬戲團（THE BIG CIRCUS）

新春看電影，若單就娛樂性而言的話，「世界大馬戲團」不會令人失望。因為它不但有一個大馬戲團來做背景，而且有一個頗為可取的故事，還配了不少還算有名的演員。如域陀米曹，如列畢頓，如朗達法蘭明，如彼得羅利等等。這些演員，雖不是紅得發紫的大牌，但名字叫出來，還不至於陌生。再加上新藝綜合彩色。因此倒可以算作是小公司出品的大片了（它是聯藝公司出品，在八大公司之外的）。

以馬戲團做背景的電影已經不少了，若不是有些新鮮的東西的話，是很難吸引起觀眾的。在本片中，就有一個新鮮的節目：走鋼索橫越尼加拉大瀑布。尼加拉大瀑布是很著名的，它在美國和加拿大之間，水勢之驚人，早已舉世聞名。現在就要在它的上面，架上長達千尺的鋼索，而人要在上面走過去，這已是夠驚險的了。而且，事實上，電影在演到了走鋼索的時候，其氣氛也是緊張得很的了。

因為這場走鋼索，乃是決定主人公的命運的。這就要簡單地來講一下故事了。有「馬戲帝國」之稱的一個大馬戲團，其主持人活靈（域陀米曹）與波曼，突然分手了。一個馬戲團成了兩個，當然展開了激烈的競爭。而在競爭的過程中，波曼買通了一個兇手，對活靈的馬戲團進行破壞，使馬戲團失火，使馬戲團所乘的火車出軌，死了走鋼索的「高以治」的太太。而這個兇手是誰，活靈卻無法查出。鋼索大王失去了妻子之後，情緒自然大受打擊，但是因為馬戲團的生意不好，必須由他來橫渡尼加拉大瀑布以挽回聲勢，否則，就要破產！

兇手是誰，直到最後，當他圖害活靈的妹妹時才透露，戲也到了最緊張的階段。

曾因「櫻花戀」而得過最佳男配角金像獎的列畢頓，飾一個銀行高級職員，因銀行借款給馬戲團，而被駐派在馬戲團中，處處與班主活靈作對。整個故事，還可算錯綜複雜，再加上馬戲表演，單求娛樂，自然可以心滿意足了。

域陀米曹在本片中演得還過得去，不致像他其他的片子中那樣只是苦口苦面地「乞人憎」。列畢頓似為角色所限，雖然硬叫他客串了一場小丑，但也不曾發揮他的所能，反之若能跟他任彼得羅利一角的話，相信可以更好些的。彩色很鮮艷，電影也不錯。橫渡大瀑布一場，「假」的痕跡還不明顯。全院中小孩子揑着拳頭者有之，高聲呼叫者有之。帶小孩子一齊去看，最好是本片了。

原刊於《真報》「觀影隨筆」專欄，一九六零年二月一日

手足英雄（FLAMING STAR）

打算去看「萬花獻媚」的，碰嘥利舞台一帶斷電，折返銅鑼灣，冤冤氣氣地買了樂聲的「手足英雄」，以為「貓王」麼，至多唱唱跳跳，「戎馬春宵」之類，已算是他的上乘之作了。

點知大謬不然。

一九六一年，我們已看到傑出的喜劇「桃色公寓」。現在又有這部傑出的悲劇，「手足英雄」。

和同樣的講紅人白人矛盾的電影「恩怨情天」（畢蘭加士打、柯德烈夏萍主演，這兩個是優秀的演員）來相比，「手足英雄」好過不止十倍。

無論是故事、編劇、導演、演員（每一演員）、攝影，無論從哪一方面來看，無論對「貓王」偏見多麼濃，無論對紅白人問題抱甚麼觀點，他都不能否認這是一部傑出的作品，傑出的悲劇。

任何人可以相信我以上的讚美詞，是出於衷心，因為，對皮利士萊的那種「貓腔」，扭屁股，作怪叫，本人是深深地憎厭的。其所以會勉強去看「手足英雄」，是因為最近在本港流行的一闋「木刻的心」，顯示了貓王唱歌方面的天才，因此才會去看。

如果皮利士萊此人，能夠放棄他從前的那一套令人憎厭的表演，則他將毫無疑問，成為傑出的歌唱家，和一個優秀的電影演員。

一點也不錯，一個優秀的電影演員。

在「手足英雄」中，他飾一個紅白混血兒，這是一極難演的悲劇角色，他生在一個紅人和白人決鬥的環境中，幫紅人呢，還是幫白人？若沒有看過這種「手足英雄」，只是想像的話，一定會得出這樣的結論：糟了，這樣的一個好故事，要給貓王糟蹋了。但事實上，好萊塢年輕一代的演員中，沒有能比貓王在「手足英雄」中演得更好。本片之所以出色，皮利士萊有大功。

準備去看他扭屁股的人失望了，他總共只不過在片首唱了一首歌，在片開始後幾分鐘，唱了一首短歌。前者帶有濃厚的悲劇意味，調子是沉緩的、悲鬱的，預示着主角的命運，充滿着泥土的氣息，有種極好的民歌風格，後者是輕鬆的，愉快的。

這樣下去，貓王可能會失去一批擁護者，但卻能成真正的藝術工作者。

附帶地談一談，「手足英雄」對紅和白人之爭的看法，比「恩怨情天」高明了不知多少倍。「恩」片只使人看到製片家抱着濃厚的、醜惡的種族歧視觀點，而「手」片，卻在最後的一句話中，表現了電影的主題。那句話是：「我希望總有一天，人們會了解紅人。」

這句話，是主角在臨死時所說的。他的死，是因為紅人的襲擊。

全片中對紅人和白人之爭的對白，有些是極為精闢的。例如：「這土地本來是紅人的。」

「我們在這裏開墾了二十年了，應該是土地的主人。」

「但是紅人是土地的主人，他們不願意和別人分享。」

這不是一個三言兩語所能講完的問題，總之，全片的氣氛，譴責白人，譴責種族歧視，多過譴責紅人——至少我是這樣看法的，因為我根本上不同意白人的「開墾」論，即：土地本來是紅人的。我們可以如此假設，北美如果遲一百年才被發現，則印地安共和國早已成立了！

好了，就此打住，最後仍忍不住讚美一句：「手足英雄」是所看到的最佳西部片，好過「龍虎干戈」、「龍虎雙俠」、「龍城殲霸戰」……恐怕，因為它是個悲劇，而且所表達的一切，仍懸而未決，那個結尾，如此優美的結尾！悲劇在藝術上一直佔據着最高領域，不是麼？

原刊於《真報》「觀影隨筆」專欄，一九六一年一月二十九日

司馬翎作品風格獨具

——寫在電影「劍神傳」公映前

武俠小說盛行，武俠小說的作者，也多得難以勝數。但真為讀者所熟知的，卻還不多。一個武俠小說作者的名字，要為讀者所知，當然得有相當數量的作品，而且作品還要精彩。

在有數經已成名的作家之中，司馬翎是崛起最快的一個。當年，他曾以「吳樓居士」的筆名，在台灣寫過一部《關洛風雲錄》，在那部小說之中，他已然大膽地採取了其他作家所未曾用過的寫作方法——在筆調上，更接近新文藝，也就使得他作品中的人物，感情更加充沛，性格更其生動。

在台灣的武俠小說作家之中，用更近新文藝的筆法來寫武俠小說，司馬翎是最早的人。如今，當然有很多台灣武俠小說作家，都在採用這樣寫法了，但也仍以司馬翎為最成功的一人。

司馬翎這個筆名，最初是用來寫《劍氣千幻錄》一書的，這一部書，奠定了他第一武俠小說作家的地位。不但佈局，故事，極其精彩，而更精彩的是人，在《劍》書中，有一位為武俠小說作者一致公認，給寫活了的人物——朱五絕。

創造朱五絕的成功，使得司馬翎筆下的人物，更活靈活現，而這種風格，一直在以後的著作中，保留了下來，從《劍氣千幻錄》到《劍神傳》（即《劍底冰心》），到《八表雄風》，到《帝疆爭雄記》。他一直有着自己獨特的風格。也憑着這種獨特的風格，吸引着廣大的讀者。

司馬翎在台灣，但是他的作品，卻不僅在台灣發表，而且，在南洋各地的報紙，在香港的報紙上，也都是「搶手貨」。

在香港，至少有四家以上的報紙，長期地刊載着他的作品。

若不是他的作品，有着特別吸引人的地方，當然不會這樣受歡迎的。

司馬翎是一個成功了的武俠小說作者，不僅由於他的作品為讀者所接受，而且由於他的作品，有着獨創的、不落窠臼的風格。

原刊於《真報》「觀影隨筆」專欄，一九六三年五月二十六日

談「苦兒流浪記」

「苦兒流浪記」一片公映後，好評如潮。的確，這是一部好片。在現今國語片越出越濫的情況之下，有「苦兒流浪記」這樣清新雋永的國語片面世，實在是一個很好的現象。對國語片向正確的道路發展來說，有其一定的作用。

但是，「苦」片也不是沒有缺點的。我們所讚揚的，是「苦」片的製作精神，演員演出的認真，故事題材的正確，但認為有許多地方，無論是故事的情節，人物的造型，音響效果上，都還存在着程度不同的毛病。為了使好的電影能以進一步地完善，隱瞞這些缺點沒有好處。明知有缺點而挖空心思地為之隱瞞，為之辯解，這是沒有用的，這種手法只是商業上的「捧」，而對提高國語片水準毫無幫助。這種庸俗的「捧」，也可以說是造成今日國語片水準低落的原因之一呢！

對「苦」片中陳燕燕所飾的農家貧婦一角，我們是認為是片中最不切合藝術的真實的。

看過「苦」片的人都知道，片中的羅大媽是一個窮到要賣牛，要賣女兒的農婦，而且又要下田勞作。這樣的一個貧苦農村婦女，有可能像「苦」片中出現的陳燕燕那樣，頭髮梳得光光的，臉上皺紋都小心地用化妝填補了的，又白又胖的麼？

固然，陳燕燕靠了她相當好的演技，表現了一個貧苦農婦的情感，以致使得造型的問題不怎麼突出。然而，這種樣子的「貧苦農婦」，總究是一個大笑話。不用說在北方了，就是在富庶的南方吧，主張陳燕燕造型正確者，不妨去看看新界的中年農村婦女，到底是甚麼樣的。沒有過過農村生活的人，是不能夠想像農民的生活的。以為農婦正是這樣的人，或許也真的見過如此的農婦，但可以肯定，決不是會窮到賣牛賣兒的。窮到賣牛賣兒的農民，衣服上也決不會連一個補釘都沒有。

或許因為是我們純粹站在觀眾的立場批評電影的好壞，與電影公司並無任何糾葛，因此也能毫無忌憚地道出電影的缺點。這便是那些心中有話，但不能夠照實說的人所辦不到的了。

情節上值得商榷的地方是王引既然生長在北方，斷無不知道在大風雪之夜要凍死之理。人在曠野沒有辦法，而找到了人家，卻仍然不去敲門試一下，這就是「故意」使王引凍死的了。當然，電影可能試圖通過這段戲來表示王引性格的倔強。但「倔強」到寧願凍死兩個人而不去試一下至少可以讓小梅不死的機會，這又算是甚麼性格？

再說，狼群出現的時候，銀幕上傳來的「嗚嗚」聲不知道算是甚麼？是狼嗥麼？這個玩笑開得不大不小，因為聽來倒十足是街頭賣「臭豆腐」者的吆喝聲呢！「三十年前到過北方的人」不知道有沒有聽到過狼嗥？我倒是在蒙古包中聽了將近一年的狼嗥聲的，總之不會給我以「賣臭豆腐」的感覺就是了。而且，狼怕火不錯，但王引竟以為一個火把在手，狼就不敢近，也有點「那個」。

總之，「苦」片是好片，我們承認。但絕不是沒有缺點，指出缺點，適足以使國語片進步。至於別有用心，或心有苦衷，不能不拚命誇張一片的優點而隱瞞其缺點的人，對電影公司是負責了的，對觀眾來說，未免有不負責之嫌。態度老實一點，其實是對藝術有好處的。一味的商場作風，只是貽誤國語片的進步罷了！

這種事，本來是不值得爭論的。但是偏偏有人，以一個人，用了幾個筆名在幾個報紙上寫稿，發表自己的意見。還認為自己一人的意見竟然是眾人的意見焉。這種把戲，騙騙讀者或許還騙得過，但對執筆寫文的「行內人」來說，徒增笑話之資料而已。

原刊於《真報》「觀影隨筆」專欄，一九六零年三月八日

鐵血突擊隊（MISSION OF DANGER）

這部電影的映期如此之短，而觀眾也未見擁擠，實在要怪宣傳工作做得不夠和片子上演的時間不當。

影迷們都知道，在聖誕以前，所上演的電影大抵是屬於「填檔片」之流，三兩日就換過了，當然不會有好片子。誰知「鐵」片，卻還真不差呢！

主演「鐵」片者，幾乎全是新名字，這也許又是此片號召力不夠的原因之一。但是看完之後，觀眾若不是太苛求的話，相信都會說一聲「滿意」的。

故事是說十八世紀中葉，法印戰爭中（雖是法印戰爭，交鋒的卻是英法兩軍），英軍中有一隊神出鬼沒的「突擊隊」。「突擊隊」也有稱作「偵察兵」的（蘇聯就是），一般來說，突擊隊的任務最危險，也最重要。這部電影既是描寫突擊隊，當然也是驚險百出。

話說這個突擊隊奉命要俘虜一個法國將軍，結果由於一個御林軍上校橫梗其間，以致功敗垂成，只取得一部機密文件。從這些機密文件中，獲知另一突擊隊員已為法人所俘，而此人則知道一條軍事上極為重要的山路。設若英軍能得到這條道路，越山偷襲，則法軍必敗無疑。於是，突擊隊的領導人羅節少校（基夫拉辛）便決定去魁北克和那位被俘的突擊隊員取得聯絡，誰知在半途中，自己也被俘了。在俘虜營中，每個人都自認是列兵，而且都姓史密。但是法軍已知道這個神奇人物羅節少校的失蹤，且相信他必在俘虜之中，於是調了一個投降了的英軍來認，當俘虜們知道之後，就加緊籌備越獄。

其間的詳細經過，不必細敍。導演對這一段戲肉處理之佳，令人拍案叫絕，緊張之處，實令人為羅節少校擔心，而且，並未將羅節少校寫成神人，而是合情合理地發展着的。

羅節少校越獄後，又遇到了一個機智絕倫的女間諜「安培奈小姐」（丹娜安芝），於是又和法軍展開了間諜鬥智，又是一個大高潮。丹娜安芝演來並不好，但是很美，在導演的巧妙處置下，也真像個女間諜。下半部的間諜鬥智，比上半部更精彩，看完之後，雖然片子很短，也夠使人滿足了。

全片有打鬥（從陸上打到水中），有緊張，有俘虜營中的種種和法軍殘酷的折磨俘虜的鏡頭——有一個鞭笞鏡頭是用陰影和鞭聲來表現的，效果很好。再加還有不少輕鬆的對白，稱之曰「老少咸宜」，是不過份的。

再說，正片開始之時，還可以看到美高梅出品的四個卡通。雖然廣告上號稱是「全新」而有一個是筆者看過的。但成人可能很少專去看卡通片，因此大抵都是未看過的。卡通不是專為兒童而設，成人看了照樣會開心得哈哈大笑，所以看本片，收穫甚豐也。

原刊於《真報》「觀影隨筆」專欄，一九五九年十二月二十二日

威鎮群雄（THEY CAME TO CORDURA）

這是一張好片子。但這個「好」字，或許會引起很大的爭論。因為，這不是全部蠻打的西部片（牛仔片），雖有戰爭，但也絕不能劃入戰鬥片。正如本版貫中先生所指出的，影片所想表現的，乃是「人性的解剖」。

近年來，隨着文學作品追求人性的剖解，電影也向這方面的路在走了。在文學上，這種傾向的名詞很多，如「現代主義」、「存在主義」等皆是。在文學作品中，作人性的解剖，比起在電影中要容易得多了。因為在寫作時，可以允許作者盡量詳細地去描寫主角的心理變化，引起讀者的共鳴，但在電影中，就無論如何靠演員的表情、對白、和氣氛的烘托來表現。這當然就困難得多了，安排得不好，或是演員差勁，就會只落得一個「悶」字而已。

本片雖然不至於太悶，但顯然並未能盡量表現主題。它只使人看到了有如此這般的一個主題——一個軍官，遭遇到了甚麼是勇敢、甚麼是懦弱的問題。電影一開始，也說明本片是這個軍官尋找答案的故事。但是直到影片完，觀眾並沒有通過這個軍官的尋找而得到答案。

當然，這一個關連到基本人性的問題，本來就是不容易了解和尋求答案的。很多名著和名片都是提出了問題，鋪排和描述了問題，但卻沒有提得出答案來的，人生之謎，根本上就不易解答的啊！

我在皇都看了這一部戲，片長九十餘分鐘，一開場是大場面的戰鬥鏡頭，氣勢的雄豪，前所罕見，喜看戰鬥片者，已值回票價了。只可惜後來剪接稍嫌零亂。

電影動用了四個大牌：加利谷巴、烈打希和芙、溫希扶連和塔亨達。加利飾方少校，溫和塔飾中尉，烈打飾一個通敵的美國人。故事背景是一九一六年美國和墨西哥之間的戰爭。

在戰爭中，方少校在一次戰事突然發生的時候，躲到了溝渠中。當此事發生後，他就被認為是「懦怯」的人了。因此，他卻又被奉派去一個騎兵團中作選拔戰鬥英雄的工作。在一次大進攻後，他挑選了五個英雄，要帶他們到司令部去受獎。同行的，還有那個軍事犯——烈打希和芙。

真正的故事到這裏才開始，以前的不過是熱鬧的大場面而已。故事將這六男一女拖到了人煙不見的荒漠中——這是老手法了，彷彿人只有在原始的環境中才會表現出原始的性格一樣。

那些人，為甚麼作戰勇敢呢？在以後的發展中都並沒有答案。而只使人看到了這幫人根本不是英雄，他們卑污得很，甚麼事都做得出。甚至想殺了長官，帶了美女逃走。而加利谷巴卻又表現了出奇的勇敢，這些，都是不容易使人了解的事。

但我終於還稱之為好片，因為它在這方面雖然失敗，但整個電影，卻是使人看了還要想的，而且想的問題還很多。這是一般看來熱鬧但看過就忘的片子所不能比的。

原刊於《真報》「觀影隨筆」專欄，一九六零年一月二十九日

聞《劍神傳》已拍成電影有感

武俠電影「拉不住觀眾了」，我們曾經聽到過這樣的論調。這樣說法，有十分正確的一面，如果在「武俠電影」上面，加上一個「壞」字的話。壞的武俠電影，粗製濫造，東竊西剽的武俠電影，的確拉不住觀眾，因為觀眾絕不是盲目的，而是有選擇的，優勝，劣敗，這是自然的規律，絕不會有壞的、粗製濫造的東西，而能永遠吸引人的。

從近半年粵語片的票房紀錄來看，有不少部武俠片，賣座的成績，依然十分出色。可知「武俠片拉不住觀眾」，這樣一個籠統的說法，是站不住腳的。

武俠片和武俠小說之間，有着極其密切的關係，武俠小說作者以設計的故事，當然比七拼八湊的故事來得好。而嚴格來說，武俠片的好壞，並不在於打鬪之如何激烈。因為主角，來來去去，都是「熟口熟面」的幾個人。

因此，打鬥的激烈，絕不是競爭的條件，因為這是大家都可以有的（武俠片的打鬥的表現方法，有許多值得討論的地方，此處不擬討論），而競爭的條件，則是要高出他人之上，取他人所沒有的，好的東西，這便是武俠片的首要條件。

最近，聽得邱山兄說起，曾在《真報》連載過司馬翎原著的《劍底冰心》，已然為得利影業公司購去，並且，拍成了電影。

《劍底冰心》，就是《劍神傳》。這是司馬翎繼《劍氣千幻錄》，最精彩的作品。這篇小說的佈局之佳妙，是超乎其他武俠小說之外的。它的最主要特點，乃是在正邪各派的爭鬥之中，作為正派人物的代表「劍神」石軒中，絕不是一帆風順。而是遭到了極其嚴重的打擊，在失敗之後，也並沒有立即成功。失敗——再失敗，這就構成了高潮迭起，引人入勝的故事。

有着這樣的一個故事做基礎，加上電影公司製作的認真，有觀眾是可以預期的事。

我只看過《劍神傳》的原著，知道這是一部十分精彩的武俠小說，沒有看這電影之前，無法多說甚麼，但是我聽到，飾演厲魄西門漸的，乃是洪波，而飾演鬼母冷阿的則是唐若青。

洪波和唐若青，是兩個十分出色的演員，這是誰都知道的事，他們很少在武俠片中露面，而「劍神傳」用他們來飾演適當的角色，這是十分聰明的事。

《劍神傳》在《真報》連載的時候擁有極多的讀者，由原著改編的電影，當然也不會令人失望的，因為好的原著和好的電影，是有着極其密切的關係。

原刊於《真報》「觀影隨筆」專欄，一九六三年七月九日

武俠片果真劇本荒？

——《青鳳奇仇》故事又被剽竊

有很多人，在論及「武俠片有沒有前途」的問題。其實，這是一個多餘。好的電影，不論是那一類的，都有前途，而壞的，都沒有前途。一句話便可以概括。

武俠片要好，當然首先要有一個好的故事。近年來，好的武俠小說，紛紛被搬上銀幕，而且，也得到了觀眾的讚揚，這是事實。

因此，武俠片的製片家們，也大都在武俠小說中找故事，這是自然而然的事情。「找」故事是值得提倡的，對武俠片的前途有益得很。因為，在香港千奇百怪的事，也層出不窮。在「找」故事中，竟然出之於偷竊的一途，將武俠小說原著中的橋段，絲毫未與原作者接頭，便偷了過去，化為電影，這種行徑，實則上是最無恥的一種行為，不論是電影界，或是文化界，都應該對這種行為，進行嚴厲的譴責的。

一般，偷武俠小說原作的電影公司，都以「一片公司」居多，大都也改頭換面一番，令得和原著多少有點出入，以免激起眾憤。

可是，最近上映，××公司出品的「刀×緣」下集，其所謂「離奇曲折的情節」，老實不客氣地說，卻也是整個偷來的。

在該片中，新娘臂上刺字，殺傷新郎，親家互鬥，封刀惹禍等情節，全偷自早兩年，由胡敏生書報社所出版，曾在《武俠與歷史》小說雜誌上連載過的倪匡所著的武俠中篇《青鳳奇仇》一書。只不過人名改了，劍改成了刀而已。

××公司是一間規模不算小的公司，專拍武俠片，在武俠小說中尋找橋段，也是順理成章的事。但既然找到了值得攝成電影的題材，卻出諸「偷」之一途，實是令人齒冷！

喜愛武俠片的觀眾，一定也會摒棄這種行徑的，而可以斷言，一家電影公司，如果專門剽竊他人原著的情節，其前途黯淡，也是必然的事！

在香港講「人格」，似乎多餘，但尚宜提請某些電影公司，多多注重「公司格」，不要一面拍電影，提倡俠義，一面卻竊他人作品，跡近「下三流」！

原刊於《真報》「觀影隨筆」專欄，一九六三年二月十七日

編者註：文中影片指「刀劍緣」。

新野人記（TARZAN THE APE MAN）

數十年來，泰山片一直為人所喜愛。有些人因此感到奇怪。其實，泰山片受人歡迎，絕不是偶然的。第一，它已有了一個像泰山那樣的典型人物，老幼咸知，幾乎成了真有其人，大家當然歡喜知道他的動態。第二，泰山片大都和蠻荒以及野獸結下了不解之緣，這又是使人愛看的原因。三十年前的泰山片迷，現在都是中年人了，新的泰山片便有它新的觀眾。這是泰山片歷久不衰的原因。

本片，是舊片重拍，在故事上變動不大，在取景和技術上，卻進步了不少。當然，故事仍是照例地白人入蠻荒打獵，遇到土人與泰山，而狩獵隊中，照例有一個美麗的少女，與泰山一見鍾情，片終時，寧願不回文明地區，而與泰山終老森林之中。千篇一律，沒有多加敘述的必要。

在本片中扮演泰山的「丹尼米拉」，已是銀幕上的第十四個泰山了。演泰山，本不要求演員有甚麼特殊的演技，只要身體壯，動作矯捷，就可以了。丹尼米拉在這些方面，均足以勝任，尤其佳妙的，是他的游泳技術。但是其不及老牌泰山「尊尼威士慕勒」處，是在於他的面型太「城市化」了。城市化到使人看來時時以為他是紐約或芝加哥的一個飛哥，而不是從未接觸過文明社會的一個泰山。而且，他的喉嚨也不大高明，當他兩手放在嘴旁，作「泰山哮」時，發出來的聲音，澀到像機器缺少了潤滑油一般。不少小觀眾，嘻得大笑起來，咸認此泰山太「水皮」，不像他們心目中的英雄。「哮」之力，竟有如此大的影響，在大人來說，可能不易了解，但兒童自有兒童的心理也。

女主角頗美（是鍾娜芭蓮絲，新人）還可稱職。本片看處，當然不在於主角的演技，而在於蠻荒森林的秘奧。其中泰山鬥豹、鬥鱷魚等鏡頭固然使小觀眾們始而握緊拳頭，繼而大拍其手，就是野馬奔騰，野人跳舞等片段，更使大人嘆為觀止。

本片廣告作「寸寸緊張，幕幕刺激」兩語，雖有些誇張，但只要是把着看泰山片的目的而去看泰山片，包管不會失望就是。

泰山片，實在來說，就應該只是純娛樂性的電影。雖然泰山片的導演在其中加上些諷刺文明社會的額外枝節，然而不加還會更好的。以前出現過「泰山到紐約」之類的片子，就是弄巧成拙的證明。

家中小孩子多的，不妨去看是片，只看小孩子拍手大笑大嚷，也是一樂。而中孩子多的，則拙意應去看「糊塗艦長」也。

原刊於《真報》「觀影隨筆」專欄，一九五九年十二月二十六日

學士嬉春（CARRY ON TEACHER）

這是一部用極其高超的手法（也是極新穎的手法）來表現的一部上乘喜劇。當然，也有人會説它是胡鬧。這使我憶起以前看到過的一幅漫畫。那幅漫畫是很妙的，它用一個人和一個黑影來表示人表面上的行為和心中的意願。

例如一個衣冠楚楚的中年紳士，正抱着一個嬰兒在親吻。然而紳士的黑影，卻抱住了嬰兒的母親在接吻哩。這裏對人類心理的過份揭露，有些人會以為刻薄。實則是非常有意思的。「學士嬉春」也是以這樣的漫畫手法（和近乎「卡通」的畫面）來處理的一部電影。其有趣和可笑之處，較之「護士嬉春」又勝一籌。

當然，事實上英國的學校中，怎麼可能發生這樣的事呢？英國中小學教育向以嚴謹著稱，這只要看看此間官立學校便可明白。但是，你怎知道英國學校中的人物——視學官、校長、教員、學生，他們心中沒有亂鬧一番的心情呢？將這種心情來拍成電影，這是英國人自我幽默的表現。

當我們看到學生放火箭，在門上安放乾電池等等的惡作劇的時候，如果我們細細回想一下自己在學校中的求學的情景，該是會發生「會心的微笑」的。固然，不是個個學生都會做出這樣搗蛋的行為來，但可以說，個個學生都是想如此這般地搗亂一番的。此間有些報紙在說「由此可見英國學校中的混亂情形」云云，那是根本沒有看懂這部電影。

電影的故事很簡單，甚至沒有敍述的必要，妙的是演員的表情，和電影的種種的細節，而這些又大都可以意會不可言傳。例如校長聽到叫聲，手觸門環，突然吃驚的那一刹那，真令人絕倒，然而，我卻沒有這個本事在文字上傳達給大家。

電影最後，道出了學生胡鬧挽留校長的原因是因為這個代校長馬馬虎虎，是個好好先生。這又妙絕。試想哪一個學生喜歡一個一板一眼，上課像欠他錢似的校長或教員？當然，這問題是不能夠提到「應該不應該」上來討論的，而是實際上存在與不存在的問題。而且，這種存在於人們內心中的願望，一旦現之於電影，對看的人來說，不是快事嗎？

佳片當前，豈容錯過！

原刊於《真報》「觀影隨筆」專欄，一九六零年三月二十二日

雪山龍虎鬥（KILLERS OF KILIMANJARO）

在非洲築鐵路的故事，英雄、美人、一些野獸跑來跑去，非洲黑人跳跳舞、打打殺殺、英雄美人兩心相傾，成其好事——THE END。

千篇一律的故事。小孩子看了或許會興奮一陣子，但大人看了就只有打瞌睡的份兒。很難想像，這類片子何以百拍不厭，莫非真是沒有甚麼故事可供攝製電影之用了麼？

故事是説倫敦的一家鐵路公司，派了工程師勞勃（羅拔泰）去東非測量鐵路的路線。那條鐵路築了一半，就因為兇惡的非洲黑人部落的敵視和奴隸販子的反對而中斷，兩個工程師也失了蹤。這兩個失蹤了的工程師，恰巧是一個美女的父親和未婚夫，於是便一起去尋。奇怪的是當這個女人尋到未婚夫時，竟一理也不理就走了。同行的還有一個小孩，這小孩是奴隸販子的兒子，因反對乃父所為而跟着羅拔泰一起去探險。一路上當然有些驚險，但羅拔泰好像「泰山」一般，甚麼都懂，是個了不得的「非洲大英雄」，真令人不可思議。

片中可取的是最後一場混殺，有點看頭（對好此道者而言）。另外有一個助手，很滑稽。有些鏡頭令人發噱，如土女強迫褫裳洗澡一場，相當妙。另外對白方面也有一處相當幽默。當鐵路被炸，必須步行的時候，那助手仍欲沿鐵路以行，羅拔泰故意問他：「有人想害我們，應該怎樣？」那助手曰：「另走小路。」羅拔泰乃曰：「啊！我怎麼想不到。」「幽」了那笨伯一「默」。

野獸鏡頭全部與人脫離關係，是接上去的。因為同類片子看得不多，不敢斷定是否剪自其他影片。彩色還好，配音震耳欲聾，太響亮了。羅拔泰則真難使人相信是演「茶花女」時之羅拔泰矣！而且演技也沒有進展。

原刊於《真報》「觀影隨筆」專欄，一九六零年三月四日

野玫瑰之戀

王天林導演，葛蘭張揚主演的一部「歌唱文藝巨片」。片子頗長，在未說壞的之前，先說說好的。「野」片證明，葛蘭是一個會演戲的演員。環顧國語片如許女演員中，她該是第一人。她不但能演喜戲，而且可以演悲劇，又能歌、舞。中國影壇上，已很久沒有如此的女演員了。葛蘭的歌喉本來不錯，而且有造詣，但「野」片中的歌曲，真叫人「餘音繞耳，三日作嘔」。這和演員是無關的，只在於那些歌曲的惡劣。諸如叫葛蘭那樣的歌喉，去逼出肉麻的「男——人」，在去米高風前沙着喉嚨高叫「嘉——嘉——寶」，都令人不寒而慄，至於原來是甚麼進行曲，卻一變而為「玩女人真無聊」的，更是吾復何言！

其次是劇本，故事是老得不能再老了，無論中外，都有類似的故事，一個歌女（早十幾年的女戲子），愛上一個忠實青年，青年也愛她，但她卻受惡勢力的威逼，不得不離開他，他卻以為她是移情別戀，於是殺之以洩恨。（執筆至此，忽然想到梅里美的「卡門」，也正是如此的。不過卡門卻沒有受到漏洞百出的惡勢力的威迫，因此卡門是活的，有性格的。而野玫瑰這個人，卻始終只是莫名其妙。）

細節問題，不必細論。這部戲可觀的只是女主角一人，雖然由於劇本之糟，歌曲的肉麻，損壞女主角一部份的演技，但女主角總算努力地彌補這些缺憾，因此使之尚稱賣座。

原刊於《真報》「觀影隨筆」專欄，一九六零年十月十一日

用心棒

日本片在香港有許多是不堪入目的第八流電影，但也有幾部，是好得不能再好的影片，年前，有「手車伕之戀」，目前，正在上映的有「用心棒」。

要在短短的數百字中，講出「用心棒」的佳妙之處，是不可能的。因為它無處不好，甚至連三船敏郎那種走路的姿態，也使這個遊俠令人覺得可親。

倏然而來，飄然而去的三船敏郎，在一個小鎮上經過極其艱苦的鬥爭，終於殲滅了兩幫土霸，整個的鬥爭過程，緊湊得一絲不懈，導演如果不是一流高手，絕不能拍出這樣的電影來，而演員如果不是第一流的，也決難有此成就。「用心棒」中的演員，不但是三船敏郎，仲代達矢好，飯店老闆好，棺材老闆好，更夫好，連那兩幫打手，也無一不好。

當然，最好的還是三船敏郎。而「用心棒」一片中，以一個寫武俠小説的人來説，最值得一提的，還是那三場打鬥。

三場打鬥，全是以寡敵眾。第一場，以一敵三，第二場，以一敵六，第三場，以一敵九。

我們看過不少武俠片，凡是動利尖刃的，照例是大聲吆喝，乒乒乓乓，節奏稍快一點的，已然算是不錯，更常見的是沉胯坐馬，橫刀過頭，然而對方才慢吞吞地一刀，砍了下來，因此，我曾經斷言過，武俠小說之於武俠電影，永遠無法結合起來，因為武俠電影，只能取小說中的情節，而無法取小說中的動作。

但三船敏郎在「用心棒」中的演出，的確做到了武俠小說中，被作者誇張得幾乎令人難以相信的動作。有一場，許多打手圍着三船敏郎，三船敏郎體態悠閒，口含牙籤，一面講完，一面眼光已將對方罩住，「語甫畢，刀已出鞘，刀光一閃，一聲慘叫，當前一人，手臂已被齊肩削下，接着沉聲一喝，一個轉身，刀光如虹，轉成了一個圓圈，其餘兩人，真是連聲都未出，便自了賬！」

第二場，在一間屋子之中，以一敵六，身法之快，當真是兔起鶻落，霎時了賬。這一仗，因為六人不備，是以勝來特易，但最後一仗，卻是以一敵九，而且還加上一柄手槍！

三船敏郎飛刀中敵手腕，令得對方不能發槍之後，立即一躍而前，手腕外處，連顫兩顫，一連兩刀（只兩刀），便將仲代達矢砍倒，而另外八個人，刀光霍霍，已然齊將他圍住，但是他縱躍如飛（當真如飛），指東打西，刀光如電，八個敵手，於剎那之間，全被殲滅，這才是真正武俠小說中誇張描述的活現！

看到這裏，實在是沒有話可說了。最後，只是感到可哀。因為「用心棒」之前的兩部預告，是香港出品，那算是甚麼，忽然又想到不久前上映的一部武俠片，竟然連「火燒紅蓮寺」那一套搬出來了，更是無話可說了。

原刊於《真報》「觀影隨筆」專欄，一九六二年七月二十九日

遊戲人間

王天林導演，張徹編劇的「都市傳奇喜劇」。這一類「喜劇」（實則是鬧劇），故事是不必去探究的了，現實意義之類，對這類鬧劇而言，當然更是奢侈品了，汽車，崇樓華衣，酒會派對，夜總會，是一定不可缺少的「道具」，和「悲劇」中的「風雨交加」一樣，少了它們，好像便不成其為電影了。

故事倒還算新鮮，一個富家女，扮成男人，去勾引一個女護士，居然一勾就着，而她本身，卻又鍾意了那個女護士的哥哥。於是忽男忽女，笑料也在這當中產生。這個設想，原來不錯，但是戲院中的笑聲，爆發得最多時，卻是在白露明開口講國語的時候。

梁醒波在銀幕上講國語，能使人發笑，是好事。白露明則不同了。要演國語片，至少還要在國語上下一大番功夫，唸五十言以上的對白時，尤需訓練，以免像是在「背書」。

丁皓扮男子，廣告上說是「英俊」，「翩翩」，大抵都是「廣告用語」。喬宏和雷震，也無甚特出，雷震的戲甚少，但頗靈活。關於戲中的舉重部份，因是外行，不便置喙，內行人一定會有意見發表的。

看這類電影，正如廣東人話齋：「得一啖笑」，其實是不必深究的。賣座不錯，可知在這一點上。至少是可以使觀眾滿足的了！

原刊於《真報》「觀影隨筆」專欄，一九六一年九月三日

玉女迎春（A SUMMER PLACE）

電影有很多值得商榷的漏洞，和不少不能令人滿意的地方，但總的來說，這是一部相當有價值的文藝片。當然，它並不像「春風秋雨」那樣地使觀眾下淚，和那麼有人情味，但是它卻提出了兩個問題——在近代的社會中，這兩個問題在現實中是很多的。尤其因為這是一部美國文藝片。美國人拍文藝片而有如此成績，總算是不容易的。

電影裏提出兩個問題：（一）父母的婚變給予子女的影響；（二）男孩子和女孩子在尷尬的年齡時父母應如何的管束。電影借了長篇的對白，和兩個持相反意見的夫妻來爭論問題，但可惜的是，電影並無作出正確的答覆。

這部影片，據説是由一部暢銷小説改編的，如原著的作者的文藝觀是只求反映現實，提出問題，而不認為文藝是負有解答人生問題的任務的，這是一種純文學的觀點，盛行於西方的。

話扯遠了，回到電影本身。電影的故事相當簡單，它是說在一個風景美麗的島——松島——上，世家子弟「白」，因家道中落，將其住宅改作旅館，為人作避暑之用。那年夏天，來了三個客人：「趙俊孫」（李察伊根）夫婦和他們的女兒萊莉（仙杜拉蒂）。故事便展開了，原來「趙俊孫」是白太太的舊情人，兩人分別了十八年，重逢後舊情復熾。而趙太太是一個非常惹人厭憎的婦人，對「趙俊孫」當然也無愛情可言。於是，就演成了這兩對中年夫婦的婚變，「趙俊孫」與白太太（多麗菲麥佳）結束了他們十八年「半死半活」——指沒有愛情而言——的生活，各自離婚，又結婚了。而「趙」的女兒萊莉，與「白」的兒子「彰毅」，卻一見鍾情，不顧各方面的反對，相愛着，而終於萊莉懷了孕，事情不可收拾，兩人私奔不成，後來倒得了個好結局，結婚了。

所以說，電影只是提出了問題，不曾解答它。看來好像青年男女胡鬧一番，並沒有甚麼不對似地。故事好的，只是講那兩對中年夫婦的那段，在講萊莉和彰毅的一段上，就弱得多了。

全片演員，演得都還可以。最好的，當然是仙杜拉蒂。她的戲很多。仙杜拉蒂那種天真純潔，毫無瑕疵的美，已是觀眾所公認的了。而她的演技，也的確是有幾下子，並不只是賣弄美貌，作些令人作嘔「狀」而已。例如她被母親一掌摑在地上，手扶聖誕樹，講「媽媽聖誕快樂」的時候，將一個委曲的少女的倔強，演得入木三分。而且最好的地方，是處處看來都像一個小女孩子，使人同情她，喜愛她。

對白雖然多，但好在中文字幕詳細，不懂英文的觀眾，也可細細欣賞，這部片子，無論如何是應該列入好片的。雖然它有些地方鬆懈了些——例如屢次被強調的離婚後子女所屬問題，後來竟不成問題了，這頗令人難解，離婚後子女到底判給誰，觀眾都攪不清楚呢！

原刊於《真報》「觀影隨筆」專欄，一九六零年二月十三日

沼澤風雲（WIND ACROSS THE EVERGLADES）

由於這是一個表現很多問題而終於沒有表現得好的故事，因此就不免顯得很亂。所以，先來理出一個頭緒來倒是比較有用的。

用最簡單的話說，這是講二十世紀初，「護鳥會」及反走私者和私梟以及殘害鳥類者作鬥爭的故事。

故事背景是美國佛羅里達州美亞美市南部的大沼澤。主要人物是歹徒首腦、沼澤霸主「軟口蛇」（保艾維斯）以及原來是自然教師，後來改行成為沼澤看守人的梅道克（基杜夫布林馬）。後者一定要使鳥類不受殘害，前者當然不會聽那一套。於是，戲就展開了。

照理，有神秘而原始的沼澤作為背景，應該成為一部刺激而緊張的電影才是。然而九十二分鐘之中，卻並不令人有過份的緊張，而且越看越莫名其妙。其原因就是影片想表現的東西太多，然而又是一觸及問題，就離開了。以至成為「四不像」——既不是蠻荒片，又不是打鬥片，也未能探討人性的善惡和生存鬥爭的道理，更未能暴露當時豪門走私的內幕。

戲的重心是在後半部。也就是說，是在梅道克第二次進入沼澤中心，去會見「軟口蛇」時開始。但是梅道克一到「軟口蛇」的總部，和軟口蛇飲了一夜的酒。第二天，軟口蛇忽然心甘情願地跟着他離開總部了。

影片強調稱，軟口蛇是要使梅道克在沼澤中迷失。然而殺人不眨眼的軟口蛇為何必需「出到呢一槓」？這還不說，在梅道克將枯籐誤為毒蛇，打了一槍之後，軟口蛇以為是射他，梅道克喊了一句：「我以為是蛇！」軟口蛇答了一句：「我以為你是射我」。一秒鐘之間，軟口蛇忽然向梅道克懺悔起來了。前一秒鐘還在瞪着眼看梅道克死去的軟口蛇，就在這兩句對話之後轉變，怪不？

影片的結尾，也很模糊，只是梅道克在沼澤中撐着小船。並未回到美亞美去。這並不是要求一個「大團圓」的結局。而是影片在上半部所提出的「一定要戰勝他們（指軟口蛇和走私豪門）」沒有了交代。

所以，這張片子如果專心一致地去拍沼澤，去拍打鬥，或許不致如此。

但是值得一提的是保艾維斯，在飾演「軟口蛇」上，真是「絕」了。還有，片中有許多鏡頭極美，攝影之水準很高。尤其是幾幕黃昏景色，落霞片片，水光瀲灩歸鳥翺翔，一股蒼茫之感，美到了極處。連梅道克的女兒目送梅道克進入沼澤的那個鏡頭——站在欄杆上，用仰角攝，也可列為攝影佳作的。

（原刊於《真報》「觀影隨筆」專欄，一九五九年十二月十二日）

這世上的不公平

——評「人海奇男子」

「人海奇男子」由湯尼．寇蒂斯獨挑大樑，這個早幾年被人們認作「花靚仔」的演員，在「逃獄驚魂」中已使人嘆服他的天才演技，在「人海奇男子」中，人們再一次欣賞他出神入化的表演才能。黑白，不是寬銀幕，沒有靚女星，在近兩小時的映出中，絕無冷場，甚至在他演醫生動手術、口罩、手術帽遮蓋了他的面部，只餘兩隻眼睛在外的時候，他也是演得那樣出色。

有的影評稱本片為「輕鬆可喜」，實則一點也不輕鬆，它通過了一個傳奇性的遭遇（據說是事實），來顯示這個世界的不公平。

電影中的湯尼怎樣會成為一個「偉大的騙子」（原名）的呢？一切從他的軍官考試分數最高，但卻缺乏一個學歷而引起的。一個只讀兩年中學的人，他的學歷自然比不上甚麼博士，碩士，研究生。但是，他的學識，才能，可以好過有着這些銜頭的飯桶十倍。如今的教育制度是完善的麼？電影的主人公講得極好：「學校中的進度太慢了，我自己看書要比它快得多。」

寧願相信這個故事是真實的，因為它尖銳地諷刺了這個世界上的不公平——以資歷、文憑等等來審衡一個人才能的醜惡傳統！使得浪得虛名，實則毫無才學的傢伙充滿社會的現象感到慚愧！

「人」片是對這種不公平的一個極有力的抨擊，不少人會臉紅，更多的人會欣賞它。

原刊於《真報》「觀影隨筆」專欄，一九六零年三月十六日

陣陣疑雲（LIBEL）

娛樂成份極高的一套電影。使觀眾緊張了一百零十分鐘——不至於是透不過氣來的緊張，而是影片一開始就提出的那個問題，時時梗在觀眾的心頭。出現在庭上的馬克·洛頓爵士，究竟是真的呢？還是假的呢？片名「陣陣疑雲」，譯得很好。

對了，那個站在法庭上的馬克，是真的還是假的？法庭在審，律師在嚴厲地質詢，證人提供證據，往事被一段一段回溯出來，戲一步一步進入高潮，觀眾也就越來越感到沒有白花了票位與時間。

單將故事的梗概說一說，就夠使人感到興趣的了。該片英文原名是「誹謗」，整個故事也是以一件誹謗案為中心，誹謗案是怎樣引起的呢？情形相當曲折——三個人，同時被關在德軍的集中營中，又同時逃出來。他們的名字是：馬克（爵士），法蘭（落魄演員）與白根罕。

馬克與法蘭驚人地相似，以致使人常常弄錯。三人在一起逃跑中走散，德軍槍響，白根罕看到那個倒在地下的人穿着英軍少校制服——那正是馬克爵士的衣服。

大戰結束，白根罕到了倫敦，卻看到馬克出現在電視訪問節目上，但已對往事沒有了記憶。於是白根罕便認定是法蘭冒充了馬克，在報上揭發此事，馬克之妻要馬克告白根罕誹謗，馬克起先不肯，後來終於起訴。

案開審了！

一切的證供，全都證明現在的馬克乃是法蘭假冒的，法蘭頭髮是白的，現在的馬克也是白的；法蘭的指頭斷了兩節，現在的馬克也是；最緊張的是，那個穿英軍制服的人並沒有死，還活着！最後，連馬克自己的妻子，都不相信他是馬克了！

最後結局如何，看了自知。這並不是本人賣關子，乃是講了出來煞風景也。

馬克和法蘭兩角，由英籍小生狄保加第兼飾。狄保加第據說是英國最佳的小生。此人從影歷史不算短，但是演技總欠深。連「雙城記」那樣的戲也演得很淺。但在本片中卻相當好。或許，狄保加第正是較適宜於演這類戲——不要求演員有太深的內心表現的？

老牌演員夏惠蘭似乎沒有甚麼戲可做。最出色的當是雙方律師——一胖一瘦，表情令人拍案叫絕。

這張片子的攝影技巧很多，在法庭中的鏡頭，不是仰角就是俯角，或者是突然其來的特寫，總之，叫你在已經夠緊張的心情中再緊張幾分。叫你疑雲陡起，弄到後來也不相信那是馬克爵士為止。

當然，一開始就提到過，那是「娛樂成份極高」的一張片子，若去尋求甚麼意義，則大可不必；若說故事巧合，現實不可能發生，否則也太認真了。

附帶一提，本片屬於「法庭戲」一類，但證供時採取回憶鏡頭，是以不致枯燥乏味。廣告以「雄才偉略」相擬，不很妥，兩者性質不同，但看了「陣」，不會比看了「雄」失望。

導演是安東尼艾斯奎，不妨記住此公姓名，因手法不凡。最後的勸告是，如果進場時拿了說明書，千萬別看，看後，就減少兩分趣味了也。

原刊於《真報》「觀影隨筆」專欄，一九五九年十二月七日

縱橫天下一元戎（I WAS MONTYS DOUBLE）

由小公司出品，交給華納發行的一部黑白片。故事倒很驚人，而且還是實事。那是說，在一九四四年，盟軍反攻的前夕，英國情報部門接到命令要使德軍相信盟軍將在北非登陸。而怎樣才能使德軍相信這個假情報呢？兩個情報人員——盧根上校和哈維少校（尊米路士飾）就費煞了腦筋。

真巧，剛好軍隊中有一個會計，軍銜是中尉，叫詹士。此人酷肖英軍統帥蒙哥馬利。於是妙計陡生，找了詹士來扮蒙帥，在北非一帶活動：閱兵、演講。以使德軍相信蒙帥之出現北非，不是沒有原因的。因此便在北非增加兵力，將重兵調駐北非。於是，盟軍得乘隙在諾曼第登陸成功。

這樣的事，是很為奇突的。但影片卻並沒有給觀眾除了以上故事之外更多的東西。也就是說，看了電影之後，所得的與聽了這個故事之後無多大的差別。

整個影片，並沒有給人以間諜鬥智片的感覺。最後一場的「綁架」，相信不在「實事」之例，因此綁得太容易，救得太容易，近於蛇足。不知是導演自知全部影片未能引起觀眾的緊張之感呢，還是影片不夠長，所以才加上那麼一個尾巴的（全片現在放映時間為九十九分鐘）？

在一九四四年曾當真假扮過蒙帥的詹士，現在在銀幕中自己再將十餘年的事重溫一遍。影片不可能與事實完全相同，但以自己來扮這個角色，倒還算稱職。而且，克利夫頓·占士其人也真和蒙哥馬利相像。想來當時英國情報當局敢以用他來扮蒙帥，而他扮的蒙帥也能騙過德國間諜，都不是偶然的。

影片有意造成如此一個印象：好像諾曼第登陸之能成功，完全是由於一套巨型魔術。事實，當然不是這樣的簡單，要說這是唯一原因，未免離題太遠。這件事，有其作用是不可否認的。

中文片名譯為「縱橫天下一元戎」，而實際上影片講的卻是一個假蒙帥——在情報人員操縱之下，幾乎如控制傀儡一般，這樣的譯名，似乎有些開蒙帥的玩笑。

最後說到導演的手法了。這位導演，善於玩弄「小噱頭」。例如女秘書的時時換人；例如哈維少校在戲院中想找女友説話；例如片子的結尾時，詹士走路不小心碰到了一個人，那人問：「你以為你自己是誰？」」等等。都能引起觀眾的幾陣哄笑，帶來不少輕鬆之感。然而，「小噱頭」運用得好，都未必能導好一張片子。氣氛鬆散，除故事外無他物，便是缺點了。而且，片中的情報人員竟隨便地在火車上討論如此秘密的任務，似乎也近於兒戲。

總之，這部片子平平淡淡就是了。看了，不會呼「老襯」，也不會有多深刻的印象——如果有的話，那麼這個印象是這件事給你的，而不是電影。

原刊於《真報》「觀影隨筆」專欄，一九五九年十二月十日

【第九章】妖火

憤世

青年某，少不更事，憤世嫉俗。六日，與之晤，持報紙，滿臉通紅，若被人奪其拍拖女友，語音嘶啞，似吃了三車油炸食物，曰：「看看，海粟老人畫展，恭賀的是些甚麼人？各種各樣的富商，真叫人欲哭無淚！」海粟老人舉行畫展，富商巨賈，達官貴人恭賀之，本來沒有甚麼不對，但在憤怒青年眼中，就覺得褻瀆了藝術。藝術，尤其是繪畫，如果沒有富商巨賈，達官貴人的支持，那麼藝術家只好餓死。定價動輒上萬的畫，你買乎？我買乎？當然只有富商巨賈，達官貴人才買，靠「鑑賞家」大聲讚好，絕不能換來衣食住行諸般所需者也。

原刊於《倪匡三拼》

諷刺

好多時候，都可以看到、聽到對藉做善事而出風頭的人作諷刺，例如電視上，對名流在送支票給殉職警員遺族時露出笑容來拍照等等。這種諷刺，其實是很無聊的。一個人，只要他是在做善事，他是藉此出風頭也好，不是也好，對於受惠者來說，又有甚麼不同？可以說完全是一樣的，這世界上，一件事，有人去做，大多數這件事是互利的，用做善事，捐錢給急需的人來出風頭，完全不值得非議，而且值得大大提倡，因為事實上，他出了風頭，也做了善事，是兩利的事，比起又要風頭，又一毛不拔的來，要好得多了。

諷刺一毛不拔的故事很多，其實一個人再有錢，他若一毛也不肯拿出來，也完全有他的自由，任何人等，不能干涉，雖然眼紅心不憤，出言為文譏刺，也屬枉然。他的毛多不肯拔，那是正常的，他不肯拔一毛，十分正常，想拔人毛者，才是不正常，毛是人家的，憑甚麼去拔他的？這種個體主義的最淺顯道理，深中集體主義之毒的人，是不容易弄明白的，但只消想一想，若有人焉，硬要拔你的毛，而又不理會你的意願，試問閣下感受如何？只怕也覺得不拔有利了焉。拔與不拔，全看有毛者的願意與否，豈可相強？

原刊於《沙翁雜文第三集》

急性

最佩服慢性子人，因為自己是一個超級的急性子，一件事想辦的，最好立即辦妥，明知等一會，結果就會好一點，但是卻寧願結果不好，而要快一點做。急性子的人，是注定無法和人家合作的，因為與你合作的人，未必是急性子，一急一慢之下，打開頭都有份，所以任何事只好自己來，連帶十餘年來的職業，也自然而然，變得一個人關起門來就可以完成，而用不着與任何人接觸。好幾次，下定決心，想將自己的性子磨得慢一點，可是總是沒有辦法，急起來，雙腳會直跳，這或許就是「江山易改，本性難移」之所謂了。

急性子的人，不論處世、做事，毫無疑問，是吃虧的。就算事情的結果一樣，急性子的人，在過程之中，急也多急出幾根白頭髮來，而慢性子的人，一點不急，慢慢等着，事情到結果，也一樣很順利，所謂「船到橋洞自會直」，可是急性子的人，船離橋洞還有一大截路程，就先急起來了，那似慢性子的人，雙手抱膝，坐在船頭，悠然自得，一點也不着急？

因為性子急，而吃過好幾次虧，現在也完全知道急性子誤事的道理，寫出來頭頭是道，可是一遇到有甚麼事呢，對不起，還是照急如故，這真是急性子者的哀歌。

原刊於《沙翁雜文第三集》

九個

電視上有一個節目，目的是替小販鳴不平，訪問一個中年小販。訪問者問：你的生活，是否困苦？這位被訪問的小販，愁眉苦臉，一副被生活擔子壓得喘不過氣來的樣子，的確很令人同情，他對訪問者的同答是：當然困苦！訪問者又問：你家裏有多少人？那位小販回答：有九個兒女——聽到這裏，所發出的聲音，如看球賽看到「醫院波」時所發出的聲音一樣，同情心也登時消失。九個兒女，生活想要寬裕，別說是街邊的小販，就算是洋行大班，也很難做得到，如此這般的生活困苦，其咎決不在社會，真正活該。

這位勇於生產，有九個兒女的小販，詳細解釋他的生活情形，說一日如果有四十五元收入，生活就可以過得去，但如今收入不足此數。這位小販有中國人傳統的「優點」，只要生活過得去就可以，絕不會求過像人應該過的生活，這或許就是香港「社會安定」的因素之一。不妨算一算賬，一日四十五元，一個月是一千三百五十元。這可以說是一個中等收入了，若是維持兩大兩小的標準四人家庭，雖然未見富裕，但每人平均，一個月可有三百元以上的消費。可是如今這位小販先生，家庭人口十一個人，請基辛格來做顧問，家庭經濟也擺不平了。

一千三百五十元，十一口的家庭來開支，那是剛堪吃飽，和略有一個可稱是「屋子」的地方棲身而已。這九個孩子，是決計不能有娛樂費的了，一具電視多半是一切娛樂的來源，至於教育呢？更成問題，九個兒女的小學教育還可以維持，中學教育，是談都不要談了。這樣家庭中的孩子，幾乎一生下來，就注定了被剝奪了一個人應有的權利，而作為他們的父母，自然未曾想到生兒育女，對兒女要有一定的責任，不然，避孕丸幾元可吃一個月，避孕袋一個不到一元，何以不用，而要一個個生下來？這種不負責任的父母，訴說生活困苦，希望誰來同情？

現今世界上，嚴格執行一雙夫婦兩個孩子的地方，首推新加坡。新加坡地方雖小，也有很多古怪之處，但在限制人口方面的做法，卻值得全世界效法。在新加坡，第三個孩子，簡直比未開化社會中的私生子還不如，而父母一有了第三個孩子，所喪失的權利，也足以令得他們戰戰兢兢，不敢忘了吞避孕丸。

原刊於《沙翁雜文第二集》

可哀

最近聽說了一件事，發生在所謂知識分子之間，是以越加覺得可哀。聽說到的經過如下：甲在報上，由於觀點不同，批評了乙的文章，乙於是勃然大怒，運用其影響力，結果是將甲寫作的機會取消了。經過就是那麼簡單，可哀的是使用的這種手段，這種手段就是，在可能範圍之內，根本不讓與自己不同的意見存在，盡自己一切所能盡的手段去壓制與己有異的言論，自然，手段視乎其人的權力而定。

這種盡自己一切可能去壓制與己有異的言論的手段，是徹頭徹尾和民主原則相違背的。民主的原則是：「我一點不同意你的話，但是我要盡一切力量，來使你獲得說話的權利。」那是一種氣度，這種氣度，決不能形容為「寬宏的氣度」。「寬宏」是賜予的，而民主的原則是人人都享有他本身的權利，不必受任何人的賜予。所以，這種氣度，只能稱之為「民主的氣度」。

現代人類社會可以看到的民主制度之中，英國堪稱完善，英國的執政黨，花一大筆錢，來供給反對黨，目的就是讓反對黨有發表和自己不同意見的方便和權利。這種情形，在專制社會之中，是很難以想像的，不盡一切手段去壓制、打擊，已經是上上大吉了，要他來幫你爭取這種權利，那簡直是做夢了。像日前提到的那位甲先生，他的言論，在個人而言，同意與不同意者參半，但即使完全不同意，可以不聽，可以反駁，甲先生的攻擊若有觸犯法律之處，自然可以控之於法，這些全屬正當手段，運權加以控制，那是卑劣手段。

與自己意見不同的意見，聽來自然不舒服，有時，真還恨不得一巴掌劈過去，若是有權，自然更加方便，看其權力之大小，定出對付異己者的不同方法。這樣做，自然痛快之至，可是在知識分子之間，若也流行這種方法，那麼，這個民族，就沒有甚麼希望的了。若是意見有異，而竟不能容，這實在是很可哀的事。在這樣的情形下，反而變得不是誰的意見對，誰的意見非的問題，而變成了一方面使用的手段，實在是太不足取，令人不齒了。

原刊於《沙翁雜文第二集》

名氣

常聽得一種論調：群眾是很盲目的，盲目追求名氣，有名氣的人就佔了極大的便宜……諸如此類。

這種說法實在十分可笑，因為忽視了一個最重要的事實：不論是人是物，如果出名，名氣是那裏來的？

名氣極少與生俱來，也極少自天上掉下來，絕大多數，都是人或物憑自己的努力和質素爭取來的。以人為例，名人在未成名之前，都經過一定程度的努力，等到他有名了，自然進行起任何事來都事半而功倍，但是在他未成名之前，又何嘗不經過事倍而功半的階段。而且，他所從事的工作，如果不是他努力在做，不斷有出色的成績拿出來，他能成名嗎？

一定也不必妬嫉名人，群眾非但不盲目，而且目光如炬，能成為群眾喜愛的名人，就一定在他從事的工作上成績斐然，名氣來自群眾，持久不斷的成績斐然，一定會帶來名氣，任何人只要不斷在自己從事的工作上有好成績拿出來，必然會成為有名氣的人。

名氣和才能是成正比例的，更別以為名氣可以憑硬捧而達成。硬捧，很多時非但捧不出名氣來，還會起反作用的。

原刊於《眼光集》

排擠

由於演員和演員之間，根本沒有直接的利害矛盾衝突，根本沒有直接的競爭，都只是各憑自己的才能，由廣大群眾的喜愛來評定各自在事業上的地位，所以，排擠、傾軋、中傷、妬忌……這種種行為，在演藝人員之中，是不應該存在的。

（同樣的情形，在寫作人之間也不應該存在，理由相同。）

可是，事實上，這種種情形還或多或少存在着，那又是為甚麼呢？就是因為還有人不懂得這個道理之故。這個道理是：甲排擠了乙，絕不能替代乙的位置，位置是由廣大觀眾喜愛程度來決定的。電影公司或電視台絕不會和廣大群眾作對，你有觀眾，自然是你狠，沒有觀眾，倒貼電視台也不會用你，這個道理一通，就可以知道演藝人員之間的關係，應該是最融洽的。

自然，人與人之間由於性格不同，生活、教育背景互異，有一見如故者，有格格不入者，有見了就覺得對方討厭者，但那只是普通的人際關係的課題，和事業上的不合是沒有關連的。

原刊於《眼光集》

剽竊

幾乎每一個人從小都接受過不可偷竊的教育，也人人都知道，偷竊他人的財物是一種醜惡的犯罪行為，但是知道是一回事，實際上，社會上有着太多的盜竊，公然的或鬼頭鬼腦的都有。尤其在藝文方面，剽竊的行為更是數不勝數，是不是剽竊者認為把他人的作品略加變化，甚至不加變化，據為己有，就不是一種卑鄙的犯罪行為呢？甚不可解。

從事藝文創作的人，其實最不可剽竊。一、不論你剽竊的作品多麼冷門，總會有人知道的，一經揭穿，面目無光，不在話下。二、最重要的是，既然從事了藝文的創作工作，總希望自己的工作有點成就。而創作上的成就，源於不斷創作，不創作，就不會有進步，也就絕難在創作的崗位上長期立足。

自然，創作不是容易的事，在很多情形下，甚至學也學不會，需要高度的天份。剽竊抄襲，自然容易得多，把人家的東西拿來，改頭換面一番，多麼容易，只可惜走了這條捷徑之後，人格也喪失了，進步也停止了，就算本來有些天份，也完結了。

此所以，剽竊抄襲，極不可取。

原刊於《眼光集》

氣派

氣派是最不可捉摸，無法模仿，而且無法刻意表現的事。一個人是不是有氣派，全然是由於自小而來的薰陶所形成的，和一個人的教養、環境，有着血肉般的聯繫。所以如果甲看到乙有氣派，完全照足乙的一切行動談吐來做，有氣派了乎？非也，一樣沒有。氣派是學不會的。氣派還有一點奇妙之處，就是刻意要表現氣派的人，在口中、筆下不斷提及的，就是最沒有氣派的一種人。而如果誤將最沒有氣派的事，提之不已，當作有氣派的事來說，那更是令人覺得好笑了，所以，想有氣派，第一件事，先要不提氣派。

原刊於《沙翁雜文第三集》

器量

閒談，談到某人時，有提及其人的千般不是處者，但一致承認，其人有極大的優點：器量大。一個人，器量大，是大優點，大優點可以掩蓋小缺點。而且器量大的人，容易交往，可以對之暢所欲言，可以對之不必拘束。遇上器量小的人，就很麻煩，莫名其妙，不知甚麼地方，以為是針對他了，以後就夾纏不清，沒完沒了。所以，如果明知對方是器量小的人，最好的辦法是敬鬼神而遠之，免得惹麻煩上身。人的器量是大是小，一時之間，倒也不容易覺察得出來，要經過長時期的觀察，才可以明白，只要小心點，總可以弄明白的。

原刊於《倪匡三拼》

容納

與器量大的人在一起，若有意見不同，各抒己見，爭辯起來，是人生一大樂事。不論意見如何分歧，器量大的人都會給對方以暢所欲言的機會，同意不同意是另一回事。在爭辯過程中，不會涉及人身攻擊，不會亂飛帽子，不會勃然大怒，不會懷恨在心，不會事後暗箭傷人，不會因為曾爭論過而視作仇敵。日前與孫淡寧論及「家長制」，與柏楊論及「秦始皇」，與論者皆享受到這樣的樂趣，回味無窮。器量大與否，小至個人，大至政體，可以造成專制和民主的分野。民主政體的執政者，無非就是器量大，能容納異己。

原刊於《倪匡三拼》

人物

人物有大人物和小人物之分，絕大多數人，都是天生的小人物，而小人物看到大人物時，自然而然，會有一股景仰之心，油然而生，而大人物在被眾多小人物看着的時候，心中那種滋味，究竟是甚麼樣的，不得而知。根據想像，一定是極其美味的，不然，何以那麼多人，拚命掙扎，掙扎到大人物的地位？大人物和小人物，都是正常的，也決不可怕，幾時見過真正的大人物疾言厲色的？反倒越是大人物，越是對小人物和言悅色，無他，因為大人物有充份的自信，知道自己已經是大人物，不必再用任何動作來維持大人物的身份了。

俗語有云，閻王好見，小鬼難當。閻王者，真正的大人物也，而閻王駕前的小鬼，當然不是大人物，但正因為他在閻王駕前，是以也不算是小人物，不大不小之間，這就不正常了。這一類人，你如果將他當小人物，他會和你拚命，可是他又實在不是大人物，這種人，最難對付。正由於他自知不是大人物，而又要人家當大人物看待，是以在動作上，就拚命作大人物狀，唯恐人家不知他是大人物，唯恐人家將他當小人物；卻又不知道，真正的大人物，是不用這種作狀動作來維持的。這一類人，如果遇到了，算是閣下倒霉。

做小人物，有做小人物的好處，天跌下來，有大人物頂着，平時看大人物威風，但日子實在是小人物過得輕鬆，要說人生幾十年，過眼雲煙，想想，大人物實在比小人物可憐得多了。這種說法，自然是一種很消極的說法，和我們從小所受的教育，是背道而馳的。每一個小學生做作文，都用過「將來要轟轟烈烈為社會做一番大事」這樣的句子，也就是說，古今中外的教育制度，都是以教育出大人物來而為目的的。甚麼甚麼同學會如果開起例會來，已成了大人物的同學，一定在上座，而還是小人物的，自然只好「敬陪末座」了。

原刊於《沙翁雜文第三集》

「意識不良」

在「意識不良」四字之上加上了引號，自然是對這種高叫「意識不良」的行為不敢苟同之意。近期來，這種「意識不良」的呼聲，出自一般道德冬烘之口，針對的是一些流行曲的歌詞，妙的是，這次不單叫叫而已，一個電台，居然響應，而禁播了若干首流行曲，一個電台不為納稅的聽眾服務，而與道德冬烘如響斯應，妙不可言。

被指為「意識不良」的流行曲的代表作，是梅艷芳唱的「壞女孩」和葉德嫻唱的「我要」，先説後者，只不過是一個正在熱戀中的女孩的心聲，「我要你愛」，有甚麼意識不良之處呢？冬烘頭腦之可怕，有一至於斯者，真是太過份了。

「壞女孩」中受詬病的一句是「令淑女變壞」，冬烘連歌詞都沒有看懂，這裏的「壞」，只不過是一個女性需要異性的慰藉，並非殺人放火，偷呃拐騙。這樣的「壞」，全然是人類的本性，是生理正常心理正常的男人女人，人人都在做的事。

就算其中的「壞」，是在暗示一個女性正渴望着男歡女愛，那也十分正常，再賢淑的淑女，也必然有此種遐思，也必然會有這樣的事實，自然也有例外，尼姑或老處女就是。

原刊於《眼光集》

誰意識不良？

上期提到「意識不良」，意猶未盡。

有一種現象，十分奇特，但歷久不衰。這種現象是：凡是受到廣大群眾所喜愛的事物，必有一些人站出來叫嚷一番，「意識不良」哩，「低級庸俗」哩，等等不一，不知道目的是甚麼，或許是表示他們高人一等，不隨俗，另有一格乎？

像「壞女孩」這樣的歌，旋律輕鬆熱烈，歌詞優美有趣，一面世，立時受到廣大歌迷的喜愛——唱片的銷路足以證明。於是，自然而然，納入了被那些人詬病非議的範圍之內，「意識不良」的帽子就壓將下來。

在歌曲之中，唱出一個女性的對異性的憧憬，意識正常之至，反倒是將這種正常情形目為不良者，意識真正不良得很。

那些人還有一度散手，曰：使人聯想到甚麼甚麼。那真正對不起得很，若是閣下聯想到了甚麼是不良的，那更證明了閣下意識不良，小女孩在跟着哼「Why Tell Me Why」之際，可以肯定絕無任何之不良意識在。

對於這類詬病，本來可以不理，但居然有官方機構嚮應，這才嚴重，所以要一提再提。

原刊於《眼光集》

停頓

節儉，有認為是美德者，不敢苟同。節儉是沒有辦法中的辦法，是窮辦法，是懶辦法，是不必動腦筋，任何人都可以實行的辦法，是消極的辦法，是退縮的辦法。與之相對的是開源。開源是進取的、要克服困難的、積極的、使生活美好的辦法。人類要進步，不能靠節儉，只能靠開源，有些科學家，認為過去三十年，人類浪費得太甚了，從現在起，應該節流，這種說法，實在是人類文明的一種倒退，不足為訓。不論遭到多大的困難，在行動上可以節流，但是在觀念上，決不能以節流為主導思想，不然，人類的進步就會停頓。

人類的能源，是不是會有被用光的一天？這個答案，應該是肯定的，因為地球本身也不是永恆的，說不定那一天，地球本身也毀滅了，還何來能源？但是這「說不定那一天」，和人類的歷史來比較，卻是一個無法想像的遙遠，可能在幾十億年，幾百億年之後了。以石油為例，如今的蘊藏量，不論在使用上如何節流，只怕無論如何，捱不過五百年，若是一味節流，甚至在觀念上，也以節流為主導，那麼，真到了用完的一天，怎麼辦呢?所以說行動上的節流，可以應一時之急，但要獲得長久的不匱乏，只有開源一途。

原刊於《沙翁雜文第三集》

閒事

有很多人，喜歡管人閒事，在這世界上，要管人究竟不是容易的事，先要別人肯聽你管才得，然而，誰肯給別人來管？所以，喜歡管閒事的人，退而求其次，只好講別人的閒話，講得津津有味。這實在是很可憐的一件事，喜歡講別人閒話的人，是沒有自己的，聽一個人在講別人的「醜事」，一臉不屑的神氣之際，想到他自己也正幹過同樣的事，真替他難過，講人閒話，實在與人無損，尤其在香港這樣的社會中，一切以利害關係為前提，就算其人心中恨你切骨，只要你對他有利，他一樣對你客客氣氣者也。

原刊於《沙翁雜文第三集》

眼高

有批評「眼高手低」者，意指一個人，平時批評這也不行，那也不行，一旦自己去做，更加不行。本人稍有異議。眼高手低，是一個悲劇，本身才具所限，不應該苛責，而且應該佩服，因為他至少有去做的勇氣，不然，人家也不會知道他手低，他真有這勇氣去做，也可知他以前的「眼高」，出於其心，並非做作。可鄙的是有一些人，一味眼高，絕不手低，因為這一種人，根本不做，只是嘩啦嘩啦地叫，看起來很權威，究竟他手高手低，無由得知，因為他從來不做。這一種人，連是否真正「眼高」，也是大有疑問的。

原刊於《沙翁雜文第三集》

寓言

有一年，在台灣溪頭過夜，旅店外有一道小矮門，有看門人。到了晚上九時，看門人就將小矮門上鎖，不准出入，但小孩子也可輕易躍過，除了替出入的人造成不便之外，鎖上這道小矮門，一點作用也沒有。但是看門人態度嚴正，堅稱這是規定，非鎖不可，出入者也只好跳出跳入。有人不耐煩，要與看門人理論，筆者就勸那些人，道：「你不必和他吵，鎖這道小矮門，是這個看門人唯一可以行使的權力，也是他唯一使人覺得他的存在，他的權力可以影響他人而已，你不讓他鎖這道門，只怕他會和你拚命！」以上，可算是寓言一則。

原刊於《沙翁雜文第二集》

折腰

陶淵明不為五斗米折腰，但是不是為五十擔米折腰？這個問題，相當有趣，答案應該是否定的，也就是說，陶先生不會為五十擔米折腰。問題倒並不是陶先生的人品清高，而是陶先生可以有不折腰的條件，因為陶先生的家中，還有將蕪的田園，他回去，還有僮僕相迎，還有田地可種，還可以採菊東籬下，還可以悠然見南山。有這樣的條件，何必折腰。如果陶先生根本無家可歸，沒有可以不折腰的條件，那就難說得很了，只怕為了五升米，也得考慮考慮。

一直最佩服的一個人，就是寧願餓死，也不食「嗟來之食」的那位先生。那位不食嗟來之食的先生，其性格之固執，已經超乎常人。人家在賑災，難道還要人家將飢民當上賓乎？叫一聲「嗟，來食」，也是很正常的事。可是那位先生就動了氣，硬是寧願餓死，也不再去吃賑濟的食物了，這不是很與常人有異麼？這位先生自然比陶淵明先生可敬得多，因為他是明知不肯退讓的結果就是餓死而仍然不肯退步，這種才是真正的氣節，才是真正堅守自己認為應該堅守的原則的表現。這位先生，宜其事蹟，千載相傳。

香港人很少有機會看到人餓到死亡邊緣而看到可以救命的食物時的可憐相。香港人看到的，只是人已經有很好的生活但是還不滿足，拚命去滿足永遠無法滿足的貪慾的那種可憐相。兩種同樣是可憐相，但是大不相同。後者的可憐相，不但可憐，而且愚蠢，前者的可憐相，實在值得原諒。不論是出身多高貴，過去生活多麼顯赫，平時多麼尊嚴的人，一旦到了飢餓的時候，本能的行動，就和一切飢餓的動物無異，看到了食物，就會雙眼射出和野獸無異的光芒，而為了食物進腹，也就甚麼都做得出來——那是為了活下去！

原刊於《沙翁雜文第二集》

指點名人

曾問過幾位大明星：當你們在路上走的時候，途人認出了你們，紛紛向你們行注目禮，指指點點，一定十分高興自己是一個知名人物吧？

誰知道，這只是沒有知名度的人的想法，真正出了名的人，問下來，答案全是一樣的：「不喜歡，寧願沒有人認得！」

這樣的回答是矯情嗎？有可能是，但也有可能是實在的情形，由於本身從來也未曾嘗過知名而被人注目的味道，所以只好存疑。

而有一次，印象十分深刻的是，某一位大明星的車子在紅燈前停下，旁邊車子的人發現了大明星，一起望過來，大明星突然衝動起來，要下車打架。訝而問其原因，說是那些人看他的眼光像是看甚麼動物一樣。

這種想法，只怕是冤枉了擁護者，看名人，是普通人都有的願望，或許有的人在見到名人之際，會故意口出不遜，但那也無非是想表現一下自己而已——普通的小人物，平時沒有表現自己的機會，想找一下發洩，十分正常。被非議的名人，最好的對付辦法就是裝聾作啞，誰叫你是名人呢？

原刊於《眼光集》

非凡

年輕時，讀梁實秋先生所譯的莎士比亞戲劇，最近，讀梁先生懷念他妻子的《槐園夢憶》，陸陸續續，讀梁先生的許多散文，而案頭最常用的一本工具書，則是梁先生編著的《最新實用漢英辭典》。梁先生可說是我最喜愛和推崇的作家之一，尤其在散文方面，很多人推崇周作人，不過我始終喜歡梁實秋，最近的那本《槐園夢憶》，寫他和梁夫人六十年的婚姻生活，更是感人肺腑，少見的好文章。而梁先生所編的那本漢英辭典，用來作工具，寫信給洋人，一個字一個字讀起來，洋人非但看懂了，而且頗為讚賞，可知梁先生的功力。

如此著名，且有這樣成就的梁實秋先生，最近，成為花邊新聞的主角，梁先生屬虎，已是七十四高齡老人，喪妻之後，又遇上了知心，談起戀愛來。不但談戀愛，而且有訂婚之舉。人到了晚年，還能夠有這樣的事，實在可說是難能可貴之至。談戀愛絕不是少男少女的專權，老年男女，一樣有談戀愛的權利，而老年男女談戀愛，實在更加迴腸蕩氣，份外感人，在人生的路途已快終結之時，生命之中，忽然又爆出了戀愛的火光，這是何等可貴的事，梁先生如果不是性情中人，決不會有這樣使人連聽了都覺得歡喜的事發生在他的身上。

梁先生晚年的戀愛、結婚，奇怪的是，引起了許多非議，這真正是叫人想不到的，原來這世界上，好管閒事的人，真正是無奇不有，不但少男少女談戀愛，會有各種各樣的人來干涉，連老人談戀愛，一樣會有人來干涉，從這種情形來看，人類的前途，實在黯淡得很，非議梁先生戀愛的人，理由大抵分成兩類，一類所持之見是：女方是「名女人」，出身不正，有辱梁先生的聲名。另一類所持之見是：梁先生《槐園夢憶》之中，對梁夫人既然如此懷念，就不應該在梁夫人逝世不久，就「移情別戀」，再去談戀愛云云。

兩類非議者，第一類更是激動之極，竟有「護師肅娼斥丑」這六個字，固然強有力之至，可惜強弩無的，是真正的無的放矢。「護師肅娼斥丑」這種行動，只有在「娼」、「丑」聯合起來，要陷害「師」之際，才有目的。而如今，根本不是那麼一回事，而是「師」愛上了「娼」，「丑」只不過代「師」高興，一切出自「師」的自願，真正是吹縐一池春水，梁門弟子未免太落力了。

梁門弟子的「護師肅娼斥丑」行動，固然可笑，但是卻也反映出不少問題來，「娼」這樣的稱呼，自然是極盡侮辱之能事，但就算真的是「娼」，難道就不能談戀愛了？難道就不能和梁先生那樣地位的人談戀愛了麼？梁先生思想開明，胸懷磊落，感情充沛，而不問對方的出身，這正是梁先生的過人之處，可笑「梁門弟子」，連「師」的這一點都未曾學到，不但學不到，連觀察都觀察不到，反其道而行之，「弟子」云乎哉？或曰，這種感情不會有好結果，那更好笑了，梁先生已屆古稀，就算享受一年半載的戀愛，也是機會不再的了。

持第二類非議意見者，更是發噱，梁先生和夫人間的感情好，這一點絕無人懷疑，也沒有人懷疑《槐園夢憶》中所寫的全是矯情之作，可是這些人好像忽略了一點，那就是：梁夫人已然去世了。如果梁夫人還在世，梁先生在經過了五十年共患難、共甘苦的夫妻生活之後，忽然另外和別的女人談起戀愛來，雖然也不是不可以，但是看來總不免有點古裏古怪。而現在的情形是梁夫人不幸遇意外逝世之後的事，梁先生不論在婚姻、戀愛上作出任何決定，都不會損害任何人，而且，也必然不會減輕他對梁夫人的懷念，有何不可？

一個有成就的人，其私生活特別引人矚目，如果梁先生只是一個普通的商號老闆，則他就算公然再娶一個十八歲的大姑娘，也沒有甚麼人說話。像梁先生這樣，道德文章受世人所欽仰的人，世上對之，往往會有一種不正常的苛求，要求他是一個「完人」，所謂「完人」，就是「超人」，事實上，是不存在的，若是放棄了感情，去完成完人的形象，那是矯情之極的事，每一個人都是凡人；都有人性，學問好的人，也不例外，一樣有人的七情六慾，也有權選擇自己喜歡的方式，來發揮自己的七情六慾，這才是真正的人。

原刊於《沙翁雜文第二集》

可能

有以「不可能」責武俠小說者，不覺好笑，樣樣事都要可能，那是科學家的事，和小說家有甚麼關係？看小說而要小說中的任何事都「有可能」，完全弄錯了，應該去看教科書。小說根本是不科學的，若承認小說是藝術的一種，則此點更不要再懷疑。紅樓夢中，賈寶玉一生下來，口就含着一塊玉，有此可能乎？然而紅樓夢是古往今來，最偉大的小說之一，水滸傳中，李逵被戴宗戲弄，被羅真人懲戒，更是絕無可能，然而水滸是古往今來，最偉大的小說之一，任何小說之所以為小說，正是因為它「不可能」，不然，全成為科學著作了。

原刊於《沙翁雜文第二集》

恐怖

曾經看過一篇描述心理的恐怖小說，寫的是幾個人遇難被困，結果抽籤決定將一個同伴殺死，分而食之，後來遇救的事。詳細描寫那幾個遇救的人，回到了正常社會之後，因為曾吃過人肉這件事，而心理上所產生的反應，其中有的，一見到肉類就嘔吐，有的晚晚噩夢，見到被他吃過的人，索還其肉，有的吃出味道來了，成了「吃人狂」，專殺人來吃，有的終日喃喃自語，終於沒有一個有好結果。這篇小說的想像力，相當豐富，描述也極為恐怖。這篇小說之所以恐怖，是因為殺了活人來吃，但是，在那樣的情形下，實在也只有這個辦法了！

一架飛機失事，生還者困在荒山野嶺，達六十天之久，終於獲救。據說，這些生還者，在被困期間，有割食同機罹難者屍體之嫌，而生還者對於被困期間，究竟是以甚麼為生的，都不肯講出來。人吃人，聽來自然而然的反應，自然是駭人聽聞之極，不過，在那樣的情形下，用死人的身體，來維持活人的生命，實在無可厚非，十幾個人靠這種方式活了下來，無論如何，要比所有的人，全變了屍體好得多。等到所有的人死了之後，屍體不是益了兀鷹，也一樣被其他的鳥獸蟲蟻吃了去。

原刊於《沙翁雜文第三集》

主觀

每一個人，都有每一個人的主觀，尤其是在報上執筆為文的人，最重要的，就是通過文字，來表示自己的主觀。若是沒有主觀意見的文章，不管如何，一定是空洞而不好的，至少是淡而無味的。不過問題在於，每一個人的主觀，都有錯誤的時候。當為文者主觀有錯之際，最君子的作風，自然是立時認錯，這種風度，真是難得。次焉者，是聰明的做法，那就是不出聲，從此不提，當作沒有這一回事。而下焉者，則是非但不認錯，也不肯不出聲，還要繼續硬頂，希望有一天，錯的會變對的，再證明自己的主觀不錯，真正可憐復可笑。

原刊於《沙翁雜文第三集》

編後記

本來是沒有這篇編後記的。

之所以會有，是因為我在編輯這本散文集的過程中，曾和倪匡先生互通電子郵件，給先生介紹了本書的詳細內容。

本打算請倪匡先生幫忙寫一篇序言，但畢竟先生年事已高，力不從心，請求未果。不過先生認為「可將往來電郵照錄，亦頗有奇趣。」

先生既然如此建議，我當然不會客氣。以下便是我和倪匡先生往來電郵的內容：

（倪：倪匡先生，王：編者王錚）

王：先生好！來和先生匯報一下「倪匡散文集」的編輯情況。

近日，幫天地圖書主編的「倪匡散文集」一書進程喜人，已到出樣校對階段。

這次我一共精選了先生的散文百餘篇，以衛斯理故事名為每一章的章名，將這些散文分為九大類。

（以下是九大類的詳細介紹，略。）

先生覺得這樣的分類還可以嗎？

倪：大材手筆！

王：其實這本散文集最有意義的還是附錄部份。出版社要我寫一份先生的年表作為附錄。這年表不好寫，得從先生出生一直寫到現在，事無巨細都要記上一筆，最好還得有確切的日期。於是我翻遍各種資料，還諮詢了先生在上海的親戚，總算搗鼓出四萬三千字的「倪匡年表」來。想起先生以前説過，自己的自傳三百字就能寫完，而我卻寫了四萬多字，還只是很簡單的初稿。專業和非專業，差別太大。

倪：真不簡單，太本事了。

王：成書後給先生看看，有甚麼遺漏的話以後在二稿三稿中再增補。先生是著作等身的名作家，當然應該有人來為先生做一份年表。先生既然稱我為「衛斯理專家」，那我就當仁不讓了。

又，寫了篇散文集的編者序，以「命運」為題，給先生看看。

（以下是編者序的內容，略。）

倪：黃絹幼婦。

王：哈哈，這個我懂，絕妙好辭的意思。

不過，也要煩請先生寫一篇原作者序，不知可否？

倪：大王饒命！

王：哈哈哈哈，好的，不勉強先生。

倪：可將今日來往電郵照錄，亦頗有奇趣。

王：好主意，我去和天地圖書的總編商量一下，哈哈！

二零一八年三月三十日

【附錄】

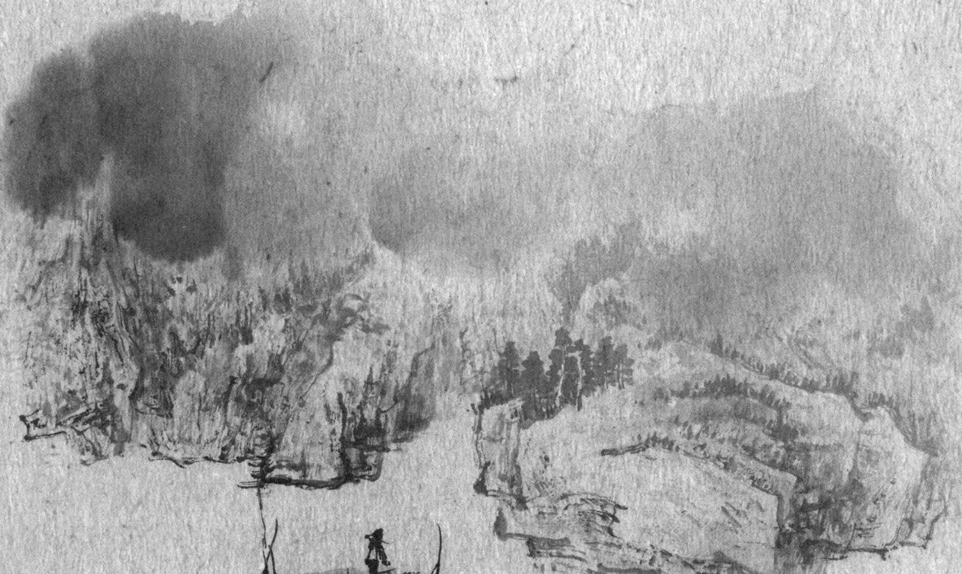

倪匡年表

編例

一、本表為倪匡先生一生形狀、著作。
二、因資料不全，仍有待繼續挖掘及補充。
三、表中日期一律為公元紀年。
四、編寫年表過程中，參考了龍俊榮《倪匡創作五十年》、董鳳衛《科幻小說大師成長足跡》等文以及倪匡著《倪匡傳奇》、《靈界》、施仁毅主編《倪學》等書。

倪匡原名倪聰，字亦明，取「兼視則明，兼聞則聰」之意。另有筆名衛斯理、魏力、岳川、洪新、危龍、沙翁、衣其、倪裳、阿木、九缸居士等。祖籍浙江省寧波市鎮海縣，出生於上海，父倪純莊，母王靜嫻，家有兄弟姊妹七人，分別是倪亦秀（過繼給王家後改名王逸秀）、倪亦方、倪亦儉、倪匡（原名倪亦明，又名倪聰）、倪亦平、倪亦舒、倪亦靖。倪匡排行老四。

一九三五年　出生

- 五月三十日中午十二時三十七分，出生於上海。

一九三六年　一歲

- 居住於上海霞飛路八九九弄來德坊三十五號底樓。

一九三八年　三歲

- 跟隨母親王靜嫻學習中國傳統文化。

一九四二年　七歲

- 就讀於上海勤業小學（日偽時期）。

一九四七年　十二歲

- 搬遷至上海虹口邢家宅路三十四號二樓。

一九四八年　十三歲

- 就讀於江蘇省立上海中學，原校址位於漕河涇吳家巷。

一九五一年　十六歲

• 父母離開上海，攜七歲的亦舒一同移居香港。父親倪純莊在香港荷蘭好實洋行保險部任業務經理。

• 在上海外白渡橋看到「華東人民革命大學」的招生佈告，報名參加。

• 三月七日，從上海到蘇州，進入華東人民革命大學，住進位於閶門外北兵營的「華東人民革命大學第四院」宿舍。

• 三月八日，在蘇州虎丘劍池遊覽時不慎落水，險些溺亡，幸得孫丕烈先生及時救助，方撿回一命。

• 六月，參加的第一件工作是「治理淮河」，具體項目是其中的兩項小工程：雙溝引河工程和南潮河水閘工程。

• 在洪澤湖畔盱眙縣城的一座無人舊祠堂裏，半夜遇到報紙自己翻動的靈異事件。

• 夏季，在江蘇吳縣和太倉縣之間的一帶農村之中參加「土地改革運動」。

• 暑期，兄長倪亦方赴香港探望父母，但不顧父母挽留，執意返回北京。

• 十二月中旬，在黃海之濱，午後帶隊去三十里外領取糧食，回程時突遇強冷空氣，氣溫由攝氏六度瞬間驟降至攝氏零下十四度，和另一個同事因及時棄糧，逃進附近農舍撿回一條命，其餘同行十八人盡皆凍斃。

一九五二年　十七歲

• 在蘇北濱海縣，由瘦黃河上起，到陳家港附近為止，約七十萬畝的鹽鹼地，開墾辦農場。

• 白天種植棉花，晚上睡在集體窩棚中，感應到有靈魂每夜都在說話，挖開灶頭，發現下面有一具屍骨。

• 年間，兄長倪亦方被分配到遼寧鞍山，在鞍鋼築爐公司計劃科工作，時年二十一歲。

一九五三年　十八歲

● 在蘇北「大有舍」小集鎮上，見到一位少婦被鬼魂附體，她抱住一棵大榆樹，說着她從未去過的魯南董榆地方的方言。

一九五四年　十九歲

● 在雙溝和洪澤湖之間的工地上，挖到一副十分完整的巨獸化石，但被當時的大隊長以不准阻礙挖河工程為名，強行毀壞。

● 兄長倪亦方因頂撞蘇聯專家而被公司免職，記大過處分。

一九五五年　二十歲

● 蘇北的農場初具規模之後，報名到內蒙古扎賚特旗的「保安沼農場」去辦新農場，種植水稻。

● 曾擬訂旅行計劃，先在內蒙住上一兩年，再到青海，然後再去新疆，最終未能實現。

● 在內蒙古呼倫貝爾盟扎賚特旗的綽兒河游泳時，險被激流沖走，幸而抱住一根橋柱而獲救。

● 去齊齊哈爾、哈爾濱、瀋陽、長春等地出差。

● 初見松花江封江。

● 因在松花江畔拍照而遭派出所公安人員逮捕，以整條松花江都是國家機密為由，沒收照相機中的軟片，幸有內蒙自治區公安所身份，才獲釋放。

● 在哈爾濱結交了不少混血兒朋友，曾有二十年後松花江畔再聚之約，但未料世事無常，乃至終於失約。

- 在大興安嶺生活了一個月。
- 在大興安嶺林區和當地駐軍一起參加捕獵野豬行動。
- 在大興安嶺林區，見過一個醉酒後戲弄狗熊而被毀去半邊臉孔的人。衛斯理小說《木炭》中的炭幫邊五，即以此人為原型。

一九五六年　二十一歲

- 在內蒙古遭遇草原大火，幸而司機經驗豐富，才闖出火海的包圍。
- 在內蒙古河灘邊的沙地上種西瓜，遇到刺蝟偷瓜的有趣事件。
- 用陷阱捉到一頭母狼，與雄狼狗配種，生下四條小狼狗。小狼狗野性不馴，咬傷來農場視察工作的大隊黨支部書記，種下禍根。
- 在大隊部開批評會時，當眾反駁黨支部書記對一位同事的批判，令書記失卻面子，並懷恨在心。
- 年末，內蒙古天寒地凍，在燃料運輸不及的情況下，為免被凍斃，把一道木橋拆下燒火取暖，被農場的黨支部書記公報私仇，指為「破壞交通」，打成「反革命」，被隔離到方圓十里沒有人煙的一間小屋中寫「認罪書」，並等候調查。
- 在小屋寫「認罪書」期間，遇到一隻長毛波斯貓，衛斯理小說《老貓》即以此貓為原型。
- 收到組織科一位朋友的通風報信，若不逃走極有可能被判處死刑，在其幫助下，連夜逃離。

一九五七年　二十二歲

- 騎馬向北逃到火車站，坐火車到鞍山暫投大哥倪亦方。

- 由鞍山到大連，買不到去上海的船票，只能先到青島，再偷渡到上海。
- 由上海南下，三個月後來到廣東甲子港。
- 在甲子港坐船到澳門。
- 七月三日，離開澳門，由蛇頭安排，偷渡去香港。
- 七月五日凌晨，到達香港，與父母同住在北角模範邨。
- 七月六日，進入香港市區，拿到入境證明書及香港身份證。
- 七月六日傍晚，在維多利亞公園休憩，第一次體驗到自由生活的可愛。
- 寄居在父母家，找了一份鑽地的工作，每天工作四小時。
- 在荃灣青山道的中國染廠做雜工。
- 第一次投稿，在報紙上發表第一篇散文《石縫中》。
- 十月二十七日在《工商日報》刊登發表第一篇小説《活埋》，以中國內地土改運動為題材，共一萬三千字，稿費九十元。
- 以「衣其」為筆名，陸續在《工商日報》、《真報》、《新聞天地》發表文章，正式以寫作為生。
- 兩個月間，在《真報》的政治評論版，和真報社長陸海安筆伐二十個回合，內容涉及中國近代史及中國社會各方面，首次感受到香港的政治自由和言論自由。
- 開始在《真報》報館上班，職位是「助理編輯兼雜役」。
- 以「衣其」為筆名，在《真報》開設雜文專欄「虻居雜文」，內容以反共為主，專欄名稱靈感來自小説《牛虻》，「虻居」亦和廣東話「戇居」相仿。
- 兄長倪亦方被劃為現行反革命，並投入監獄。

一九五八年　二十三歲

- 司馬翎在《真報》連載的武俠小說出現斷稿，主動請纓代為續寫，稿費每千字三元，每天寫二千多字，寫作生涯出現突破。
- 秋季，在聯合書院夜校修讀「新聞系」時，認識了同校修讀「英文系」的李果珍女士。
- 兄長倪亦方出獄。

一九五九年　二十四歲

- 由香港高原出版社出版第一本長篇小說《呼倫池的微波》，這是一部以蒙古草原為背景的小說，當時只賣出三十多本。
- 五月二十日，和李果珍女士結婚。結婚當日，恰逢《明報》創刊。
- 六月，兄長倪亦方去鞍山市公安局勞教處自強化工廠當工人。
- 十月二十四日，以「倪匡」為筆名，在《真報》連載首部武俠小說《鑿紅印》。這也是「倪匡」這個筆名的初次亮相。
- 十一月十一日，以「阿木」為筆名，在《工商晚報》開設雜文專欄「生飯集」。
- 十一月十五日，以「倪匡」為筆名，在《真報》開設雜文專欄「觀影隨筆」，不定期撰寫各類影評文章，共計三十四篇。
- 年底，收到四家報館的邀稿，其中包括金庸創辦的《明報》。

一九六零年　二十五歲

- 一月，以「倪匡」為筆名，在《真報》連載武俠小說《七寶雙英傳》。
- 四月一日，以「岳川」為筆名，在《明報》連載武俠小說《羅浮潛龍傳》，共一百五十二期。出版單行本時改名《南明潛龍傳》。
- 六月，以「倪匡」為筆名，撰寫長篇武俠小說《煞手神劍》，由香港南天書業出版社出版。這是第一部出版單行本的武俠小說。
- 十一月十六日，以「岳川」為筆名，在《明報》連載武俠小說《龍騰劍飛錄》，共一百三十六期。

一九六一年　二十六歲

- 二月，以「倪匡」為筆名，撰寫短篇武俠小說《古劍情鴛》。
- 二月，以「倪匡」為筆名，在《武俠與歷史》雜誌連載武俠小說《青劍紅綾》。
- 四月九日，以「岳川」為筆名，在《明報》連載武俠小說《橫刀笑天錄》，共一百四十四期。
- 五月，明報成立兩週年酒會上，查良鏞（金庸）力邀倪匡去《明報》工作。
- 以「倪匡」為筆名，撰寫長篇武俠小說《冷劍奇俠》。
- 以「倪匡」為筆名，撰寫長篇武俠小說《奇門劍俠》。
- 以「倪匡」為筆名，撰寫長篇武俠小說《仙笛神龍》。
- 以「倪匡」為筆名，撰寫長篇武俠小說《梅花八劍》。
- 十月十八日，電影《仙笛神龍（上集）》在香港首映，玉聯影業公司出品。導演：楊工良，編劇：楊工良，故事：倪匡。羅劍郎飾演馬如龍，羅艷卿飾演尚玉燕，曹達華飾演柳雁秋，蕭芳芳飾演連彩鳳，司馬祿郎飾演諸葛沖，李香琴飾演胡天嬌，石堅飾演胡聞浪。根據小說《仙笛神龍》改編。

- 十月二十五日，電影《仙笛神龍（下集）》在香港首映，玉聯影業公司出品。導演：楊工良，編劇：楊工良，故事：倪匡。羅劍郎飾演馬如龍，羅艷卿飾演尚玉燕，曹達華飾演柳雁秋，蕭芳芳飾演連彩鳳，司馬祿郎飾演諸葛沖，李香琴飾演胡天嬌，石堅飾演胡聞浪。根據小說《仙笛神龍》改編。
- 十月二十五日，以「岳川」為筆名，在《明報》連載武俠小說《鐵衣大俠》，共一百七十六期。出版單行本時改名《鐵衣大俠傳》。
- 十月，以「倪匡」為筆名，在《武俠世界》雜誌連載武俠小說《一劍情深》。
- 以「倪匡」為筆名，撰寫長篇武俠小說《金刀怨》。
- 以「倪匡」為筆名，撰寫長篇武俠小說《倩女情俠》。
- 十二月二十九日，電影《倩女情俠（上集）》在香港首映。導演：凌雲，故事：倪匡，主演：林家聲、林鳳、蕭芳芳。根據小說《倩女情俠》改編。

一九六二年　二十七歲

- 一月四日，電影《倩女情俠（大結局）》在香港首映。導演：凌雲，故事：倪匡，主演：林家聲、林鳳、蕭芳芳。根據小說《倩女情俠》改編。
- 二月，以「倪匡」為筆名，在《武俠世界》雜誌連載武俠小說《俠血紅翎》。
- 四月十九日，以「岳川」為筆名，在《明報》連載武俠小說《無情劍》，共三百二十六期。
- 五月三十日，以「倪裳」為筆名，由香港環球出版社出版四毫子小說《玫瑰紅》，歸入「環球文庫（流行小說）」第六十一種。

- 六月，以「倪匡」為筆名，在《武俠與歷史》雜誌連載武俠小說《玉龍吟》。
- 八月，以「倪匡」為筆名，在《武俠世界》雜誌連載武俠小說《六指琴魔》，共六十四期。
- 九月，以「周君」為筆名，由香港明明出版社出版四毫子小說《歷劫花》，歸入「星期小說文庫」之二十四。
- 十月，以「周君」為筆名，由香港明明出版社出版四毫子小說《玻璃屋》，歸入「星期小說文庫」之三十三。
- 以「倪匡」為筆名，撰寫長篇武俠小說《玉女金戈》。

一九六三年　二十八歲

- 一月八日，女兒倪穗出生。
- 年初，以「狂笑生」為筆名，在台灣《偵探雜誌》（週刊）連載長篇武俠小說《六指琴魔》。這一筆名極有可能是台灣編輯私自更改，存疑待考。
- 三月十一日，以「衛斯理」為筆名，在《明報》連載第一篇以衛斯理為主角的現代武俠小說《鑽石花》，共一百三十三期。《明報》特刊登啓事，標題為：「現代武俠言情小說鑽石花今起在第二版刊出」，內容如下：「衛斯理先生是一個足跡踏遍全球的旅行家，又是一個深精武術的名家。本報請衛先生所撰的小說，熔武俠、言情、探險小說之優點於一爐，情節曲折緊張，高潮疊起，描寫愛情之細膩，故事之新奇，保證為香港報章上所從來未見，第一篇題為『鑽石花』，寫一個身懷絕技的中國青年，和異國女郎之間的恩怨糾纏，兼及『沙漠之狐』隆美爾的寶藏，中國西康的一個世外桃源中的秘聞，由今日起在第二版刊出，敬希讀者垂注。」此時，衛斯理故事尚未涉及科幻題材。

- 三月，以「倪匡」為筆名，撰寫長篇武俠小說《劍雙飛》。
- 七月二十二日，以「衛斯理」為筆名，在《明報》連載第二篇衛斯理故事《地底奇人》，共二百零六期。出版單行本時曾改名《紙猴》。
- 十月二十一日，以「岳川」為筆名，在《明報》連載武俠小說《韓江游俠傳》，共二百五十三期。
- 十月三十日，電影《歷劫花》在香港首映。導演：左幾，故事：倪匡，主演：謝賢、南紅、葉萍等。根據小說《歷劫花》改編。
- 十一月十六日，以「倪匡」為筆名，在《武俠世界》雜誌連載武俠小說《鬼箭神棋》，共十九期。

一九六四年　二十九歲

- 二月十三日，以「衛斯理」為筆名，在《明報》連載第三篇衛斯理故事《妖火》，共一百七十四期。這是第一個以科幻為題材的衛斯理故事。
- 四月四日，以「倪匡」為筆名，在《武俠世界》雜誌連載武俠小說《玉女英魂》，共四十六期。
- 四月二十六日，兒子倪震出生。
- 六月二十一日，以「岳川」為筆名，在《東南亞週刊》撰寫短篇武俠小說《飛劍手》，共一期。
- 七月一日，以「岳川」為筆名，在《明報》連載武俠小說《龍翔劍》，共四百八十九期。
- 八月五日，以「衛斯理」為筆名，在《明報》連載第四篇衛斯理故事《藍血人》，共一百九十九期。
- 以「倪匡」為筆名，在《天天日報》連載武俠小說《慧劍情絲》。
- 以「倪匡」為筆名，撰寫長篇武俠小說《巨靈掌》。

一九六五年　三十歲

- 二月二十日，以「衛斯理」為筆名，在《明報》連載衛斯理故事《透明光》，共一百五十三期。
- 三月七日，以「岳川」為筆名，在《東南亞週刊》連載武俠小說《天涯折劍錄》，署名「岳川、金庸合著」，共九期，實為倪匡獨立創作。
- 三月二十四日，電影《六指琴魔（上集）》在香港首映，仙鶴港聯影業公司出品。導演：陳烈品，編劇：凌漢、江揚、劉丹青，故事：倪匡。由陳寶珠飾演呂麟，李居安飾演譚月華，石堅飾演呂騰空，譚倩紅飾演韓玉霞，薛家燕飾演鬼奴，岳麟飾演東方白，雷鳴飾演六指琴魔。根據小說《六指琴魔》改編。
- 三月三十一日，電影《六指琴魔（下集）》在香港首映，仙鶴港聯影業公司出品。導演：陳烈品，編劇：凌漢，故事：倪匡。由陳寶珠飾演呂麟，李居安飾演譚月華，石堅飾演呂騰空，譚倩紅飾演韓玉霞，薛家燕飾演鬼奴，岳麟飾演東方白，雷鳴飾演六指琴魔。根據小說《六指琴魔》改編。
- 四月十七日，以「魏力」為筆名，在《武俠世界》雜誌連載《女黑俠木蘭花》系列小說的第一個故事《巧奪死光錶》，故事靈感來自於當時轟動世界的 007 占士邦電影。
- 四月二十四日，以「倪匡」為筆名，在《武俠世界》雜誌連載武俠小說《虎魄冰魂》，共二十七期。
- 五月，金庸赴歐洲漫遊，代金庸在《明報》連載武俠小說《天龍八部》近兩個月，代筆共六萬多字，並將故事中人物阿紫的眼睛寫瞎。
- 七月二十三日，以「衛斯理」為筆名，在《明報》連載衛斯理故事《地心洪爐》，共八十九期。期間收到讀者來信，質問故事中為何會有南極熊，遂在《明報》的「沙翁雜文」專欄回覆：「某某先生，今天我要回答你的問題，第一，南極沒有白熊；第二，世界上也沒有衛斯理，為甚麼你不追問呢？第三，第三沒有了。」

- 七月底，以「金川」為筆名，在《人人小説》雜誌連載長篇武俠小説《萍踪劍影錄》，即《天涯折劍錄》，原署名「岳川、金庸合著」。
- 八月，以「倪匡」為筆名，撰寫長篇武俠小説《斷腸刃》。
- 十月二十日，以「衛斯理」為筆名，在《明報》連載衛斯理故事《蜂雲》，共一百零九期。
- 十一月二日，以「岳川」為筆名，在《明報》連載武俠小説《劍谷幽魂》，共四百二十期。
- 十一月二十日，以「倪匡」為筆名，在《武俠世界》雜誌連載武俠小説《古劍殘鞘》，共二十九期。
- 十一月二十四日，電影《玉女英魂（上集）》在香港首映，仙鶴港聯影業公司出品。導演：陳烈品，編劇：凌漢，故事：倪匡。由曾江飾演胡人龍，陳寶珠飾演沈英魂，高魯泉飾演柴達木，薛家燕飾演康青萍，譚倩紅飾演晶晶夫人，石堅飾演沈清。根據小説《玉女英魂》改編。
- 十二月一日，電影《玉女英魂（下集）》在香港首映，仙鶴港聯影業公司出品。導演：陳烈品，編劇：凌漢，故事：倪匡。由曾江飾演胡人龍，陳寶珠飾演沈英魂，高魯泉飾演柴達木，薛家燕飾演康青萍，譚倩紅飾演晶晶夫人，石堅飾演沈清。根據小説《玉女英魂》改編。

一九六六年　三十一歲

- 二月七日，以「衛斯理」為筆名，在《明報》連載衛斯理故事《奇玉》，共四十四期。
- 三月二十三日，以「衛斯理」為筆名，在《明報》連載衛斯理故事《原子空間》，共一百一十一期。
- 六月十一日，以「九缸居士」為筆名，在《明報》開設雜文專欄「魚齋清話」。
- 六月三十日，以「李斯本」為筆名，在《天天日報》連載科學幻想小説《沸雨》。（本條目存疑待考。）

- 七月十二日，以「衛斯理」為筆名，在《明報》連載衛斯理故事《天外金球》，共一百四十四期。
- 九月二日，以「嚴農」為筆名，在《武俠與歷史》雜誌連載《奇女子金秀劍故事》之「格外留神」。
- 九月三日，電影《女黑俠木蘭花》在香港首映，香港仙鶴港聯影業公司出品。導演：羅熾，編劇：劉凌峰，故事：倪匡。由雪妮飾演木蘭花，曾江飾演高翔，羅愛嫦飾演穆秀珍。根據小說《巧奪死光錶》改編。
- 十月二十二日，以「倪匡」為筆名，在《武俠世界》雜誌連載武俠小說《追魂十二令》，共三十五期。
- 十一月六日，電影《女黑俠木蘭花血戰黑龍黨》在香港首映，香港仙鶴港聯影業公司出品。導演：羅熾，編劇：劉凌峰，故事：倪匡。由雪妮飾演木蘭花，曾江飾演高翔，羅愛嫦飾演穆秀珍。根據小說《血戰黑龍黨》改編。
- 十二月三日，以「衛斯理」為筆名，在《明報》連載衛斯理故事《支離人》，共一百零四期。
- 冬季，以「倪明」為筆名，由香港環球出版社出版科幻小說《地球保衛戰》（即《異軍》）。

一九六七年　三十二歲

- 二月七日，以「衛斯理」為筆名，在《明報》連載衛斯理故事《奇玉》，共四十四期。
- 三月十七日，以「衛斯理」為筆名，在《明報》連載衛斯理故事《不死藥》，共八十期。
- 三月十八日，以「岳川」為筆名，在《明報》連載武俠小說《劍亂情迷》，共二百九十四期。
- 三月二十九日，電影《女黑俠威震地獄門》在香港首映，香港仙鶴港聯影業公司出品。導演：羅熾，編劇：劉凌峰，故事：倪匡。由雪妮飾演木蘭花，曾江飾演高翔，羅愛嫦飾演穆秀珍。根據小說《地獄門》改編。

- 六月五日，以「危斯谷」為筆名，在《明報》連載科幻小說《賽馬年鑒》，共五十七期。
- 七月二十六日，電影《獨臂刀》在香港首映，邵氏兄弟有限公司出品。導演：張徹，編劇：張徹、倪匡。王羽飾演方剛，焦姣飾演小蠻，田豐飾演齊如峰，潘迎紫飾演齊佩。這是倪匡所寫的第一個劇本。故事靈感來自於金庸小說《神鵰俠侶》中的楊過斷臂。
- 八月一日，以「衛斯理」為筆名，在《明報》連載衛斯理故事《紅月亮》，共一百零七期。
- 十一月十六日，以「衛斯理」為筆名，在《明報》連載衛斯理故事《人造總統》，共連載九十二期。出版單行本時改名《換頭記》。
- 年間，與倪太初到台灣，並初識古龍。

一九六八年　三十三歲

- 一月一日，以「岳川」為筆名，在《明報》連載武俠小說《劍動四方》，共三百九十七期。
- 二月十六日，以「衛斯理」為筆名，在《明報》連載衛斯理故事《蠱惑》，共五十二期。
- 四月八日，以「沙斯坊」為筆名，在《明報》連載短篇推理小說，共有《密室兇案》、《搜尋》、《洋娃娃》、《空中失踪》、《誰盜走了秘密》五個故事，未有結集出版。
- 六月三十日，以「衛斯理」為筆名，在《明報》連載衛斯理故事《奇門》，共八十四期。
- 九月一日，以「倪匡」為筆名，在沈培文創辦的《老爺車》雜誌第八期刊登短篇武俠小說《勝者》，一期完。
- 九月二十二日，以「衛斯理」為筆名，在《明報》連載衛斯理故事《屍變》，共六十四期。
- 秋季，以「倪匡」為筆名，撰寫中篇武俠小說《不了仇》、《長虹貫日》、《寶劍千金》、《啞俠》、

- 《誅邪劍》、《未完成的匕首》、《快劍》，由武林出版社出版。
- 十一月二十五日，以「衛斯理」為筆名，在《明報》連載衛斯理故事《合成》，共五十八期。
- 冬季，以「倪匡」為筆名，撰寫中篇武俠小說《百步飛針》、《殺氣嚴霜》、《紅梅金劍》、《回光壁》、《鐵手無情》、《劍分飛》，由武林出版社出版。
- 冬季，以「倪匡」為筆名，撰寫長篇武俠小說《玲瓏雙劍》。

一九六九年　三十四歲

- 一月二十二日，以「衛斯理」為筆名，在《明報》連載衛斯理故事《筆友》，共四十八期。
- 二月一日，以「岳川」為筆名，在《明報》連載武俠小說《群劍飛》，共二百七十二期。
- 三月十一日，以「衛斯理」為筆名，在《明報》連載衛斯理故事《叢林之神》，共五十期。
- 春季，以「倪匡」為筆名，撰寫中篇武俠小說《最後一劍》、《杏花劍雨》、《劍相逢》，由武林出版社出版。
- 四月一日，以「危龍」為筆名，在羅斌創辦的《迷你》雜誌連載《浪子高達》系列小說的第一個故事《血美人》，並於同年春季由環球出版社出版單行本。目前已知的有《血美人》、《銷魂使者》、《水晶豔女》、《金球紅唇》、《珍珠蕩婦》、《紅粉妙賊》、《盜屍艷遇》、《妙手偷情》八個故事。
- 四月三十日，以「衛斯理」為筆名，在《明報》連載衛斯理故事《再來一次》，共五十二期。
- 五月二十五日，以「洪新」為筆名，在沈寶新創辦的《藍寶石》雜誌連載《神仙手與毒玫瑰》系列故事，共有《風流毒吻》、《玉女販賣團》、《迷魂艷遇》三個故事，未有結集出版。
- 六月二十一日，以「衛斯理」為筆名，在《明報》連載衛斯理故事《盡頭》，共五十七期。

● 六月三十日，電影《鐵手無情》在香港首映，邵氏兄弟有限公司出品。導演：張徹，編劇：倪匡。羅烈飾演鐵無情，李菁飾演桂姑。

● 八月十七日，以「衛斯理」為筆名，在《明報》連載衛斯理故事《湖水》，共三十期。一開始打算寫一個關於「鬼上身」的故事，後來因那樣的想法實在不能為當時社會所接受，只好把事件扭曲說成是人為，變得不倫不類。

● 九月十六日，以「衛斯理」為筆名，在《明報》連載衛斯理故事《消失》，共三十期。

● 十月十五日，電影《龍門金劍》在香港首映，邵氏兄弟有限公司出品。導演：羅維，編劇：羅維，故事：倪匡。由鄭佩佩飾演魏金鳳。根據小說《紅梅金劍》改編。

● 十月十六日，以「衛斯理」為筆名，在《明報》連載衛斯理故事《影子》，共五十期。

● 十一月一日，以「岳川」為筆名，在《明報》連載武俠小說《火併》，共六十八期。

● 十一月十三日，電影《殺氣嚴霜》在香港首映，金鷹電影製片企業公司出品。導演：袁秋楓，編劇：秦漢，故事：倪匡。由雷震飾演丁天野，周萱飾演俞紅紅，葉靈芝飾演徐玉蓮，麥基飾演項飛。根據小說《殺氣嚴霜》改編。

● 十二月五日，以「衛斯理」為筆名，在《明報》連載衛斯理故事《多了一個》，共四十一期。

● 十二月二十五日，電影《保鏢》在香港首映，邵氏兄弟有限公司出品。導演：張徹，編劇：倪匡。姜大衛飾演駱逸，狄龍飾演向定，李菁飾演雲飄飄，王鍾飾演啞巴，谷峰飾演焦雄。

● 冬季，以「倪匡」為筆名，撰寫中篇武俠小說《五虎屠龍》、《影子神鞭》、《追擊》，由武林出版社出版。

● 年間，電影《銀姑》在台灣首映，導演：傅南篤，編劇：倪匡，主演：吳小惠、陳莎莉、常楓、江島。

一九七零年　三十五歲

- 一月八日，以「岳川」為筆名，在《明報》連載武俠小説《兩劍俠》，共一百零五期。
- 一月十五日，以「衛斯理」為筆名，在《明報》連載衛斯理故事《仙境》，共六十一期。
- 二月四日，電影《遊俠兒》在香港首映，邵氏兄弟有限公司出品。導演：張徹，編劇：倪匡。姜大衛飾演遊俠兒，李麗麗飾演江靈，鄭雷飾演江威，張佩山飾演孔武。
- 三月十七日，以「衛斯理」為筆名，在《明報》連載衛斯理故事《狐變》，共五十五期。
- 三月二十六日，電影《五虎屠龍》在香港首映，邵氏兄弟有限公司出品。導演：羅維，編劇：倪匡、羅維，主演：鄭佩佩、羅烈、張翼、岳華、金漢。
- 春季，以「倪匡」為筆名，撰寫中篇武俠小説《獨行女俠》、《孤俠》、《大盜柔情》、《鐵拳》、《保鏢》、《冰天俠侶》，由武林出版社出版。
- 四月二十三日，以「岳川」為筆名，在《明報》連載武俠小説《十三太保》，共九十期。
- 五月十一日，以「衛斯理」為筆名，在《明報》連載衛斯理故事《古聲》，共三十五期。
- 五月十四日，電影《報仇》在香港首映，邵氏兄弟有限公司出品。導演：張徹，編劇：倪匡、張徹。姜大衛飾演關小樓，狄龍飾演關玉樓，汪萍飾演花正芳，谷峰飾演封開山，楊志卿飾演金志泉。本片獲第十六屆亞洲影展最佳導演、最佳男主角獎（姜大衛）。
- 六月十五日，以「衛斯理」為筆名，在《明報》連載衛斯理故事《虛像》，共五十六期。
- 七月一日，電影《十二金牌》在香港首映，邵氏兄弟有限公司出品。導演：程剛，編劇：程剛，故事：倪匡、陳蝶衣。由岳華飾演苗龍，井淼飾演金彥堂，王俠飾演馬善亭，谷峰飾演魯一貴。根據小説《追魂十二令》改編。獲第九屆台灣金馬獎優等劇情片獎。

- 七月二十二日，以「岳川」為筆名，在《明報》連載武俠小說《鐵蝙蝠》，共七十二期。
- 八月十日，以「衛斯理」為筆名，在《明報》連載衛斯理故事《訪客》，共四十期。
- 八月十四日，電影《十三太保》在香港首映，邵氏兄弟有限公司出品。導演：張徹，編劇：倪匡、張徹。姜大衛飾演李存孝，狄龍飾演史敬思，谷峰飾演李克用。
- 九月十九日，以「衛斯理」為筆名，在《明報》連載衛斯理故事《風水》，共四十一期。
- 秋季，以「倪匡」為筆名，撰寫中篇武俠小說《鐵獄飛龍》、《火鳳凰》、《十三太保》，由武林出版社出版。
- 十月二日，以「岳川」為筆名，在《明報》連載武俠小說《金旋風》，共七十三期。
- 十月三十日，以「衛斯理」為筆名，在《明報》連載衛斯理故事《環》，共五十八期。
- 十二月十四日，以「岳川」為筆名，在《明報》連載武俠小說《新獨臂刀》，共四十四期。
- 十二月二十二日，電影《小煞星》在香港首映，邵氏兄弟有限公司出品。導演：張徹，編劇：倪匡、邱剛健，主演：姜大衛、汪萍、陳星、金霏。
- 十二月二十七日，以「衛斯理」為筆名，在《明報》連載衛斯理故事《聚寶盆》，共三十五期。
- 年間，以「田驄」為筆名，在《明報》連載以特種委託公司創辦人金秀劍和特種保鏢葛森為主角的「短小說」系列，後由香港環球出版社結集出版單行本。
- 年間，以「魚齋」為筆名，在《幸福家庭》雜誌開設專欄「貝殼略談」，其中一部份文章收錄於《香港之寶貝與芋螺》（Cories And Cones Of Hong Kong）一書。

一九七一年　三十六歲

- 一月一日，電影《鷹王》在香港首映，邵氏兄弟有限公司出品。導演：張徹，編劇：倪匡。狄龍飾演展飛，李菁飾演顏玉蓮／顏冰兒，張佩山飾演洪擎天。
- 一月二十二日，電影《天龍八將》在香港首映，嘉禾（香港）有限公司出品。導演：羅維，編劇：羅維、羅大維，故事：倪匡，主演：苗可秀、唐菁、茅瑛、張沖。
- 二月四日，以「衛斯理」為筆名，在《明報》連載衛斯理故事《雨花台石》，共四十八期。
- 二月七日，電影《新獨臂刀》在香港首映，邵氏兄弟有限公司出品。導演：張徹，編劇：倪匡。姜大衛飾演雷力，狄龍飾演封俊傑，李菁飾演巴蕉，谷峰飾演龍異之。獲第九屆台灣金馬獎最佳剪輯獎（郭廷鴻）。
- 三月二十四日，以「衛斯理」為筆名，在《明報》連載衛斯理故事《石林》，共七十八期。出版單行本時改名《魔磁》。
- 春季，以「倪匡」為筆名，撰寫中篇武俠小說《夜遁》、《俠義金粉》、《鐵蝙蝠》，由武林出版社出版。
- 春季，以「魏力」為筆名，撰寫業餘偵探故事第一集《鬼照片》，由環球出版社出版。
- 春季，以「魏力」為筆名，撰寫無名英雄列傳第一集《亡命護槍》及第二集《死亡天使》，由環球出版社出版。
- 四月二十日，以「倪匡」為筆名，在《明報》連載「影子傳奇」第一集《智鬥血魔王》，共六十九期。
- 四月三十日，電影《刀不留人》在香港首映，嘉禾（香港）有限公司出品。導演：葉榮祖，編劇：羅大維，故事：倪匡。由苗可秀飾演何麗君，謝賢飾演唐青雲，田俊飾演陳若愚。

- 六月十日，以「衛斯理」為筆名，在《明報》連載衛斯理故事《創造》，共四十八期。
- 六月二十八日，以「倪匡」為筆名，在《明報》連載「影子傳奇」第二集《寶石眼》，共六十八期。
- 夏季，以「倪匡」為筆名，撰寫中篇武俠小說《萬里雄風》、《新獨臂刀》、《火併》、《大俠金旋風》，由武林出版社出版。
- 七月二十四日，電影《無名英雄》在香港首映，邵氏兄弟有限公司出品。導演：張徹，編劇：倪匡。姜大衛飾演孟剛，狄龍飾演鐵虎，井莉飾演洪銀鳳，谷峰飾演萬泰，井淼飾演金大帥，唐迪飾演劉大麻子，楊志卿飾演王主任。改編自小說《亡命護槍》。
- 七月二十八日，以「衛斯理」為筆名，在《明報》連載衛斯理故事《鬼子》，共四十五期。
- 八月六日，電影《影子神鞭》在香港首映，邵氏兄弟有限公司出品。導演：羅維，編劇：倪匡、羅維，主演：鄭佩佩、岳華、田豐、谷峰。改編自小說《影子神鞭》。
- 九月十一日，以「衛斯理」為筆名，在《明報》連載衛斯理故事《老貓》，共八十二期。
- 九月，以「魏力」為筆名，由香港環球出版社出版特種保鏢歷險記故事《香閨毒手》，收錄九個故事，分別為《人鬼之間》、《鞋與神像》、《伏虎峨眉》、《香閨毒手》、《財來自有方》、《鑽石寶藏》、《恐怖俱樂部》、《神秘兄弟》、《碧綠噴泉》。
- 九月，以「魏力」為筆名，撰寫三頭六臂故事《秘密征空》，由環球出版社出版。
- 十月一日，電影《拳擊》在香港首映，邵氏兄弟有限公司出品。導演：張徹，編劇：倪匡。姜大衛飾演范克，狄龍飾演汶烈，井莉飾演玉蘭。
- 十月十五日，電影《鳳飛飛》在香港首映，邵氏兄弟有限公司出品。導演：高寶樹，編劇：倪匡。何莉莉飾演鳳飛飛，南宮勳飾演金連白，孟元文飾演虎亮，王俠飾演梁霸，翟諾飾演蕭豹，林靜飾演金夫人。

• 十月二十九日，電影《冰天俠女》在香港首映，邵氏兄弟有限公司出品。導演：羅維，編劇：倪匡、羅維。李菁飾演沈冰紅，岳華飾演高天英，谷峰飾演童洪，田豐飾演高允，焦姣飾演童明珠，張沖飾演高天威。改編自小說《冰天俠侶》。

• 十一月六日，電影《火併》在香港首映，邵氏兄弟有限公司出品。導演：楚原，編劇：倪匡。凌波飾演白玉燕，汪萍飾演白玉鶯，羅烈飾演滕奇影，陳駿飾演文禮賢。

• 秋季，以「倪匡」為筆名，撰寫中篇武俠小說《五雷轟頂》、《奔龍》、《盜盒》、《玄武雙毒》，由武林出版社出版。

• 十二月二日，以「衛斯理」為筆名，在《明報》連載衛斯理故事《貝殼》，共六十八期。

• 十二月八日，電影《追命槍》在香港首映，寶樹影片公司出品。導演：高寶樹，編劇：倪匡、高寶樹，主演：王羽、焦姣、游龍、楊洋。

• 十二月二十二日，電影《雙俠》在香港首映，邵氏兄弟有限公司出品。導演：張徹，編劇：倪匡。狄龍飾演鮑廷天，姜大衛飾演邊幅，陳星飾演金太子，谷峰飾演萬天魁。

• 年間，電影《鏢旗飛揚》在香港首映，邵氏兄弟有限公司出品。導演：午馬，編劇：倪匡。羅烈飾演凌霄，張佩山飾演關望龍，王俠飾演金不換，楊愛華飾演方燕。

一九七二年　三十七歲

• 二月一日，以「岳川」為筆名，在《明報》連載武俠小說《血雷飛珠》，共二百二十八期。

• 二月八日，以「衛斯理」為筆名，在《明報》連載衛斯理故事《地圖》，共八十七期。

• 二月十一日，電影《馬永貞》在香港首映，邵氏兄弟有限公司出品。導演：張徹、鮑學禮，編劇：

倪匡、張徹。陳觀泰飾演馬永貞，井莉飾演金鈴子，鄭康業飾演小江北，姜大衛飾演譚四，谷峰飾演張金發，田青飾演李財春。

- 二月二十九日，電影《惡客》在香港首映，邵氏兄弟有限公司出品。導演：張徹，編劇：倪匡。姜大衛飾演范克，狄龍飾演汶烈，井莉飾演玉蘭，陳星飾演強人。
- 三月十七日，電影《水滸傳》在香港首映，邵氏兄弟有限公司出品。導演：張徹，編劇：倪匡。姜大衛飾演燕青，狄龍飾演武松，丹波哲郎飾演盧俊義，谷峰飾演宋江，岳華飾演林沖，何莉莉飾演扈三娘，秦沛飾演花榮，陳觀泰飾演史進。獲第十屆台灣金馬獎優等劇情片獎。
- 三月三十日，電影《吉祥賭坊》在香港首映，邵氏兄弟有限公司出品。導演：張曾澤，編劇：倪匡，主演：何莉莉、岳華、金峰、姜南、樊梅生。
- 五月五日，以「衛斯理」為筆名，在《明報》連載衛斯理故事《規律》，共五十期。
- 六月二十日，電影《唐手跆拳道》在香港首映，長江電影（香港）有限公司出品。導演：屠光啟，編劇：倪匡，主演：白彪、陳鴻烈、胡茵茵、魯俊。
- 六月二十四日，以「衛斯理」為筆名，在《明報》連載衛斯理故事《沉船》，共九十期。
- 七月七日，電影《年輕人》在香港首映，邵氏兄弟有限公司出品。導演：張徹，編劇：倪匡、張徹。陳觀泰飾演何泰，狄龍飾演林達，姜大衛飾演洪衛。
- 八月四日，電影《黑吃黑》在香港首映，寶樹影片公司出品。導演：高寶樹，編劇：倪匡。甄珍飾演金琳瑺，張翼飾演鮑良，陳鴻烈飾演曾世光，孟莉飾演湯秀，薛漢飾演鮑通。
- 八月九日，電影《龍兄虎弟》在香港首映，長江電影（香港）有限公司出品。導演：孫家雯、薛泰湖，編劇：倪匡、樸哲民，主演：秦祥林、魯俊、胡茵茵、田豐、陳浩。
- 九月六日，電影《盲拳》在香港首映，長江電影（香港）有限公司出品。導演：張森、張鎮源，編劇：倪匡，主演：白彪、魯俊、胡茵茵、金永仁。

- 九月十六日，以「倪匡」為筆名，在《明報》連載傳奇小説《紅鏢》，共一七一期，這是以「紅黃藍白黑」五色開頭，設想的五個故事之一。
- 九月二十日，電影《快活林》在香港首映，邵氏兄弟有限公司出品。導演：張徹、鮑學禮，編劇：倪匡、張徹、靳蜀美。狄龍飾演武松，田青飾演施恩，朱牧飾演蔣門神
- 九月二十二日，以「衛斯理」為筆名，在《明報》連載衛斯理故事《大廈》，共一百零二期。
- 九月二十七日，電影《方世玉》在香港首映，香港南海影業公司出品。導演：歐陽俊，編劇：倪匡，故事：倪匡，主演：孟飛、李琳琳、白虹。
- 十月四日，電影《唐人客》在香港首映，遠東影業公司出品。導演：關山，編劇：倪匡，主演：陳星、雷成功、恬妮、關山。
- 十月十二日，電影《仇連環》在香港首映，邵氏兄弟有限公司出品。導演：張徹、鮑學禮，編劇：倪匡、張徹，主演：陳觀泰、井莉、王鍾、朱牧、田青。
- 十二月六日，電影《亡命徒》在香港首映，邵氏兄弟有限公司出品。導演：張曾澤，編劇：倪匡。羅烈飾演廖飛龍，谷峰飾演馬天驃，李菁飾演明明。
- 十二月二十二日，電影《四騎士》在香港首映，邵氏兄弟有限公司出品。導演：張徹，編劇：倪匡、張徹，主演：姜大衛、狄龍、陳觀泰、王鍾、李麗麗、倉田保昭、金霏。
- 年間，電影《戰北國》在香港首映，長江電影（香港）有限公司出品。導演：楊曼怡，編劇：倪匡，主演：白彪、薛家燕、高岡、魯俊。
- 年間，電影《鐵指唐手》在香港首映，長江電影（香港）有限公司出品。導演：許國、許子賓，編劇：倪匡。魯俊飾演亞龍，高岡飾演張大爺，佩妮飾演表妹婉君。

- 年間，電影《銅頭鐵臂》在台灣首映。導演：金聖恩，編劇：倪匡、朱向敢，主演：田鵬、焦姣、江彬、黃宗迅。
- 年間，電影《硬碰硬》在台灣首映。導演：熊廷武，編劇：倪匡，主演：田鵬、王靜君、康凱、陳鴻烈。
- 年間，電影《威震四方》在台灣首映，海華電影公司出品。導演：王洪彰，編劇：倪匡，主演王羽、焦姣、李藝民、韓江、田野。
- 年間，和黃霑初次見面。

一九七三年　三十八歲

- 一月二日，以「衛斯理」為筆名，在《明報》連載衛斯理故事《新年》，共五十二期。這個故事連載完以後，衛斯理故事暫停連載長達五年。
- 一月十八日，電影《男子漢》在香港首映，長江電影（香港）有限公司出品。導演：孫家雯，編劇：倪匡，主演：白彪、魯俊、胡茵茵、高岡。
- 二月十五日，電影《憤怒青年》在香港首映，邵氏兄弟有限公司出品。導演：張徹、桂治洪，編劇：倪匡。王鍾飾演沈昌，李麗麗飾演黃蘭。
- 二月二十四日，電影《刺馬》在香港首映，邵氏兄弟有限公司出品。導演：張徹，編劇：倪匡、張徹。姜大衛飾演張文祥，狄龍飾演馬新貽，陳觀泰飾演黃縱，井莉飾演黃妻。獲第十九屆亞洲影展表現突出性格男演員獎（狄龍），獲第十屆台灣金馬獎優秀演技特別獎（狄龍）。
- 三月六日，以「倪匡」為筆名，在《明報》連載傳奇小說《黑幫》，共六十五期，這是以「紅黃藍白黑」五色開頭，設想的五個故事之一。出版單行本時改名《金三角》。

● 三月九日，電影《土匪》在香港首映，邵氏兄弟有限公司出品。導演：楚原，編劇：倪匡。岳華飾演方正，施思飾演曉虹，陳鴻烈飾演方風。

● 四月五日，電影《趕盡殺絕》在香港首映，香港第一影業機構出品。導演：岳楓，編劇：倪匡，主演：陳星、上官靈鳳、山茅、高雄、馬驥、倉田保昭。

● 四月二十日，電影《叛逆》在香港首映，邵氏兄弟有限公司出品。導演：張徹，編劇：倪匡、張徹。姜大衛飾演凌希，陳美齡飾演辛蒂，狄龍飾演凌昭。

● 五月四日，電影《江湖行》在香港首映，邵氏兄弟有限公司出品。導演：張曾澤，編劇：倪匡。何莉莉飾演葛衣情，谷峰飾演舵伯，李修賢飾演野壯子。改編自徐訏小説《江湖行》。

● 五月十日，以「倪匡」為筆名，在《明報》連載傳奇小説《白癡》，共六十期，這是以「紅黃藍白黑」五色開頭，設想的五個故事之一。

● 六月十六日，電影《警察》在香港首映，邵氏兄弟有限公司出品。導演：張徹、蔡揚名，編劇：倪匡、張徹，主演：王鍾、李麗麗、傅聲、王俠。

● 六月二十八日，電影《大小通吃》在香港首映，寶樹影片公司出品。導演：高寶樹，編劇：倪匡，主演：黃元申、胡錦、倉田保昭、徐楓、田豐。

● 七月九日，以「倪匡」為筆名，在《明報》連載傳奇小説《黃土》，共二十六期，這是以「紅黃藍白黑」五色開頭，設想的五個故事之一。

● 七月十二日，電影《血証》在香港首映，邵氏兄弟有限公司出品。導演：桂治洪，編劇：倪匡、邱剛健，主演：岳華、劉午琪、劉丹、佟林。

● 七月二十五日，電影《雙龍出海》在香港首映，香港第一影業機構出品。導演：岳楓，編劇：倪匡。

王羽飾演浪子魚飛，陳星飾演鏢頭龍豪，陳英鳳飾演少女水琴，郭小莊飾演艷花娘子，高雄飾演林香波。

- 七月二十七日，電影《大海盜》在香港首映，邵氏兄弟有限公司出品。導演：張徹、鮑學禮、午馬，編劇：倪匡。狄龍飾演張保仔，姜大衛飾演胡義。
- 八月四日，以「倪匡」為筆名，在《明報》連載鬼故事《藍圖》，共二十八期，這是以「紅黃藍白黑」五色開頭，設想的五個故事之一。
- 九月一日，以「倪匡」為筆名，在《明報》連載世情小説《人質》，共五十七期。
- 九月二日，電影《黃金賭客》在香港首映，金馬影業公司、金海影業公司聯合出品。導演：孫聖源，編劇：孫聖源，故事：倪匡，主演：張翼、汪萍、史仲田、張允文。
- 九月十二日，電影《黃飛鴻》在香港首映，邵氏兄弟有限公司出品。導演：何夢華，編劇：倪匡。谷峰飾演黃飛鴻，詹森飾演麥根，王俠飾演李天道。
- 九月二十日，電影《小老虎》在台灣首映，南海影業公司出品。導演：午馬，編劇：倪匡，主演：孟飛、李琳琳、馮淬帆、陳燕燕、石天。
- 九月二十八日，電影《黑豹》在香港首映，香港第一影業機構出品。導演：侯錚，編劇：倪匡，主演：陳星、倉田保昭、燕南希、山茅。
- 十月二十八日，以「倪匡」為筆名，在《明報》連載「年輕人和公主」系列故事第一集《手套》，共五十九期。此時的「年輕人和公主」系列還是純粹的奇情冒險故事，並未涉及科幻元素。
- 十二月八日，電影《大刀王五》在香港首映，邵氏兄弟有限公司出品。導演：張徹、鮑學禮，編劇：倪匡。陳觀泰飾演王五，岳華飾演譚嗣同，貝蒂飾演金菊花，李麗麗飾演譚妹。
- 十二月十三日，電影《怪客》在香港首映，長江電影（香港）有限公司出品。導演：楊曼怡，編劇：

倪匡，主演：白彪、高岡、魯俊、薛家燕。

● 十二月二十六日，以「倪匡」為筆名，在《明報》連載「年輕人和公主」系列故事第二集《足球》，共三十二期。此時的「年輕人和公主」系列還是純粹的奇情冒險故事，並未涉及科幻元素。

● 年間，增刪、修訂、改寫還珠樓主的《蜀山劍俠傳》，並將其改名為《紫青雙劍錄》，在《明報》連載。

● 年間，電影《龍虎征西》在香港首映，長江電影（香港）有限公司出品。導演：楊曼怡，編劇：倪匡，主演：白彪、佩妮、高岡、魯俊。

一九七四年　三十九歲

● 一月十九日，電影《方世玉與洪熙官》在香港首映，長弓電影公司出品。導演：張徹，編劇：倪匡。傅聲飾演方世玉，陳觀泰飾演洪熙官，吳池欽飾演李世充，唐炎燦飾演年瑞卿。

● 一月二十七日，以「倪匡」為筆名，在《明報》連載「年輕人和公主」系列故事第三集《寶刀》，共五十二期。此時的「年輕人和公主」系列還是純粹的奇情冒險故事，並未涉及科幻元素。

● 二月五日，電影《蛇殺手》在香港首映，邵氏兄弟有限公司出品。導演：桂治洪，編劇：倪匡，主演：甘國亮、李琳琳、陳駿。

● 二月十五日，電影《五虎將》在香港首映，邵氏兄弟有限公司出品。導演：張徹，編劇：倪匡、張徹。姜大衛飾演陳登，狄龍飾演方一飛，陳觀泰飾演馬刀，李修賢飾演韋明輝，王鍾飾演姚廣。

● 三月七日，電影《太極拳》在香港首映，邵氏兄弟有限公司出品。導演：鮑學禮，編劇：倪匡，主演：陳沃夫、施思、叢金貴、韋弘、井淼、楊志卿、張百齡、陳美華。

● 三月二十日，以「倪匡」為筆名，在《明報》連載「年輕人和公主」系列故事第四集《尺蠖》，共三十七期。此時的「年輕人和公主」系列還是純粹的奇情冒險故事，並未涉及科幻元素。

- 四月三日，電影《少林子弟》在香港首映，長弓電影公司出品。導演：張徹，編劇：倪匡。陳觀泰飾演洪熙官，傅聲飾演方世玉，戚冠軍飾演胡惠乾。
- 四月五日，電影《海艷》在香港首映，深美出品。導演：張沖，編劇：倪匡，主演：胡燕妮、張沖、謝賢、陳浩、沈殿霞。
- 四月二十五日，電影《四大天王》在香港首映，香港第一影業機構出品。導演：王羽，編劇：倪匡，主演：王羽、陳星、張翼、金剛、鹿村泰祥。
- 四月二十六日，以「倪匡」為筆名，在《明報》連載「年輕人和公主」系列故事第五集《三隻四隻》，共七十五期。此時的「年輕人和公主」系列還是純粹的奇情冒險故事，並未涉及科幻元素。出版單行本時改名《大寶藏》。
- 五月十日，電影《吸毒者》在香港首映，邵氏兄弟有限公司出品。導演：姜大衛，編劇：倪匡。狄龍飾演關正群，王鍾飾演曾健，盧迪飾演陳尚龍，秦沛飾演湯國樑。
- 五月二十六日，電影《大鐵牛》在香港首映，香港第一影業機構出品。導演：午馬，編劇：倪匡，主演：金剛、燕南希、龍飛、山茅。
- 六月二十九日，電影《朋友》在香港首映，邵氏兄弟有限公司出品。導演：張徹，編劇：倪匡、張徹。主演：姜大衛、傅聲、李麗麗、盧迪、韋弘。獲第二十屆亞洲影展最有希望的青年男演員獎（傅聲）。
- 七月六日，電影《鬼馬小天使》在香港首映，邵氏兄弟有限公司出品。導演：孫仲，編劇：倪匡。李菁飾演陳淑芬，凌雲飾演凌健中，田青飾演曾強，陳萍飾演郭玉妮，鄭君綿飾演王醫生，金寶芝飾演凌飛，金慧芝飾演凌翔。
- 七月十日，以「倪匡」為筆名，在《明報》連載「非人協會」系列故事第一集《非人協會》，共五十九期。出版單行本時改名《魚人》。

- 七月十八日，電影《綽頭狀元》在香港首映，嘉禾（香港）有限公司出品。導演：羅維，編劇：倪匡、羅維，主演：許冠傑、苗可秀、恬妮、李昆、茅瑛、劉永。
- 八月二日，電影《鐵金剛大破紫陽觀》在香港首映，嘉禾（香港）有限公司出品。導演：黃楓，編劇：倪匡、黃楓，主演：茅瑛、佐治拉辛比、丁珮、黃仁植、高城丈二、洪金寶。
- 八月二日，電影《販賣人口》在香港首映，寶樹影片公司出品。導演：高寶樹，編劇：倪匡。黃元申飾演康泰，丁珮飾演美姬，石堅飾演韓，金燕玲飾演青蘭，高雄飾演毛松，胡錦飾演林櫻。
- 八月三日，電影《洪拳與詠春》在香港首映，長弓電影公司出品。導演：張徹，編劇：倪匡、張徹。傅聲飾演李耀，戚冠軍飾演陳保榮，劉家輝飾演何振剛，梁家仁飾演巴剛，王龍威飾演余比，唐炎燦飾演麥漢。
- 九月五日，電影《沖天炮》在香港首映，協利電影（香港）有限公司出品。導演：陳鴻烈，編劇：倪匡，主演：劉家榮、李影、石堅、田蜜、陳鴻烈。
- 九月七日，以「倪匡」為筆名，在《明報》連載「非人協會」系列故事第二集《三千年死人》，共三十三期。
- 九月十三日，電影《怪人怪事》在香港首映，邵氏兄弟有限公司出品。導演：姜大衛，編劇：倪匡。鄭少秋飾演英俊小生，姜大衛飾演功夫愛好者／公子哥，李琳琳飾演功夫愛好者女友，譚炳文飾演丈夫，李香琴飾演嬌妻。
- 九月二十日，電影《電單車》在香港首映，邵氏兄弟有限公司出品。導演：狄龍，編劇：倪匡，主演：狄龍、程可為、葛荻華、姜南。
- 九月二十七日，電影《哪吒》在香港首映，長弓電影公司出品。導演：張徹，編劇：倪匡、張徹。

傅聲飾演：哪吒，盧迪飾演李靖，李允中飾演太乙真人。
- 十月九日，以「倪匡」為筆名，在《明報》連載「非人協會」系列故事第三集《兩生》，共四十二期。
- 十一月九日，電影《鬼眼》在香港首映，邵氏兄弟有限公司出品。導演：桂治洪，編劇：倪匡。陳思佳飾演王寶玲，思維飾演史仲傑。
- 十一月十五日，電影《五大漢》在香港首映，邵氏兄弟有限公司出品。導演：鮑學禮，編劇：倪匡，主演：陳觀泰、韋宏、史仲田、樊梅生、王鍾、谷峰、何莉莉、凌雲。
- 十一月二十日，以「倪匡」為筆名，在《明報》連載「非人協會」系列故事第四集《主宰》，共二十八期。
- 十二月十八日，以「倪匡」為筆名，在《明報》連載「非人協會」系列故事第五集《泥沼》，共四十九期。出版單行本時改名《泥沼火人》。
- 十二月二十二日，電影《小孩與狗》在香港首映，邵氏兄弟有限公司出品。導演：程剛、林國翔，編劇：倪匡、黃基發，主演：徐家霖、陳美齡、何守信、艾蒂、李修賢、鄭君綿、田青、施思、葉靈芝、陳萍、王俠、陳觀泰、王鍾、狄龍、姜大衛、羅烈、岳華、汪禹。
- 十二月二十五日，電影《少林五祖》在香港首映，邵氏兄弟有限公司、長弓電影公司聯合出品。導演：張徹，編劇：倪匡。姜大衛飾演胡德帝，狄龍飾演蔡德忠，傅聲飾演馬超興，孟飛飾演方大洪，戚冠軍飾演李式開。獲第二十屆台灣金馬獎最佳錄音獎（王永華）。
- 年間，增刪、修訂、改寫還珠樓主的《蜀山劍俠傳》，並將其改名為《紫青雙劍錄》，在《明報》連載。
- 年間，電影《雙龍谷》在台灣首映，香港開發電影公司出品。導演：歐陽俊，編劇：倪匡，主演：金振八、林珍奇、羅拔貝加、沈雪珍、魯平。

一九七五年　四十歲

- 一月二十三日，電影《大老千》在香港首映，邵氏兄弟有限公司出品。導演：張曾澤，編劇：倪匡，主演：陳萍、王俠、李修賢、劉慧茹、楊志卿。
- 二月五日，以「倪匡」為筆名，在《明報》連載「非人協會」系列故事第六集《大鷹》，共五十五期。
- 二月八日，電影《後生》在香港首映，長弓電影公司出品。導演：狄龍，編劇：倪匡。姜大衛飾演向榮，狄龍飾演陳根來。
- 二月十八日，電影《血滴子》在香港首映，邵氏兄弟有限公司出品。導演：何夢華，編劇：倪匡。陳觀泰飾演馬騰，谷峰飾演辛康，韋弘飾演許雙尼，江洋飾演雍正，劉午琪飾演李玉屏，艾蒂飾演婉珠，汪禹飾演謝天復，林偉圖飾演羅鵬。
- 四月一日，以「倪匡」為筆名，在《明報》連載傳奇小説《鹽》，共一百二十二期。出版單行本時改名《鹽梟雙雄》、《大鹽梟》。
- 四月十九日，電影《惡霸》在香港首映，邵氏兄弟有限公司出品。導演：張曾澤，編劇：倪匡。李修賢飾演方達，胡錦飾演蘇玉寶，羅烈飾演監獄長，谷峰飾演陳天貴，鄭康業飾演朱九手，樊梅生飾演金剛。
- 五月八日，電影《狼吻》在香港首映，鴻翔出品。導演：陳鴻烈，編劇：倪匡、邱剛健、伊達。潘迎紫飾演張瑩瑩，沈殿霞飾演陳菲珠，鄧光榮飾演方自律，陳浩飾演小李。
- 五月十日，電影《蕩寇誌》在香港首映，邵氏兄弟有限公司出品。導演：張徹、午馬，編劇：倪匡、張徹。姜大衛飾演燕青，狄龍飾演武松，陳觀泰飾演史進，谷峰飾演宋江，樊梅生飾演李逵，李修賢飾演張順。

● 五月三十日，四十歲生日時，曾自撰壽聯：「年逾不惑，不文不武，不知算甚麼；時已無多，無欲無求，無非是這樣。」並自撰墓志銘：「多想我生前好處，莫説我死後壞處。」

● 六月二十八日，電影《洪拳小子》在香港首映，長弓電影公司出品。導演：張徹，編劇：倪匡、張徹。傅聲飾演關風義，戚冠軍飾演黃漢。

● 七月三十日，電影《金粉神仙手》在香港首映，羅維影業有限公司出品。導演：羅維，編劇：倪匡、羅維，主演：甄珍、秦祥林、柯俊雄、田豐。

● 八月一日，電影《中國超人》在香港首映，邵氏兄弟有限公司出品。導演：華山，編劇：倪匡。李修賢飾演雷馬，王俠飾演劉英德。

● 八月七日，電影《女逃犯》在香港首映，寶樹影片公司出品。導演：高寶樹，編劇：倪匡。陳惠敏飾演李勇，高寶樹飾演范玉芳，胡錦飾演張鳳，高雄飾演張振風，頌巴飾演吳棟，金霏飾演林真，蔡揚飾演蔡衙，柏巧琳飾演張小珠。

● 八月九日，電影《七面人》在香港首映，邵氏兄弟有限公司出品。導演：鮑學禮，編劇：倪匡。姜大衛飾演葛亮，陳觀泰飾演羅金英。李修賢飾演曾勇，王鍾飾演曾敢，陳萍飾演蘇蘇，史仲田飾演高野。

● 八月十四日，電影《義劫愛神號》在香港首映，成功影業（香港）公司出品。導演：孫仲，編劇：倪匡，主演：岳華、雷成功、葉靈芝、林伊娃、邵音音、黃家達、劉丹。

● 八月十五日，電影《紅孩兒》在香港首映，長弓電影公司出品。導演：張徹，編劇：倪匡、古軍、張徹。丁華寵飾演紅孩兒，劉中群飾演孫悟空，張傳麗飾演龍女。

● 八月二十八日，電影《的士大佬》在香港首映，邵氏兄弟有限公司出品。導演：鮑學禮，編劇：倪匡、靳蜀美，主演：姜大衛、王鍾、林珍奇、史仲田。

- 九月十二日，電影《鐵漢柔情》在香港首映，嘉禾（香港）有限公司出品。導演：吳宇森，編劇：倪匡、吳宇森，主演：于洋、恬妮、石天、胡錦、鄭雷、劉江。
- 十月二日，電影《降頭》在香港首映，邵氏兄弟有限公司出品。導演：何夢華，編劇：倪匡。狄龍飾演許洛，李麗麗飾演王菊英，恬妮飾演羅茵，谷峰飾演降頭師，羅烈飾演梁家傑。
- 十月二十五日，電影《逃亡》在香港首映，邵氏兄弟有限公司出品。導演：張徹、孫仲，編劇：倪匡。陳觀泰飾演顧回，吳池欽飾演杜健強，施思飾演唐麗，韋宏飾演張勤，江島飾演韓黑子，詹森飾演陳衡，陳沃夫飾演金獅。
- 秋季，環球出版社出版傳奇小説《金三角》。
- 十一月二十八日，電影《神打》在香港首映，邵氏兄弟有限公司出品。導演：劉家良，編劇：倪匡。汪禹飾演蕭千，林珍奇飾演金蓮。
- 十二月二十五日，電影《馬哥波羅》在香港首映，邵氏兄弟有限公司、長弓電影公司聯合出品。導演：張徹，編劇：倪匡、張徹。傅聲飾演反元志士，戚冠軍飾演反元志士，郭振鋒飾演反元志士，唐炎燦飾演反元志士，李察哈里遜飾演馬哥波羅，盧迪飾演天道莊主，施思飾演天道莊主之女，劉家輝飾演阿不拉花，梁家仁飾演才達魯，王龍威飾演都立丹，李桐春飾演忽必烈，陳慧樓飾演雲裏翻。
- 年間，以原名倪聰與美國學者 Rick Luther 合著學術專著《香港之寶貝與芋螺》，由香港「新昌印刷公司」出版。
- 年間，增刪、修訂、改寫還珠樓主的《蜀山劍俠傳》，並將其改名為《紫青雙劍錄》，在《明報》連載。

一九七六年　四十一歲

- 一月十六日，電影《香港奇案》在香港首映，邵氏兄弟有限公司出品。導演：程剛、華山、何夢華，編劇：倪匡、程剛、蔡瀾，主演：思維、施思、王清河、陳美華、王紹芳。本片分三個故事，分別為《血濺吊頸嶺》、《灶底藏屍》、《龍虎武師》。
- 一月二十九日，電影《八國聯軍》在香港首映，邵氏兄弟有限公司出品。導演：張徹，編劇：倪匡、張徹。傅聲飾演曾漢，戚冠軍飾演帥風雲，梁家仁飾演陳章，甄妮飾演小菊，胡錦飾演賽金花，王龍威飾演李忠清。因政治干預，在台灣大加修剪後始上映；在港初亦遭禁映，又經刪剪後易名《神拳三壯士》上映。
- 二月十二日，電影《毒后秘史》在香港首映，邵氏兄弟有限公司出品。導演：孫仲，編劇：倪匡。陳萍飾演高婉菲，岳華飾演耿偉平。
- 二月二十日，電影《密宗聖手》在香港首映，嘉禾（香港）有限公司出品。導演：黃楓，編劇：倪匡，主演：茅瑛、陳星、譚道良、關山、凌漢。
- 三月十三日，電影《索命》在香港首映，邵氏兄弟有限公司出品。導演：桂治洪，編劇：倪匡、司徒安，主演：劉午琪、林偉圖、佟林、汪禹、王鍾、王俠、夏萍、田青。
- 三月二十日，電影《流星．蝴蝶．劍》在香港首映，邵氏兄弟有限公司出品。導演：楚原，編劇：倪匡。宗華飾演孟星魂，岳華飾演律香川，谷峰飾演孫玉伯，井莉飾演孫蝶，王鍾飾演孫劍，羅烈飾演韓棠，王俠飾演萬鵬王，陳萍飾演高寄萍，凌雲飾演葉翔。
- 四月十六日，電影《八道樓子》在香港首映，長弓電影公司出品。導演：張徹、熊廷武、午馬，編劇：倪匡、張徹。姜大衛飾演白長興，狄龍飾演吳超徵，傅聲飾演鴻發，陳觀泰飾演江明坤，李藝民飾演潘炳林，戚冠軍飾演褚天成，白鷹飾演賈福勝。

- 四月二十四日，電影《飛龍斬》在香港首映，邵氏兄弟有限公司出品。導演：何夢華，編劇：倪匡。羅烈飾演司馬駿，劉永飾演鐵二郎，燕南希飾演談麗，谷峰飾演秦權。
- 五月七日，電影《陸阿采與黃飛鴻》在香港首映，邵氏兄弟有限公司出品。導演：劉家良，編劇：倪匡。陳觀泰飾演陸阿采，劉家輝飾演黃飛鴻，劉家良飾演甄二虎。
- 五月二十七日，電影《死囚》在香港首映，邵氏兄弟有限公司出品。導演：姜大衛，編劇：倪匡。蔡弘飾演馮大剛，姜大衛飾演楊靈。
- 六月十八日，電影《方世玉與胡惠乾》在香港首映，長弓電影公司出品。導演：張徹、午馬，編劇：倪匡、張徹。傅聲飾演方世玉，戚冠軍飾演胡惠乾。
- 七月十日，電影《天涯．明月．刀》在香港首映，邵氏兄弟有限公司出品。導演：楚原，編劇：倪匡、司徒安。狄龍飾演傅紅雪，羅烈飾演燕南飛，恬妮飾演明月心，谷峰飾演蕭劍，徐少強飾演顧棋，井淼飾演秋水清。
- 七月三十一日，電影《蛇王子》在香港首映，邵氏兄弟有限公司出品。導演：羅臻，編劇：倪匡、于思。狄龍飾演蛇王子，吳杭生飾演黑蛇，汪禹飾演黃蛇，林珍奇飾演黑琴。
- 八月五日，電影《虎鶴雙形》在香港首映，香港第一影業機構出品。導演：王羽，編劇：倪匡，主演：王羽、劉家榮、龍飛。
- 八月十四日，電影《香港奇案之二兇殺》在香港首映，邵氏兄弟有限公司出品。導演：華山、桂治洪、孫仲，編劇：倪匡、司徒安，主演：韓國材、楊澤霖、麥華美、李壽祺。本片分四個故事，分別為《紙盒藏屍》、《鬼頭仔》、《臨村兇殺案》、《大家姐》。
- 九月三日，電影《蔡李佛小子》在香港首映，長弓電影公司出品。導演：張徹、午馬，編劇：倪匡、張徹，主演：傅聲、甄妮、王龍威、盧迪、梁家仁。

- 十月七日，電影《詠春大兄》在香港首映，香港第一影業機構出品。導演：王星磊，編劇：倪匡、宋項如，主演：何宗道、陳佩貞、蘇祥、薛漢。
- 十月二十八日，電影《五毒天羅》在香港首映，邵氏兄弟有限公司出品。導演：楚原，編劇：倪匡。岳華飾演飛英雄，王鍾飾演飛英傑，井莉飾演素素，于倩飾演蝎主。
- 十二月九日，電影《勾魂降頭》在香港首映，邵氏兄弟有限公司出品。導演：何夢華，編劇：倪匡。狄龍飾演齊中平，恬妮飾演李翠玲，羅烈飾演康，李麗麗飾演瑪嘉烈，林偉圖飾演時振聲，劉慧茹飾演紅娃，楊志卿飾演老降頭師。
- 十二月二十二日，電影《少林寺》在香港首映，長弓電影公司出品。導演：張徹、午馬，編劇：倪匡、張徹。傅聲飾演方世玉，戚冠軍飾演胡惠乾，韋弘飾演洪熙官，姜大衛飾演胡德帝，狄龍飾演蔡德忠。
- 年間，增刪、修訂、改寫還珠樓主的《蜀山劍俠傳》，並將其改名為《紫青雙劍錄》，在《明報》連載。

一九七七年　四十二歲

- 二月十六日，電影《洪熙官》在香港首映，邵氏兄弟有限公司出品。導演：劉家良，編劇：倪匡。羅烈飾演白眉道人，陳觀泰飾演洪熙官，李麗麗飾演方詠春，汪禹飾演洪文定。
- 三月五日，電影《楚留香》在香港首映，邵氏兄弟有限公司出品。導演：楚原，編劇：倪匡。狄龍飾演楚留香，岳華飾演無花，李菁飾演黑珍珠，苗可秀飾演宮南燕，貝蒂飾演水母陰姬，凌雲飾演中原一點紅，田青飾演南宮靈，燕南希飾演秋靈素，陳思佳飾演蘇蓉蓉，劉慧玲飾演李紅袖，莊莉飾演宋甜兒，谷峰飾演冷秋魂。

● 三月三十一日，電影《俏探女嬌娃》在香港首映，邵氏兄弟有限公司出品。導演：鮑學禮，編劇：倪匡、靳蜀美，主演：劉永、燕南希、邵音音、伊芙蓮嘉、丹娜、南宮勳。

● 四月七日，電影《四大門派》在香港首映，嘉禾（香港）有限公司出品。導演：黃楓，編劇：黃楓，故事：倪匡。由陳星飾演連國倫親王，田俊飾演古小虎，卡薩伐飾演勝虎，關山飾演普惠大師，洪金寶飾演金鑄法王。

● 四月二十九日，電影《呂四娘闖少林》在香港首映，香港第一影業機構出品。導演：陳少鵬，編劇：倪匡、吳丹、王世立，主演：上官靈鳳、黃家達、龍飛、古龍、吳家驤、高飛。

● 五月二十七日，電影《江湖漢子》在香港首映，長弓電影公司出品。導演：張徹、午馬，編劇：倪匡、張徹。傅聲飾演林少遊，戚冠軍飾演石大勇，李藝民飾演關飛，姜大衛飾演楚鐵俠。

● 六月九日，電影《金羅漢》在台灣首映。導演：徐增宏，編劇：倪匡，主演：上官靈鳳、張翼、白鷹、龍飛、魯平。

● 七月三十日，電影《射鵰英雄傳》在香港首映，邵氏兄弟有限公司出品。導演：張徹，編劇：倪匡。傅聲飾演郭靖，恬妞飾演黃蓉，郭振鋒飾演周伯通，谷峰飾演洪七公，顧冠忠飾演黃藥師，王龍威飾演歐陽鋒，李修賢飾演歐陽克，李藝民飾演楊康，狄威飾演楊鐵心，劉慧玲飾演包惜弱，唐炎燦飾演郭嘯天，祝菁飾演李萍，于榮飾演完顏洪烈。

● 八月十一日，電影《猩猩王》在香港首映，邵氏兄弟有限公司出品。導演：何夢華，編劇：倪匡，主演：李修賢、伊芙蓮嘉、谷峰、林偉圖、蕭瑤、陳萍、徐少強、吳杭生。

● 八月二十日，電影《決殺令》在香港首映，邵氏兄弟有限公司出品。導演：孫仲，編劇：倪匡。王萊飾演花四姑，姜大衛飾演黑摩勒，宗華飾演萬應泰，井莉飾演石明珠。

● 九月九日，電影《天龍八部》在香港首映，邵氏兄弟有限公司出品。導演：鮑學禮，編劇：倪匡。

李修賢飾演段譽，林珍奇飾演鍾靈，恬妮飾演木婉清。

- 十月二十八日，電影《大武士與小鏢客》在台灣首映，旗和影業（香港）有限公司出品。導演：張旗、權寧純，編劇：倪匡、張信義、張旗、權寧純，主演：陳星、丁華寵、黃正利、羅烈、龍君兒。
- 十一月三日，電影《功夫小子》在香港首映，雷鳴（國際）電影貿易公司出品。導演：劉家榮，編劇：倪匡。汪禹飾演小山，劉家輝飾演凱雲，劉家榮飾演保鏢。
- 十一月十八日，電影《鐵馬騮》在台灣首映，景華電影製作有限公司、香港永泰公司、燕昇聯合出品。導演：陳觀泰，編劇：倪匡，主演：陳觀泰、金剛、唐偉成、史仲田、梁家仁、戚冠軍。
- 十二月二日，電影《唐人街小子》在香港首映，邵氏兄弟有限公司出品。導演：張徹，編劇：倪匡、黃霑、張徹。傅聲飾演譚東，王龍威飾演徐豪，孫建飾演楊堅文。
- 十二月八日，電影《搏命》在香港首映，寶樹影片公司出品。導演：高寶樹，編劇：倪匡、高寶樹，主演：王道、茅瑛、羅烈、高飛、薛芳、王俠。
- 年間，增刪、修訂、改寫還珠樓主的《蜀山劍俠傳》，並將其改名為《紫青雙劍錄》，在《明報》連載。
- 年間，電影《飛虎相爭》在香港首映，長江電影（香港）有限公司出品。導演：魯俊、田朝明，編劇：倪匡，主演：黃杏秀、高岡、張一道、魯俊。

一九七八年　四十三歲

- 一月十九日，電影《清宮大刺殺》在香港首映，邵氏兄弟有限公司出品。導演：程剛、華山，編劇：倪匡。狄龍飾演馬勝，施思飾演納蘭。本片又名《殘酷大刺殺》。
- 二月二日，電影《少林三十六房》在香港首映，邵氏兄弟有限公司出品。導演：劉家良，編劇：倪匡。劉家輝飾演劉裕德／三德和尚。獲第廿四屆亞洲影展最佳動作片獎。

- 一月至二月，增刪、修訂、改寫還珠樓主的《蜀山劍俠傳》，並將其改名為《紫青雙劍錄》，在《明報》連載。
- 三月一日，以「衛斯理」為筆名，在《明報》重新開始連載衛斯理故事，第一個故事《頭髮》，共一百一十七期。在《頭髮》正文之前有一段開場白，後來沒有收錄在任何單行本中，內容如下：「我，衛斯理，又回來了。對於明報老讀者來說，多半知道我是甚麼樣的人，不必再來自我介紹。對於新讀者來說，只要看我的敘述，不久也可知我是甚麼樣的人，一樣不必特地自我介紹。我離開了足有五年，這五年之內，何以音信全無，又發生了一些甚麼樣的怪事？說來話長！」本故事出版單行本時曾改名《無名髮》。衛斯理時隔五年重出江湖，從此時起，衛斯理故事的風格比諸以往，有了轉變，不僅僅是單純的科幻冒險小說，更注重起故事內涵，這段時期，也是衛斯理故事的創作高潮期。
- 三月十六日，電影《貂女》在香港首映，嘉禾（香港）有限公司出品。導演：黃楓，編劇：倪匡、黃楓，主演：陳星、李盈盈、田俊、關山、王俠。
- 三月三十日，電影《笑傲江湖》在香港首映，邵氏兄弟有限公司出品。導演：孫仲，編劇：倪匡，主演：汪禹、施思、陳惠敏、馮淬帆、劉慧玲。
- 四月八日，電影《色慾殺人王》在香港首映，邵氏兄弟有限公司出品。導演：何夢華，編劇：倪匡，主演：劉永、陳萍、陳維英、谷峰。
- 五月十三日，電影《射鵰英雄傳續集》在香港首映，邵氏兄弟有限公司出品。導演：張徹，編劇：倪匡。傅聲飾演郭靖，妞妞飾演黃蓉，郭振鋒飾演周伯通，谷峰飾演洪七公，顧冠忠飾演黃藥師，王龍威飾演歐陽鋒，李修賢飾演歐陽克，李藝民飾演楊康，余莎莉飾演傻姑，蔡弘飾演柯鎮惡，林珍奇飾演程瑤迦，惠英紅飾演穆念慈，羅莽飾演裘千仞，余海倫飾演梅超風，鹿峰飾演魯有腳，徐少強飾演丘處機，于榮飾演完顏洪烈。

- 五月二十七日，電影《飄香劍雨》在台灣首映，六福影業有限公司出品。導演：李嘉，編劇：倪匡。田鵬飾演呂南人，白鷹飾演凌北修，汪萍飾演蕭蘋，唐寶雲飾演薛若碧，胡錦飾演萬妙仙娘，史仲田飾演尤大鈞。
- 六月十日，電影《十字鎖喉手》在香港首映，邵氏兄弟有限公司出品。導演：何夢華，編劇：倪匡，主演：姜大衛、羅烈、陳惠敏、陳萍、沈莉薇、葉靈芝、狄威、詹森、惠英紅。
- 六月二十六日，以「衛斯理」為筆名，在《明報》連載衛斯理故事《眼睛》，共九十二期。
- 六月，香港明窗出版社陸續出版衛斯理故事單行本，共出版十二冊。出版時並未按照報紙連載順序，出版的第一集為《老貓》，含《老貓》、《聚寶盆》、《影子》三個故事。封面由香港著名插畫家王司馬繪製，故事底稿的剪報由讀者溫乃堅先生及孫漢鈞先生提供。為表鳴謝，《老貓》扉頁印有「如果太陽系中沒有溫乃堅先生，這些書就不能出版」之句。
- 七月十三日，電影《肥龍過江》在香港首映，香港鳳鳴影業有限公司出品。導演：洪金寶，編劇：倪匡。洪金寶飾演黃龍，李海淑飾演何梅珍，劉香萍飾演小媚，陸柱石飾演太子高，楊群飾演白教授。
- 七月二十二日，電影《大地飛鷹》在台灣首映，華鴻影業有限公司出品。導演：歐陽俊，編劇：倪匡、邱剛健、林琦然。王冠雄飾演方偉，凌雲飾演卜鷹，張沖飾演呂三，石峰飾演班察巴那，李湘飾演水銀，藍毓莉飾演波娃，魯平飾演衛天鵬，夏玲玲飾演陽光。
- 八月十二日，電影《五毒》在香港首映，邵氏兄弟有限公司出品。導演：張徹，編劇：倪匡、張徹。江生飾演楊德，郭振鋒飾演何遠新，孫建飾演馬騰，鹿峰飾演湯山魁，羅莽飾演李豪，韋白飾演洪文通，狄威飾演五毒門掌門人，王龍威飾演王知縣，谷峰飾演原老夫子。

- 八月二十四日，電影《紮馬》在香港首映，永勝影業（香港）公司出品。導演：陳華，編劇：倪匡、張清海，主演：向華強、陳惠敏、江島、樊梅生、丁珮。
- 九月十三日，電影《冷血十三鷹》在香港首映，邵氏兄弟有限公司出品。導演：孫仲，編劇：倪匡。狄龍飾演戚明星，傅聲飾演卓一帆，谷峰飾演越西鴻，楊志卿飾演司馬鑫。獲第廿五屆亞洲影展演技最突出男主角獎（狄龍），第十六屆台灣金馬獎最佳剪輯獎（姜興隆）。
- 九月二十六日，以「衛斯理」為筆名，在《明報》連載衛斯理故事《迷藏》，共九十一期。
- 十一月十六日，電影《鬼馬功夫》在香港首映，劉氏兄弟影業公司出品。導演：劉家榮，編劇：倪匡，主演：汪禹、黃杏秀、麥嘉、徐少強。
- 十一月十九日，電影《南少林與北少林》在香港首映，邵氏兄弟有限公司出品。導演：張徹，編劇：倪匡、張徹。孫建飾演徐方，江生飾演楊仲飛，鹿峰飾演包山雄，王龍威飾演將軍，孫樹培飾演花順，羅莽飾演朱贊成，郭振鋒飾演何英武，韋白飾演麥風，詹森飾演麥奇。
- 十二月二十一日，電影《殘缺》在香港首映，邵氏兄弟有限公司出品。導演：張徹，編劇：倪匡、張徹。陳觀泰飾演杜天道，郭振鋒飾演陳順，羅莽飾演韋打鐵，孫建飾演胡阿貴，江生飾演王翼，鹿峰飾演杜常，王龍威飾演萬總管，楊雄飾演居高峰。
- 十二月二十六日，以「衛斯理」為筆名，在《明報》連載衛斯理故事《天書》，共一百零六期。本故事意念由讀者溫乃堅先生提供。
- 十二月三十日，電影《中華丈夫》在香港首映，邵氏兄弟有限公司出品。導演：劉家良，編劇：倪匡。劉家輝飾演何濤，水野結花飾演弓子，倉田保昭飾演武野三藏，徐少強飾演王振強。
- 年間，電影《雙形鷹爪手》在台灣首映，成功影業（香港）公司出品。導演：雷成功，編劇：倪匡、雷成功，主演：雷成功、戚冠軍、聞江龍。

一九七九年　四十四歲

- 二月六日，電影《小師傅與大煞星》在南韓首映，長江電影（香港）有限公司出品。導演：金時顯、潘仕強，編劇：倪匡，主演：巨龍、崔旻奎、朗雲奇里夫、金琪珠、馬道植、史仲田。
- 二月十五日，電影《茅山殭屍拳》在香港首映，邵氏兄弟有限公司出品。導演：劉家良，編劇：倪匡。劉家榮飾演陳五，汪禹飾演范振元，劉家輝飾演光頭殭屍。
- 二月二十二日，電影《生死鬥》在香港首映，邵氏兄弟有限公司出品。導演：張徹，編劇：倪匡、張徹，主演：傅聲、羅莽、郭振鋒、王龍威、惠英紅、李藝民、林珍奇、余莎莉、谷峰。
- 三月二十四日，電影《街市英雄》在香港首映，邵氏兄弟有限公司出品。導演：張徹，編劇：倪匡、張徹、蔡乃斌。白彪飾演洪熙官，鹿峰飾演高進忠，羅莽飾演陳阿金，郭振鋒飾演梁天寶，江生飾演韓七，孫建飾演朱才。
- 四月十一日，以「衛斯理」為筆名，在《明報》連載衛斯理故事《木炭》，共一百二十期。出版單行本時曾改名《黑靈魂》。
- 四月十二日，電影《風流斷劍小小刀》在香港首映，邵氏兄弟有限公司出品。導演：孫仲，編劇：倪匡。狄龍飾演段長青，施思飾演柳輕絮，谷峰飾演郭天勝，傅聲飾演高門。
- 六月十六日，電影《教頭》在香港首映，邵氏兄弟有限公司出品。導演：孫仲，編劇：倪匡。狄龍飾演王陽，汪禹飾演周平，谷峰飾演孟二達，趙雅芝飾演嘉嘉。
- 六月二十九日，電影《雜技亡命隊》在香港首映，邵氏兄弟有限公司出品。導演：張徹，編劇：倪匡、張徹。郭振鋒飾演梁國仁，江生飾演陳風，鹿峰飾演傅全義，孫建飾演辛成，羅莽飾演楊大英，王力飾演韓佩昌。

- 七月十一日，電影《少林英雄榜》在香港首映，邵氏兄弟有限公司出品。導演：何夢華，編劇：倪匡，主演：姜大衛、羅烈、井淼、顧冠忠、李麗麗、徐少強、楊志卿、江島。
- 八月四日，電影《爛頭何》在香港首映，邵氏兄弟有限公司出品。導演：劉家良，編劇：倪匡，主演：汪禹、劉家輝、羅烈、王龍威、小侯。
- 八月九日，以「衛斯理」為筆名，在《明報》連載衛斯理故事《玩具》，共一百一十一期。
- 九月二十日，電影《賣命小子》在香港首映，邵氏兄弟有限公司出品。導演：張徹，編劇：倪匡、張徹。鹿峰飾演袁鷹飛，羅莽飾演關雲，郭振鋒飾演楊追風，廖安麗飾演關雲妹，王力飾演曾樵，江生飾演何非，孫建飾演馮加金。
- 十月五日，電影《瘋猴》在香港首映，邵氏兄弟有限公司出品。導演：劉家良，編劇：倪匡，主演：劉家良、小侯、惠英紅、羅烈。
- 十月二十四日，電影《護花鈴》在台灣首映，裕豐（香港）影業公司、聯興影業公司聯合出品。導演：鮑學禮，編劇：倪匡、靳蜀美，主演：苗可秀、陳惠敏、凌雲、譚天、李麗麗、陶敏明、王鍾。根據古龍小說《護花鈴》改編。
- 十月二十五日，電影《踢館》在香港首映，羅維影業有限公司出品。導演：曾志偉，編劇：倪匡。徐少強飾演金正鴻，姜大衛飾演遊天。
- 十一月二日，電影《金臂童》在香港首映，邵氏兄弟有限公司出品。導演：張徹，編劇：倪匡、張徹。孫建飾演楊虎雲，郭振鋒飾演海濤，羅莽飾演金臂童，鹿峰飾演銀槍子，王龍威飾演鐵衣生，楊雄飾演銅頭客，江生飾演短斧方十，孫樹培飾演長斧殷九，韋白飾演李青冥，潘冰嫦飾演冷鳳。
- 十一月二十二日，電影《上海灘大亨》在香港首映，羅維影業有限公司、大聖國際電影公司聯合出品，導演：陳觀泰，編劇：倪匡，主演：陳觀泰、龍方、陳星、鄭康業、陳慧樓、孫嵐、史仲田。

- 十一月二十三日，電影《七煞》在香港首映，邵氏兄弟有限公司出品。導演：孫仲，編劇：倪匡，主演：王龍威、鄧偉豪、石崗、元華、元彬。
- 十二月十三日，以「衛斯理」為筆名，在《明報》連載衛斯理故事《連鎖》，共一百七十期。
- 十二月十三日，電影《廣東十虎與後五虎》在香港首映，邵氏兄弟有限公司出品。導演：張徹，編劇：倪匡、張徹。狄龍飾演黎仁超，傅聲飾演譚敏，孫建飾演王隱林，鹿峰飾演蘇黑虎，郭振鋒飾演蘇乞兒，江生飾演鄒宇昇，羅莽飾演鐵指陳，楊雄飾演鐵橋三，韋白飾演黃麒英。
- 年間，電影《奔步螳螂》在香港首映。出品人：王珏，導演：張旗，故事：倪匡，主演：王道、韓鷹、卜千軍。
- 年間，電影《血肉磨坊》在香港首映，燕昇電影（香港）有限公司出品。導演：鮑學禮，編劇：倪匡、靳蜀美，主演：姜大衛、譚道良、陳惠敏、王鍾、蔡弘、金正蘭。
- 年間，電影《佛都有火》在香港首映，邵氏兄弟有限公司出品。導演：羅馬，編劇：倪匡，主演：吳元俊、關鋒、黃薇薇、劉晃世、王沙。
- 年間，電影《一劍刺向太陽》在台灣首映，華國電影製片廠攝製出品。導演：王瑜，編劇：倪匡，主演：姜大衛、孟飛、楊鈞鈞、田野、張復建。

一九八零年　四十五歲

- 一月十九日，電影《第三類打鬥》在香港首映，邵氏兄弟有限公司出品。導演：張徹，編劇：倪匡，主演：姜大衛、李琳琳、傅聲、甄妮、李藝民、江生、狄威、鹿峰、王龍威。
- 三月十日，電影《翡翠狐狸》在台灣首映，寶樹影片公司出品。導演：高寶樹、李玩在，編劇：倪匡。羅烈飾演林獨，田鵬飾演翡翠狐狸蕭南山，龍君兒飾演曾天燕，高雄飾演戰化，高寶樹飾演九天娘子。

- 四月十二日，電影《少林與武當》在香港首映，邵氏兄弟有限公司出品。導演：張徹，編劇：倪匡、張徹。羅莽飾演童千斤，江生飾演胡惠乾，鹿峰飾演高進忠，錢小豪飾演魏興洪，文雪兒飾演李二環，孫建飾演金泰來。
- 五月十五日，電影《佛掌皇爺》在香港首映，富茂電影公司出品。導演：董今狐，編劇：倪匡、杜良媞，主演：黄正利、孟海、龍飛、錢月笙。
- 五月二十三日，電影《背叛師門》在香港首映，邵氏兄弟有限公司出品。導演：魯俊谷，編劇：倪匡，主演：陳觀泰、王龍威、元德、文雪兒。
- 五月三十一日，以「衛斯理」為筆名，在《明報》連載衛斯理故事《尋夢》，共一百三十六期。這是作者本人最喜歡的一個衛斯理故事。
- 六月十七日，電影《通天小子紅槍客》在香港首映，邵氏兄弟有限公司出品。導演：孫仲，編劇：倪匡。汪禹飾演李寶通，谷峰飾演李昌建，元華飾演紅槍客林飛。
- 七月一日，電影《情俠追風劍》在香港首映，邵氏兄弟有限公司出品。導演：何夢華，編劇：倪匡。凌雲飾演白一鵬，李麗麗飾演冷秋霞，汪禹飾演夏侯曉桐，妞妞飾演冷靈芝。
- 八月十四日，電影《鐵旗門》在香港首映，邵氏兄弟有限公司出品。導演：張徹，編劇：倪匡、張徹。郭振鋒飾演羅信，江生飾演袁朗，鹿峰飾演曹風，龍天翔飾演燕秀，詹森飾演米酒高，王力飾演高登。
- 八月二十四日，電影《少林搭棚大師》在香港首映，邵氏兄弟有限公司出品。導演：劉家良，編劇：倪匡。劉家輝飾演仁傑，王龍威飾演高峰。

- 九月十日，電影《大殺四方》在香港首映，邵氏兄弟有限公司出品。導演：張徹，編劇：倪匡、張徹。郭追飾演王緒，羅莽飾演金正平，江生飾演魚漢生，鹿峰飾演陳祖光，楚湘雲飾演紅菱。
- 九月二十三日，電影《連城訣》在香港首映，邵氏兄弟有限公司出品。導演：牟敦芾，編劇：倪匡。白彪飾演丁典，岳華飾演凌退思，吳元俊飾演狄雲，施思飾演凌霜華，廖麗玲飾演戚芳。
- 十月十四日，以「衛斯理」為筆名，在《明報》連載衛斯理故事《第二種人》，共一百四十九期。
- 十月十七日，電影《請帖》在香港首映，邵氏兄弟有限公司出品。導演：孫仲，編劇：倪匡。汪禹飾演辛酸，羅烈飾演楊風，陳觀泰飾演古非天，林秀君飾演水仙花。
- 十月二十三日，電影《少林英雄》在香港首映，海岸錄影製作有限公司（香港）出品。導演：午馬、鮑學禮，編劇：倪匡、靳蜀美，主演：狄龍、施思、李修賢、陳惠敏、譚道良、王鍾。
- 十月，香港明窗出版社出版《紫青雙劍錄》，共五冊。
- 十一月十五日，電影《飛狐外傳》在香港首映，邵氏兄弟有限公司出品。導演：張徹，編劇：倪匡、張徹。錢小豪飾演胡斐，郭振鋒飾演苗人鳳，江生飾演田歸農，鹿峰飾演胡一刀，潘冰嫦飾演胡夫人，楚湘雲飾演南蘭，黃敏儀飾演程靈素，王力飾演石萬嗔，余太平飾演閻基。
- 十一月，台灣金蘭出版社陸續出版「倪匡奇幻小說」系列，所選書目為女黑俠木蘭花故事，每冊兩個故事，共三十冊。
- 十二月二十四日，電影《金劍》在香港首映。導演：鮑學禮，編劇：倪匡、靳蜀美，主演：狄龍、譚道良、施思、徐楓、王青、凌雲。
- 年間，台灣金蘭出版社陸續出版「倪匡小說專輯」系列，該系列所選書目皆為長篇武俠小說。
- 年間，電影《八絕》在香港首映。導演：鮑學禮，編劇：倪匡、靳蜀美，主演：徐楓、凌雲、譚道良、陳惠敏、王鍾、蔡弘、李麗麗、李修賢、午馬。

一九八一年　四十六歲

● 三月六日，電影《碧血劍》在香港首映，邵氏兄弟有限公司出品。導演：張徹，編劇：倪匡、張徹。郭振鋒飾演袁承志，文雪兒飾演溫青青，江生飾演溫正，鹿峰飾演溫南揚，王力飾演溫方山，井莉飾演溫儀，龍天翔飾演金蛇郎君，朱鐵和飾演黃真，李壽祺飾演穆人清。

● 三月十二日，以「衛斯理」為筆名，在《明報》連載衛斯理故事《後備》，共一百零三期。

● 四月十七日，電影《飛屍》在香港首映，邵氏兄弟有限公司出品。導演：孫仲，編劇：倪匡，主演：白彪、羅烈、谷峰、吳元俊、楚湘雲。

● 五月十五日，電影《叉手》在香港首映，邵氏兄弟有限公司出品。導演：張徹，編劇：倪匡、張徹。郭振鋒飾演高耀，錢小豪飾演曾軍，江生飾演齊山雲，鹿峰飾演凌雲志，朱客飾演梁勇，王力飾演方祖光。

● 五月二十日，電影《風流彎彎刀》在台灣首映。導演：王洪彰，編劇：倪匡，主演：陳鴻烈、潘迎紫、仇政、秦偉、史仲田、吳小嬋、扈漢章。

● 六月二十三日，以「衛斯理」為筆名，在《明報》連載衛斯理故事《盜墓》，共一百五十七期。

● 七月二十三日，電影《書劍恩仇錄》在香港首映，邵氏兄弟有限公司出品。導演：楚原，編劇：倪匡。狄龍飾演陳家洛，白彪飾演乾隆，羅烈飾演張召重，鄧偉豪飾演文泰來，陳琪琪飾演駱冰，王戎飾演陸菲青，谷峰飾演周仲英，顧冠忠飾演余魚同。

● 八月二十日，電影《武館》在香港首映，邵氏兄弟有限公司出品。導演：劉家良，編劇：倪匡。谷峰飾演黃麒英，劉家輝飾演黃飛鴻，麥德羅飾演王隱林，惠英紅飾演菊英，王龍威飾演單雄。

● 九月十一日，電影《名劍風流》在台灣首映。導演：李嘉，編劇：倪匡，主演：王冠雄、高強、李璇、金漢、于珊。根據古龍小說《名劍風流》改編。

- 九月，在《東方日報》連載「原振俠」故事第一集《天人》。
- 十月二日，電影《血鸚鵡》在香港首映，邵氏兄弟有限公司出品。導演：華山，編劇：倪匡，主演：劉永、白彪、關鋒、楊菁菁、梁珍妮、夏萍。
- 十月三日，電影《功夫皇帝》在香港首映，裕豐（香港）影業公司出品。導演：鮑學禮，編劇：倪匡、靳蜀美。狄龍飾演雍正，陳星飾演隆科多，譚道良飾演白泰官，慕思成飾演甘鳳池，史仲田飾演少林高僧，陶敏明飾演呂四娘。
- 十月三日，電影《再世英雄》在台灣首映。導演：林鷹，編劇：倪匡，主演：劉德凱、李烈、洪朝雄、李建平。
- 十一月十一日，電影《第三把飛刀》在台灣首映，華國電影製片廠出品。導演：蕭穆，編劇：倪匡，主演：施思、岳陽、劉德凱、王冠雄、古錚。
- 十一月十二日，電影《射鵰英雄傳第三集》在香港首映，邵氏兄弟有限公司出品。導演：張徹，編劇：倪匡。傅聲飾演郭靖，妞妞飾演黃蓉，谷峰飾演洪七公，郭振鋒飾演周伯通，王龍威飾演歐陽鋒，李修賢飾演歐陽克，李藝民飾演楊康，余莎莉飾演傻姑，顧冠忠飾演黃藥師，林珍奇飾演程瑤迦，蔡弘飾演柯鎮惡，羅莽飾演裘千仞，惠英紅飾演穆念慈，孫建飾演陸冠英，余海倫飾演梅超風，于榮飾演完顏洪烈，鹿峰飾演魯有腳，徐少強飾演丘處機。
- 十一月十六日，電視劇《女黑俠木蘭花》播出，共十八集。導演：王天林、杜琪峰。由趙雅芝飾演木蘭花，楊盼盼飾演穆秀珍，黃錦燊飾演高翔。主題曲《女黑俠木蘭花》由葉麗儀主唱。
- 十一月二十六日，電影《黑蜥蜴》在香港首映，邵氏兄弟有限公司出品。導演：楚原，編劇：倪匡。爾冬升飾演龍飛，潘冰嫦飾演紫竺，顧冠忠飾演黃泉來客，元華飾演紅衣人，孫建飾演鐵虎。根據黃鷹小說《黑蜥蜴》改編。

●十一月二十七日，以「衛斯理」為筆名，在《明報》連載衛斯理故事《搜靈》，共一百四十二期。

●十二月十日，電影《紅粉動江湖》在香港首映，邵氏兄弟有限公司出品。導演：魯俊谷，編劇：倪匡。米雪飾演田思思，陳觀泰飾演秦歌，元德飾演楊凡，林秀君飾演田思思侍婢。根據古龍小說《大人物》改編。

●年間，香港明窗出版社再版衛斯理小說，一共出版了四十五冊。其中，前四十三冊的封面由台灣插畫家徐秀美繪製。

●年間，香港電台以粵語首播衛斯理廣播劇，從一九八一年一直播出至一九八四年，包括《老貓》、《藍血人》、《天外金球》、《貝殼》、《多了一個》、《大廈》等六個故事。鍾偉明、李學斌飾演衛斯理，尹芳玲、車森梅飾演白素，泰迪羅賓飾演藍血人方天。主題音樂由日本音樂人喜多郎演奏。

●年間，電影《目無王法》在香港首映，邵氏兄弟有限公司出品。導演：袁浩泉，編劇：倪匡、袁浩泉，主演：白彪、孫建、李修賢、李麗麗、羅烈。

一九八二年　四十七歲

●一月九日，電影《沖霄樓》在香港首映，邵氏兄弟有限公司出品。導演：張徹，編劇：倪匡。錢小豪飾演白玉堂，龍天翔飾演沈仲元，艾飛飾演襄陽王趙玨，孫建飾演顏春敏，郭振鋒飾演智化，江生飾演蔣平，王力飾演鄧車，程天賜飾演徐慶，鹿峰飾演花沖，朱客飾演盧方，余太平飾演韓彰，尤離飾演艾虎，劉晃世飾演雨墨。根據話本小說《七俠五義》改編。

● 二月二十五日，電影《神鵰俠侶》在香港首映，邵氏兄弟有限公司出品。導演：張徹，編劇：倪匡。傅聲飾演楊過，黃淑儀飾演黃蓉，郭振鋒飾演郭靖，錢小豪飾演武修文，林秀君飾演穆念慈，龍天翔飾演楊康，王力飾演歐陽鋒，江生飾演霍都，李修賢飾演歐陽克，文雪兒飾演郭芙。

● 四月十八日，以「衛斯理」為筆名，在《明報》連載衛斯理故事《茫點》，共一百五十六期。

● 四月二十一日，電影《五遁忍術》在香港首映，邵氏兄弟有限公司出品。導演：張徹，編劇：倪匡、張徹，主演：程天賜、羅莽、陳佩茜、龍天翔、陳惠敏、王力、余太平、朱客。

● 五月二十二日，電影《神經大俠》在香港首映，邵氏兄弟有限公司出品。導演：魯俊谷，編劇：倪匡，主演：惠英紅、孟元文、王龍威、元德、文雪兒。

● 五月，香港博益出版社出版原振俠故事單行本《天人》。

● 六月十七日，電影《浣花洗劍》在香港首映，邵氏兄弟有限公司出品。導演：楚原，編劇：倪匡。劉永飾演白寶玉，黃杏秀飾演小公主，張瑛飾演冰天老人，岳華飾演白水宮主，羅烈飾演神火宮主，高美昭飾演金河宮主，王戎飾演青木宮主。根據古龍小説《浣花洗劍錄》改編。

● 六月，台灣遠景出版社出版散文集《沙翁雜文》，共三冊。

● 七月十四日，電影《人皮燈籠》在香港首映，邵氏兄弟有限公司出品。導演：孫仲，編劇：倪匡。陳觀泰飾演譚富，劉永飾演龍帥，羅烈飾演趙春方。根據黃卓倫小説《人皮燈籠》改編。

● 九月二十一日，以「衛斯理」為筆名，在《明報》連載衛斯理故事《神仙》，共一百三十二期。

● 九月三十日，電影《御貓三戲錦毛鼠》在香港首映，邵氏兄弟有限公司出品。導演：劉家良，編劇：倪匡。鄭少秋飾演展昭，傅聲飾演白玉堂，劉家榮飾演師父，劉家輝飾演當今聖上。根據話本小説《七俠五義》改編。

● 十月，香港博益出版社出版原振俠故事單行本《迷路》。

● 十一月二十六日，電影《小子有種》在香港首映，邵氏兄弟有限公司出品。導演：孫仲，編劇：倪匡。傅聲飾演張小泰，王龍威飾演唐羅拔，黃杏秀飾演唐女友。

● 十二月十六日，電影《俠客行》在香港首映，邵氏兄弟有限公司出品。導演：張徹，編劇：倪匡。郭振鋒飾演石中玉，文雪兒飾演丁璫，王力飾演謝煙客，孫建飾演貝海石，唐菁飾演石清，劉慧玲飾演閔柔，楊志卿飾演丁不三，江生飾演白虎使者，朱客飾演青龍使者，程天賜飾演朱雀使者。

● 十二月，香港博益出版社出版原振俠故事單行本《血咒》。

一九八三年　四十八歲

● 一月二十一日，電影《鶴形刁手螳螂拳》在台灣首映，旗和影業（香港）有限公司出品。導演：張旗、權寧純，編劇：倪匡、安俊吾。王道飾演熊金貴，劉忠良飾演孫山。

● 一月三十一日，以「衛斯理」為筆名，在《明報》連載衛斯理故事《追龍》，共一百一十三期。故事借衛斯理之口預言了香港回歸中國後的命運。

● 三月二十五日，電影《少林醉棍》在南韓首映。導演：都紋波、崔宇亨，編劇：倪匡、金正勇，主演：劉鴻義、江正、侯朝聲、玄吉洙、菊貞淑、金有行、小麒麟、陳樓。

● 四月，香港博益出版社出版原振俠故事單行本《海異》。

● 五月二十四日，以「衛斯理」為筆名，在《明報》連載衛斯理故事《洞天》，共一百一十四期。

● 六月，香港天聲出版社出版《細看衛斯理科幻小説》，作者：沈西城。

● 八月四日，電影《六指琴魔》在香港首映，邵氏兄弟有限公司出品。導演：鄧德祥，編劇：鄧德祥，故事：倪匡。惠英紅飾演風靈，龍天翔飾演袖手樵隱，元德飾演老頑童，郭追飾演神偷，錢小豪飾演猿飛，白彪飾演六指琴魔。根據小説《六指琴魔》改編。

● 八月，香港博益出版社出版原振俠故事單行本《寶狐》。

● 九月十五日，以「衛斯理」為筆名，在《明報》連載衛斯理故事《活俑》，共一百一十五期。

● 十月六日，電影《三闖少林》在香港首映，邵氏兄弟有限公司出品。導演：唐佳，編劇：倪匡、洪克、凌雲、葉錦鴻。爾冬陞飾演雷迅，白彪飾演喬一多，高飛飾演葉翔，詹森飾演少林方丈，谷峰飾演白雲莊盧莊主。

● 十月，台灣遠景出版社出版《我看倪匡科幻》，作者：沈西城。

● 年間，電影《擂台》在香港首映，香港長河影業有限公司、華國電影製片廠聯合出品。導演：張徹、鹿峰，編劇：倪匡。李中一飾演戴良驥／戴青，狄龍飾演鐵金剛，陳觀泰飾演馮超白，鹿峰飾演呂雄天，王小嬋飾演馮英眉，張泰倫飾演呂鵬天，陳星飾演呂振山。

● 年間，台灣中華電視台播出《衛斯理傳奇》電視劇，故事包括《連鎖》、《透明光》、《妖火》、《天外金球》、《支離人》，由楊光友飾演衛斯理，鄧瑋婷飾演白素，張復健飾演支離人。這是最早的一部衛斯理電視劇。

一九八四年　四十九歲

● 一月八日，以「衛斯理」為筆名，在《明報》連載衛斯理故事《犀照》，共一百二十二期。該故事中，衛斯理故事重要配角溫寶裕首次登場。

● 一月，香港博益出版社出版原振俠故事單行本《靈椅》。

● 二月十七日，電影《五郎八卦棍》在香港首映，邵氏兄弟有限公司出品。導演：劉家良，編劇：倪匡、劉家良。劉家輝飾演楊五郎，傅聲飾演楊六郎，惠英紅飾演楊八妹。

- 五月十日，以「衛斯理」為筆名，在《明報》連載衛斯理故事《命運》，共六十二期。
- 五月，香港博益出版社出版原振俠故事單行本《奇緣》。
- 五月，香港出版社出版雜文集《倪匡三拼》。
- 五月，天地圖書出版社出版書評集《我看亦舒小說》。
- 七月十一日，以「衛斯理」為筆名，在《明報》連載衛斯理故事《命運》的附篇《十七年》，共三十四期。
- 八月十四日，以「衛斯理」為筆名，在《明報》連載衛斯理故事《異寶》，共九十六期。
- 八月，香港博益出版社出版原振俠故事單行本《精怪》。
- 十月，香港博益出版社出版《衛斯理傳奇之紙猴》漫畫，共兩冊，畫者：崔成安。
- 十一月十八日，以「衛斯理」為筆名，在《明報》連載衛斯理故事《極刑》，共一百零七期。
- 十一月，香港博益出版社出版《衛斯理傳奇之紙猴》漫畫全集合訂本，共一冊，畫者：崔成安。
- 十二月，香港博益出版社出版原振俠故事單行本《鬼界》。
- 十二月，香港利文出版社出版《金庸與倪匡》，作者：沈西城。
- 年間，香港斯辰出版社及出版「衛斯理漫畫」，共十六冊，分為《環》（兩冊）、《雨花台石》（兩冊）、《命運》（一冊）、《藍血人》（三冊）、《支離人》（兩冊）、《玩具》（兩冊）、《屍變》（兩冊）、《犀照》（兩冊）等，畫者：利志達。
- 年間，香港三英社出版「衛斯理漫畫」之《訪客》，共一冊，畫者：利志達。
- 年間，以「危中堅」為筆名，在《武俠世界》雜誌連載長篇武俠小說《孤雁南飛》，這篇小說即《一劍情深》之重刊。

一九八五年　五十歲

● 三月五日，以「衛斯理」為筆名，在《明報》連載衛斯理故事《電王》，共一百一十二期。

● 五月，香港博益出版社出版原振俠故事單行本《魔女》。

● 六月二十五日，以「衛斯理」為筆名，在《明報》連載衛斯理故事《遊戲》，共一百零一期。

● 八月，香港週刊出版社出版自傳體回憶錄《倪匡傳奇》。

● 九月二十一日，好友古龍在台北逝世，享年四十八歲。撰寫訃告如下：「我們的好朋友古龍，在今年九月廿一日傍晚，離開塵世，返回本來，在人間逗留了四十八年。本名熊耀華的他，豪氣干雲，俠骨蓋世，才華驚天，浪漫過人。他熱愛朋友，酷嗜醇酒，迷戀美女，渴望快樂。三十年來，以他豐盛無比的創作力，寫出了超過一百部精彩絕倫，風行天下的作品。開創武俠小說的新路，是中國武俠小說的一代巨匠。他是他筆下所有多姿多采的英雄人物的綜合。『人在江湖，身不由己』，如今擺脫了一切羈絆，自此人欠欠人，一了百了，再無拘束，自由翱翔於我們無法了解的另一空間。他的作品留在人世，讓世人知道曾有那麼出色的一個人，寫出那麼多好看之極的小說。不能免俗，為他的遺體，舉行一個他會喜歡的葬禮。時間：七十四年十月八日下午一時，地點：第一殯儀館景行廳。人間無古龍，心中有古龍，請大家來參加。古龍治喪委員會謹啟」

● 撰寫挽聯一副紀念古龍：「近五十年人間率性縱情快意江湖不枉此生　將三百本小說千變萬化載籍浩瀚當傳千秋」

● 九月，香港博益出版社出版原振俠故事單行本《失魂》。

● 十月四日，以「衛斯理」為筆名，在《明報》連載衛斯理故事《生死鎖》，共一百零四期。

● 十月，香港利文出版社出版衛斯理故事單行本《電王》、《遊戲》。

● 十二月，香港博益出版社出版原振俠故事單行本《降頭》。

一九八六年　五十一歲

- 一月十六日，以「衛斯理」為筆名，在《明報》連載衛斯理故事《黃金故事》，共一百零七期。
- 三月三十日，復活節，在台北一家教堂中接受洗禮，開始信奉基督教。
- 三月，香港博益出版社出版原振俠故事單行本《巫艷》。
- 五月三日，以「衛斯理」為筆名，在《明報》連載衛斯理故事《廢墟》，共一百零三期。
- 五月，香港博益出版社出版原振俠故事單行本《愛神》。
- 五月，香港週刊出版社出版雜文集《靈界》。
- 六月，由香港利文出版社出版衛斯理故事單行本《生死鎖》、《黃金故事》。
- 六月，擔任香港亞洲電視選美司儀，這是第一次擔任司儀職務。
- 八月十四日，以「衛斯理」為筆名，在《明報》連載衛斯理故事《密碼》，共一百零三期。
- 八月，開始修訂已出版過的衛斯理小說，並由香港明窗出版社重新設計封面，改為口袋本形式陸續再版，共出版八十一冊。
- 十月十七日，電影《原振俠與衛斯理》在香港首映，香港嘉峰電影有限公司出品。這是第一部衛斯理電影，取材自衛斯理故事《蠱惑》及原振俠故事《血咒》。導演：藍乃才，編劇：阮繼志、王晶，故事：倪匡。錢小豪飾演原振俠，周潤發飾演衛斯理，張曼玉飾演彩虹，胡慧中飾演白素，崔秀麗飾演芭珠，徐錦江飾演大巫師，倪匡客串說故事的人。
- 十一月二十五日，以「衛斯理」為筆名，在《明報》連載衛斯理故事《血統》，共一百一十二期。
- 十一月，香港明窗出版社出版原振俠故事單行本《尋找愛神》。原振俠故事的版權由此書起，移至明窗出版社。

● 十一月，香港利文出版社出版散文集《倪匡眼中一百個女名人》。
● 十二月十四日，和葉李華在台北的「倪匡讀友會」上初次見面，並成為忘年交。
● 年間，香港博益出版社出版散文集《眼光集》。

一九八七年　五十二歲

● 一月二十二日，電影《衛斯理傳奇》首映，香港新藝城影業有限公司出品，香港與西德聯合製作。取材自衛斯理故事《天外金球》。導演：泰迪羅賓。許冠傑飾演衛斯理，王祖賢飾演白素，狄龍飾演白奇偉。主題曲《宇宙無限》由許冠傑主唱。這部電影是至今為止最受衛斯理粉絲肯定的一部衛斯理電影。
● 一月二十三日，電影《海市蜃樓》在香港首映，中國電影合作製片公司與香港嘉民娛樂有限公司聯合出品。取材自衛斯理故事《虛像》。由於電影未取得作者授權，故事人物只能改換他名。導演：徐小明，編劇：徐小明、張華標、徐達初，故事：倪匡。于榮光飾演唐廷軒（原型即衛斯理），徐小明飾演毛德威，帕夏・烏買爾飾演沙洛娃。
● 三月十七日，以「衛斯理」為筆名，在《明報》連載衛斯理故事《謎蹤》，共一百一十期。
● 三月，香港明窗出版社出版原振俠故事單行本《大犯罪者》。
● 四月三日，電影《朝花夕拾》首映，香港星輝影業有限公司出品。導演：胡珊，主演：夏文汐、方中信。喬宏客串衛斯理，張瑪莉客串白素。故事改編自亦舒同名小說。
● 六月，香港銀河出版社出版散文集《皮靴集》。
● 七月五日，以「衛斯理」為筆名，在《明報》連載衛斯理故事《瘟神》，共一百零七期。

- 七月，香港明窗出版社出版原振俠故事單行本《幽靈星座》。
- 八月二十四日，與北京中國文聯出版公司簽約，授權出版簡體版「衛斯理科幻小説系列」十冊，及「女黑俠木蘭花系列」二十冊（每冊三個故事）。
- 十月二十日，以「衛斯理」為筆名，在《明報》連載衛斯理故事《招魂》，共一百零三期。
- 十月，香港明窗出版社出版原振俠故事單行本《黑暗天使》。
- 年間，與梁小中（石人）、哈公、黃維樑、胡菊人、張文達等發起成立香港作家協會，並出任會長。
- 年間，香港商業電台播出衛斯理廣播劇，包括《鑽石花》、《紙猴》、《仙境》、《叢林之神》、《黑靈魂》、《多了一個》、《第二種人》、《再來一次》、《支離人》、《貝殼》、《消失》、《大廈》、《屍變》、《搜靈》、《尋夢》、《創造》、《換頭記》、《訪客》、《奇門》、《天書》、《環》、《魔磁》、《蜂雲》、《沉船》、《狐變》、《眼睛》、《原子空間》、《天外金球》、《藍血人》、《合成》、《老貓》、《後備》、《聚寶盆》、《血統》、《盡頭》、《蠱惑》、《神仙》等三十七個故事。朱子聰飾演衛斯理，錢佩卿飾演白素。主題曲《外星客》由張學友主唱，插曲《情在呼吸裏》由劉德華主唱。
- 年間，香港明窗出版社出版散文集《説人解事》。

一九八八年　五十三歲

- 一月三十一日，以「衛斯理」為筆名，在《明報》連載衛斯理故事《背叛》，共一百零六期。
- 二月，香港明窗出版社出版原振俠故事單行本《迷失樂園》。
- 三月四日，電影《中國最後一個太監》在香港首映，寶禾影業有限公司、嘉峰電影有限公司聯合出品。導演：張之亮，編劇：方令正，故事：方令正、張之亮、陳慧、倪匡。莫少聰飾演劉來喜，溫碧霞飾演招弟，午馬飾演丁公公，林正英飾演來喜父親，歸亞蕾飾演來喜母親。

- 四月，香港明窗出版社出版原振俠故事單行本《劫數》。
- 五月三日，授權中國作家協會廣東分會書籍報刊中心出版「原振俠系列」。
- 五月五日，電影《群鶯亂舞》在香港首映，嘉禾（香港）有限公司出品。導演：區丁平，編劇：文雋、張錦滿、邱剛健。關之琳飾演陸千千，鄭少秋飾演程立邦，利智飾演花艷紅，劉嘉玲飾演莉莉，倪匡客串嫖客。
- 五月十六日，以「衛斯理」為筆名，在《明報》連載衛斯理故事《鬼混》，共一百零四期。
- 六月十七日，電影《婚外情》在香港首映，思遠影業公司出品。導演：徐蝦。何守信飾演阿信，鍾楚紅飾演愛麗絲，利智飾演咪咪，曾志偉飾演曾彼得，倪匡客串。
- 七月，台灣晨星出版社出版「衛斯理傳奇漫畫系列」，共十冊，分為《藍血人》、《屍變》、《後備》、《虛像》、《尋夢》、《狐變》、《茫點》、《連鎖》、《玩具》等，畫者：利志達、楊孝榮。
- 八月，北京中國文聯出版公司引進出版簡體版衛斯理故事《支離人》，收錄於「香港台灣與海外華文文學叢書」系列。
- 八月十六日，中國新聞出版署發佈「關於倪匡作品目前不宜出版的通知」，文號：（八十八）新出圖字第九零八號。主送各省市自治區新聞出版局及有關部委所屬出版社，抄送中宣部。通知內容為：「根據有關主管部門意見，香港作者倪匡（筆名衛斯理）的作品目前不宜在內地出版，請立即通知有關各社，選題一律撤銷，在製品停印，已發行的將有關情況上報。不得在接到通知後突擊發行，更不得將通知內容洩漏給作者，各地新聞出版局和有關出版社，應將有關情況於八月底前書面報告我署。」自此，倪匡作品在內地成為禁書，至今未有明文解禁。
- 八月二十八日，以「衛斯理」為筆名，在《明報》連載衛斯理故事《報應》，共一百零六期。

● 九月，香港明窗出版社出版原振俠故事單行本《快活秘方》。

● 十二月十二日，以「衛斯理」為筆名，在《明報》連載衛斯理故事《錯手》，共一百一十六期。

一九八九年　五十四歲

● 一月，香港明窗出版社出版原振俠故事單行本《變幻雙星》。

● 三月二十二日，與香港繁榮出版社簽訂作品內地發行權合約。

● 四月七日，以「衛斯理」為筆名，在《明報》連載衛斯理故事《真相》，共一百零七期。

● 五月，香港明窗出版社出版原振俠故事單行本《血的誘惑》。

● 五月，香港利文出版社陸續出版「新女俠木蘭花系列」，但只出版了四冊便無以為繼。

● 六月十五日，電影《奇蹟》在香港首映，威禾電影製作有限公司、嘉峰電影有限公司聯合出品。導演：成龍，編劇：威禾創作組、鄧景生、成龍。成龍飾演郭振華，梅艷芳飾演楊露明，歸亞蕾飾演高夫人，吳耀漢飾演何國梁，田豐飾演顧新全，倪震飾演顧東元，倪匡客串顧新全友人。

● 七月二十三日，以「衛斯理」為筆名，在《明報》連載衛斯理故事《毒誓》，共一百零七期。

● 七月，台灣風雲時代出版社陸續出版「倪匡科幻修訂新版」系列，共七十五冊，含衛斯理故事（五十七冊）、原振俠故事（八冊）、亞洲之鷹羅開故事（四冊）、非人協會故事（三冊）、非系列故事（三冊）。

● 八月八日，以香港作家協會會長名義，致函台灣行政院新聞局，全文如下：「本會名譽會長陳玉書先生，擬申請入台考察，並欲知台灣投資經營文化新聞及貿易等業務，而本會之政治立場，毋庸解釋，貴局當瞭如指掌。據悉，陳氏曾申請入台，未獲批准，至為遺憾。敬希貴局知會內政部警署出入境管理局，陳述陳玉書之立場，准予入台。例如，最近本會出版之《作家的吶喊》一書，乃由陳氏屬下繁榮出版社印行，內有八十餘位作家撰稿，矛頭均直指共產黨六四事件之殘暴及違反民主自由精神，可見，批准陳氏入境，實有利於團結港澳知名人士擁台之策略，同時也符合華僑一貫之政策。」

- 八月，台灣皇冠出版社陸續出版「倪匡科幻空間」系列，共一百二十三冊，含衛斯理故事（八十冊）、原振俠故事（二十四冊）、亞洲之鷹羅開故事（十一冊）、年輕人和公主故事（八冊）。
- 八月，香港明窗出版社出版原振俠故事單行本《催命情聖》。
- 九月十四日，電影《義膽群英》在香港首映，萬能影業有限公司出品。導演：吳宇森、午馬，編劇：侯志強、倪匡。姜大衛飾演阿偉，李修賢飾演阿修，陳觀泰飾演阿泰，恬妞飾演修妻，酈美雲飾演泰妻，周星馳飾演小奇，趙雷飾演曹老大，黃霑飾演王律師，午馬飾演馬公，谷峰飾演曹老大親信，狄龍飾演阿龍，成奎安飾演華哥，秦沛飾演小秦。本片為張徹導演從影四十週年紀念作。
- 十一月七日，以「衛斯理」為筆名，在《明報》連載衛斯理故事《拚命》，共一百零九期。
- 十一月，香港明窗出版社出版原振俠故事單行本《黑白無常》。
- 十二月一日，電影《偷情先生》在香港首映，高志森製作有限公司出品。導演：高志森，編劇：馮偉林、鄧玉華、張肇麟、張倩華、威利。鍾鎮濤飾演王小強，李美鳳飾演阿鳳，黃霑飾演老油條，倪匡客串廚師。
- 替「亞洲電視」主持清談節目《今夜不設防》，一共兩輯二十六集。共同主持：黃霑、蔡瀾。
- 年間，電影《孩子王》在台灣首映。出品人：吳弘文，導演：歐陽俊、陳俊良，編劇：姚慶康，故事：倪匡。金塗飾演金爺爺，林小樓飾演青少年恬恬，劉致妤飾演童年恬恬。

一九九零年　五十五歲

- 二月二十四日，以「衛斯理」為筆名，在《明報》連載衛斯理故事《怪物》，共一百零五期。
- 三月，香港明窗出版社出版原振俠故事單行本《自殺陰謀》。
- 三月，香港利文出版社出版游俠列傳故事《太虛幻境》。
- 六月九日，以「衛斯理」為筆名，在《明報》連載衛斯理故事《探險》，共一百零七期。從這個故事開始，衛斯理家族逐漸成型。
- 六月二十八日，電影《漫畫奇俠》在香港首映，德寶影片有限公司（香港）發行。導演：文雋，編劇：文雋、陳欣健。吳大維飾演王將，王祖賢飾演朱可兒，鄧泰和飾演血魔，倪匡客串飾演作家衛斯理。
- 六月二十八日，電影《瘦虎肥龍》在香港首映，新藝都娛樂有限公司出品。導演：劉家榮，編劇：曾國賜。洪金寶飾演胖子龍，麥嘉飾演麥小虎，吳家麗飾演阿麗，倪匡客串。
- 六月，香港明窗出版社出版原振俠故事單行本《假太陽》。
- 九月十五日，電影《笑星撞地球》在香港首映，嘉禾（香港）有限公司（香港）發行。導演：胡大為，編劇：慕容共。主演：曾志偉、林敏聰、廖偉雄、李美鳳。倪匡客串。
- 九月二十四日，以「衛斯理」為筆名，在《明報》連載衛斯理故事《繼續探險》，共一百一十期。
- 十月，香港明窗出版社出版原振俠故事單行本《無間地獄》。
- 十一月，香港作家協會第二屆理事會上連任會長一職。
- 十二月六日，電影《殭屍醫生》在香港首映，嘉禾（香港）有限公司（香港）發行。導演：陸劍明，編劇：陸劍明。林保怡飾演姜大聰，陳雅倫飾演愛麗絲，陳淑蘭飾演阿美。倪匡客串。
- 年間，電影《救命宣言》在香港首映，寶禾影業有限公司出品。導演：林德祿，編劇：馬偉豪、阮世生。鄭浩南飾演黃文俊，任達華飾演朱世豪，盧冠廷飾演牛少傑，高志森飾演陳醫生，李嘉欣飾演雪莉，葉子楣飾演咪咪。倪匡客串林舜雄。

一九九一年　五十六歲

- 一月十日，電影《衛斯理之霸王卸甲》在香港首映，香港寶禾影業有限公司、嘉峰電影有限公司聯合出品。取材自衛斯理故事《風水》。導演：徐小明，編劇：徐小明，故事：徐小明、倪匡。錢嘉樂飾演衛斯理，徐小明飾演陳長青，李賽鳳飾演王安娜，胡慧中飾演阮文鳳，元華飾演阮文虎。
- 一月十二日，以「衛斯理」為筆名，在《明報》連載衛斯理故事《圈套》，共一百零七期。
- 一月，香港明窗出版社出版原振俠故事單行本《人鬼疑雲》。
- 三月，香港勤+緣出版社再版衛斯理故事《電王》。
- 四月，香港勤+緣出版社再版衛斯理故事《黃金故事》。
- 四月二十九日，以「衛斯理」為筆名，在《明報》連載衛斯理故事《烈火女》，共一百零二期。
- 六月，日本德間書店出版社出版日文版衛斯理小說《貓》（原名《老貓》），由押川雄孝翻譯。
- 年間，倪震與邵國華創辦《Yes!》雜誌，為雜誌撰寫衛斯理少年時期的故事。
- 七月，台灣金蘭出版社再版「木蘭花傳奇」系列，共六十冊。
- 八月十日，以「衛斯理」為筆名，在《明報》連載衛斯理故事《大秘密》，共一百零五期。
- 八月，香港明窗出版社出版原振俠故事單行本《魂飛魄散》、《宇宙殺手》。
- 九月，香港勤+緣出版社出版衛斯理故事單行本《從陰間來》、《到陰間去》、《陰差陽錯》。這是以第三人稱寫的衛斯理故事。

● 十月，明窗出版社出版衛斯理故事單行本《少年衛斯理》。
● 十一月二十三日，以「衛斯理」為筆名，在《明報》連載衛斯理故事《禍根》，共六十八期，未完結。因為《明報》拒絕刊登作者批評中國共產黨的一篇文章，導致作者中斷連載，本書單行本也改由勤+緣出版。
● 十二月，香港明窗出版社出版原振俠故事單行本《天皇巨星》，這也是原振俠故事的最後一集。
● 年間，與香港勤+緣出版社簽訂合同，為其撰寫衛斯理小説，並均以單行本形式出版。
● 年間，香港勤+緣出版社再版衛斯理故事單行本《遊戲》、《生死鎖》。

一九九二年　五十七歲

● 年初，金庸將《明報》大部份版權賣給于品海。
● 五月，香港勤+緣出版社出版衛斯理故事單行本《陰魂不散》。
● 七月，香港勤+緣出版社出版衛斯理故事單行本《許願》。
● 十月，香港勤+緣出版社出版衛斯理故事單行本《還陽》。
● 十月二十二日，電影《老貓》在香港首映，嘉禾（香港）有限公司出品。導演：藍乃才，編劇：陳慶嘉、陳嘉上，故事：倪匡。李子雄飾演衛斯理，伍詠薇飾演白素，葉蘊儀飾演公主，劉兆銘飾演依洛，倪匡客串飾演老陳，蔡瀾客串飾演袁教授。改編自衛斯理故事《老貓》。
● 秋季，移民美國三藩市新唐人埠。因住所洗手間可以看到金門橋，故作詩曰：「舉頭看金門，低頭見小鳥。」
● 十二月，香港勤+緣出版社出版衛斯理故事單行本《運氣》。

- 年間，母王靜嫻去世。親撰墓碑碑文：這裏是我們父母的安息處。

一九九三年　五十八歲

- 三月一日，電視劇《原振俠》播出，共二十集。導演：梅小青。黎明飾演原振俠，李嘉欣飾演黃絹，王靖雯飾演海棠，洪欣飾演藍綾，劉兆銘飾演黃匡。主題曲《願你今夜別離去》由黎明主唱，插曲《真的愛情定可到未來》由黎明主唱。
- 四月，香港勤＋緣出版社出版衛斯理故事單行本《開心》。
- 四月，香港皇冠出版社出版少年衛斯理故事第二集《天外桃源》。署名倪匡，實由倪震代筆。
- 六月，香港明窗出版社出版衛斯理故事單行本《轉世暗號》。
- 九月，香港勤＋緣出版社出版衛斯理故事單行本《將來》。
- 十一月，香港勤＋緣出版社出版衛斯理故事單行本《改變》。
- 十一月，香港皇冠出版社出版警世小說《騙徒》。署名倪匡，實由譚劍代筆。
- 移民後生活悠閒，整日栽花弄草，餵養金魚，並自稱廚藝第一、園藝第二、文藝第三。
- 秋季，贈黃霑對聯一副：「兩日烹調有黃霑，一生煮字無白雪。」
- 年間，電影《少年衛斯理之天魔之子》香港首映。故事為原創。導演：霍耀良。吳大維飾演衛斯理。
- 年底，香港明窗出版社出版衛斯理故事單行本《暗號之二》。

一九九四年　五十九歲

- 一月八日，電影《六指琴魔》在香港首映，皇牌製作有限公司、富城影片發行有限公司聯合發行。

導演：吳勉勤，編劇：陳文強、李炯楷、李敏才，故事：倪匡。林青霞飾演黃雪梅，元彪飾演呂麟，劉嘉玲飾演譚月華，徐錦江飾演東方白，午馬飾演烈火老祖。改編自小說《六指琴魔》。

- 二月初，和葉李華在美國三藩市重逢。
- 三月，香港勤＋緣出版社出版衛斯理故事單行本《闖禍》。
- 四月，香港明窗出版社出版衛斯理故事單行本《在數難逃》。
- 五月，台灣炬島科技股份有限公司製作出版電子書《原振俠傳奇》，葉李華主編，包含了所有的三十二個原振俠故事。
- 六月，香港勤＋緣出版社出版衛斯理故事單行本《解脫》。
- 七月，香港勤＋緣出版社出版衛斯理故事單行本《遺傳》。
- 七月，右臂患網球肘。
- 十二月，香港勤＋緣出版社出版衛斯理故事單行本《爆炸》。
- 年間，香港電影《少年衛斯理之2　聖女轉生》在香港首映。故事為原創。導演：霍耀良。吳大維飾演衛斯理。

一九九五年　六十歲

- 二月，香港勤＋緣出版社出版衛斯理故事單行本《水晶宮》。
- 四月，香港勤＋緣出版社出版衛斯理故事單行本《前世》。
- 六月，香港勤＋緣出版社出版衛斯理故事單行本《新武器》。
- 八月，香港勤＋緣出版社出版衛斯理故事單行本《病毒》。

- 十月，香港勤＋緣出版社出版衛斯理故事單行本《算帳》。
- 十一月一日，電影《新紮師兄追女仔》在台灣首映，出品公司：廷平。導演：朱延平。金城武飾演008綽頭，吳奇隆飾演007蒜頭，楊采妮飾演江美麗／包勝男。倪匡客串。
- 年間，台灣時報文化出版社出版「衛斯理傳奇漫畫系列」，共八冊，分為《衛斯理與白素》、《天外金球》、《迷藏》、《老貓》、《沉船》、《盜墓》、《神仙》、《犀照》等，畫者：黃展鳴。
- 年間，話劇《衛斯理傳奇——尋夢》被搬上舞台，由李永元改編及導演。這是唯一一次倪匡作品被搬上舞台。

一九九六年　六十一歲

- 一月，香港勤＋緣出版社出版衛斯理故事單行本《原形》。
- 三月，香港勤＋緣出版社出版衛斯理故事單行本《活路》。
- 五月，香港勤＋緣出版社出版衛斯理故事單行本《雙程》。此書序言，由聲控電腦寫成。
- 七月，香港勤＋緣出版社出版衛斯理故事單行本《洪荒》。此書是第一本完全由聲控電腦寫成的衛斯理小說。
- 七月，香港利文出版社出版沈西城著《倪匡傳》。此書因涉及隱私，引起糾紛，出版未久便下架。
- 九月，香港勤＋緣出版社出版衛斯理故事單行本《買命》。
- 十二月，香港勤＋緣出版社出版衛斯理故事單行本《賣命》。
- 年間，父倪純莊去世。

一九九七年　六十二歲

- 三月，香港勤＋緣出版社出版衛斯理故事單行本《考驗》。
- 五月，香港勤＋緣出版社出版衛斯理故事單行本《傳說》。
- 七月，香港勤＋緣出版社出版衛斯理故事單行本《豪賭》。
- 十月，香港勤＋緣出版社出版衛斯理故事單行本《真實幻境》。此書開始，衛斯理小說由兩字書名改為四字書名。
- 葉李華離開美國回到台灣。

一九九八年　六十三歲

- 一月，香港勤＋緣出版社出版衛斯理故事單行本《成精變人》。
- 三月，香港勤＋緣出版社出版衛斯理故事單行本《未來身份》。
- 七月，香港勤＋緣出版社出版衛斯理故事單行本《移魂怪物》。
- 七月，香港藝苑文化工作室出版沈西城著《妙人倪匡》。此書係由《倪匡傳》刪去涉及隱私一章後，重新出版。
- 九月，新加坡電視台播出電視劇《衛斯理傳奇》，共三十集，包括《影子》、《天書》、《輪迴》、《神仙》、《大廈》、《願望之神》等六個故事。導演：劉天富、陳建儀。陶大宇飾演衛斯理，鄭惠玉飾演白素，曾江飾演白老大，周初明飾演溫寶裕，李南星飾演郭則清，林湘萍飾演黃紅紅，陳傳之飾演白奇偉，常魯峰飾演齊白。

- 十月，香港勤＋緣出版社出版衛斯理故事單行本《人面組合》。

一九九九年　六十四歲

- 二月，香港勤＋緣出版社出版衛斯理故事單行本《本性難移》。
- 二月，香港作家協會出版《作家雙月刊第三期——倪匡專輯》。
- 三月二十三日，葉李華創立以科學加科幻為號召的「科科網」，大力推廣倪匡科幻。
- 五月，香港勤＋緣出版社出版衛斯理故事單行本《天打雷劈》。

二零零零年　六十五歲

- 二月，香港勤＋緣出版社出版衛斯理故事單行本《另類複製》。
- 三月，香港勤＋緣出版社出版衛斯理故事單行本《解開密碼》。
- 四月，香港勤＋緣出版社出版衛斯理故事單行本《異種人生》。
- 六月，香港勤＋緣出版社出版衛斯理故事單行本《偷天換日》。
- 七月，香港勤＋緣出版社出版衛斯理故事單行本《閉關開關》。
- 十一月，香港勤＋緣出版社出版衛斯理故事單行本《行動救星》。

二零零一年　六十六歲

- 年初，葉李華在台灣交通大學成立科幻研究中心。

- 年初，葉李華在台灣交通大學校長張俊彥的大力支持下，開始籌備「倪匡科幻獎」，由國立交通大學、中國時報人間副刊主辦，葉李華擔任主持人。自第四屆起與國科會科普獎合辦。本獎宗旨為表彰著名科幻小説作家倪匡之終生成就，提倡中文科幻小説創作與欣賞，並促進華人世界對科技想像力之重視。參賽者資格不限國家地區，惟規定須以繁體中文寫作。至二零一零年止，一共舉辦了十屆。所有得獎作品，已結集為《上帝競賽》、《百年一瞬》、《笨小孩》、《死亡考試》四本書，由台灣貓頭鷹出版社出版。
- 二月，香港勤＋緣出版社出版衛斯理故事單行本《乾坤挪移》。
- 四月，香港勤＋緣出版社出版衛斯理故事單行本《財神寶庫》。
- 七月，香港勤＋緣出版社出版衛斯理故事單行本《一半一半》。
- 十一月，香港勤＋緣出版社出版衛斯理故事單行本《身外化身》。

二零零二年　六十七歲

- 三月二十八日，電影《衛斯理藍血人》在香港首映，銀都機構有限公司、中國星集團有限公司聯合出品。導演：劉偉強，編劇：王晶、陳十三，故事：倪匡。劉德華飾演衛斯理，舒淇飾演白素，關之琳飾演方天涯，張耀揚飾演白奇偉，鄭浩南飾演外星怪物Kill，黃佩霞飾演外星怪物Rape。改編自衛斯理故事《藍血人》。
- 四月，香港勤＋緣出版社出版衛斯理故事單行本《非常遭遇》。
- 七月，香港勤＋緣出版社出版衛斯理故事單行本《一個地方》。

二零零三年　六十八歲

- 一月，香港勤＋緣出版社出版衛斯理故事單行本《須彌芥子》。
- 六月二日，香港電視廣播有限公司播出電視劇《衛斯理》，共三十集，包括《紙猴》、《屍變》、《木炭》、《尋夢》、《蠱惑》、《神仙》、《鬼混》、《盜墓》等八個故事。導演：張乾文。羅嘉良飾演衛斯理，蒙嘉慧飾演白素，唐文龍飾演白奇偉，楊怡飾演王紅紅，麥長青飾演小郭，揚明飾演溫寶裕，陳國邦飾演陳長青。
- 七月，香港勤＋緣出版社出版衛斯理故事單行本《死去活來》。
- 八月九日，中國湖北電視台播出電視劇《少年王衛斯理》，共四十集，包括《古墓魅影》、《百里杜鵑》、《紅岩天書》、《藍色情迷》四單元。導演：黎文彥。吳奇隆飾演衛斯理，陽光飾演白素，于波飾演白奇偉，陳鴻烈飾演白老大，谷洋飾演原振俠，楊俊毅飾演齊白，劉玓鈞飾演陳長青。片頭曲《我冒險》由吳奇隆主唱，片尾曲《白》由吳奇隆演唱。

二零零四年　六十九歲

- 五月，香港意思文化出版社出版《衛斯理乙》漫畫，共十七冊，畫者：許景琛（香港）、監製：倪震。
- 七月，香港勤＋緣出版社出版衛斯理故事單行本《只限老友》。這是最後一個衛斯理故事，也是最後一篇完整的小説，之後即宣佈寫作配額用完。
- 十一月二十四日，好友黃霑病故，享年六十三歲。
- 十一月，香港友維出版社出版《衛斯理乙》續集《藍道無間》漫畫，共六冊。畫者：許景琛、監製：

倪震。

- 年間，香港交流圖書出版社陸續出版「女黑俠木蘭花傳奇」系列，共六十冊。
- 年間，中國廣州電台播出衛斯理廣播劇，採取主播講故事的方式。包括《第二種人》、《怪物》、《鬼混》、《拚命》、《連鎖》、《妖火》、《藍血人》、《地圖》、《烈火女》、《透明光》、《血統》、《眼睛》、《叢林之神》、《迷藏》、《異寶》、《探險》、《大廈》、《屍變》、《犀照》、《極刑》、《活俑》、《老貓》、《支離人》、《沉船》等二十四個故事。主播：陳波、吳克。

二零零五年　七十歲

- 六月，台灣漢聲廣播電台首播「空中衛斯理書齋」，每週半小時，節目以介紹衛斯理小說為主，共一百講。主播：梅少文、葉李華。
- 十二月，香港明窗出版社成立二十週年之際，將衛斯理故事單行本八十一冊冠以「珍藏版」之名，重新設計封面，陸續再版。前二十冊還推出精選編號簽名盒裝限量版。

二零零六年　七十一歲

- 二月十七日，電影《犀照》首映，香港驕陽電影有限公司出品，香港製作。導演：林健龍，主演：馮德倫、鍾欣潼。靈感來自衛斯理小說《犀照》。
- 三月二十九日，和太太李果珍離開美國三藩市，重返香港定居。
- 五月，台灣皇冠出版社陸續出版小說《衛斯理回憶錄》，全書共十冊。作者：葉李華。
- 五月，香港交流圖書出版社陸續出版「倪匡文庫珍藏版」系列，所選書目皆為長篇武俠小說。

- 七月二十日，灣仔會議展覽中心，參加香港書展舉辦的「倪匡：衛斯理回歸——與讀者座談會」。
- 年間，泰國 SIAM INTER BOOKS 出版社出版泰文版衛斯理小說《藍血人》、《回歸悲劇》、《老貓》、《尋夢》等。
- 獲邀在香港尖沙咀「星光大道」留下手印。
- 將衛斯理電影「獨家全球永久改編版權」授於香港勤＋緣出版社。

二零零七年　七十二歲

- 三月十五日，和本書編者王錚在香港銅鑼灣寓所雲翠大廈首次見面，並成為忘年交。
- 五月，居所遷至北角丹拿花園。

二零零八年　七十三歲

- 四月，兄長倪亦方病逝。
- 五月三十日，生日之際作打油詩一首：「居然捱過七十三，萬水千山睇到殘。日頭擁被效宰予，晚間飲宴唔埋單。人生如夢總要醒，大智若愚彈當讚。有料不作虧心文，冇氣再唱莫等閒。」
- 五月，香港利文出版社出版《香港三大才子：金庸、倪匡、蔡瀾》，作者：沈西城。
- 七月，香港精英文化動力出版社出版《與倪匡對談》。口述：倪匡，筆錄：馮振超、戴子傑、蔡俊健。
- 九月，上海書店出版社引進出版簡體版「衛斯理科幻小說系列珍藏版」，分三輯，每輯十冊，共三十冊。
- 十二月十八日，倪震與周慧敏注冊結婚。

二零零九年　七十四歲

● 一月五日，倪震與周慧敏舉辦婚宴。
● 九月，香港天地圖書出版社出版《倪匡有問必答》，作者：陳婉君。

二零一零年　七十五歲

● 六月，香港圓桌精英出版社出版《與倪匡對談2》。口述：倪匡，筆錄：戴子傑、蔡俊健。
● 七月，香港次文化堂出版社出版《倪匡未成書》，黃仲鳴主編，收錄作者以「衣其」為筆名撰寫，刊登在工商日報，七篇從未出過單行本的小説。
● 八月，北京大眾文藝出版社引進出版簡體版「衛斯理武俠小説全集」系列，共三十一冊。

二零一一年　七十六歲

● 三月，香港明窗出版社陸續出版原振俠故事珍藏版，共三十二冊。
● 年間，加入香港小説會，擔任榮譽會長。

二零一二年　七十七歲

● 四月十五日，獲第三十一屆香港金像獎終身成就獎。上台領獎時，發表十字感言：「多謝大會，多謝大家，多謝！」
● 四月二十日，在新浪微博開通個人賬戶，發表第一條微博：「我來晚了。」

● 五月二十八日，在新浪微博發表最後一條微博：「哈哈哈哈，不知何故今博文被刪——由他去吧。各位不妨猜着玩，我還會再寫嗎？」

二零一三年　七十八歲

● 七月一日，香港豐林文化出版衛斯理五十週年紀念集《倪學》，施仁毅主編，王君儒、王錚、紫戒、葉李華、董鳳衛、甄偉健、龍俊榮、譚劍合著。

● 七月一日，香港豐林文化整理出版沈西城著《我看衛斯理小説》一書，本書係由舊作《細看衛斯理科幻小説》及《我看倪匡科幻》修訂合併而成。

● 七月，替梁鳳儀的小説《我們的故事》寫了第一章，全章一共三句話：「一九四九年。中華人民共和國成立。梁鳳儀在香港出生。」這是寫作生涯最後一篇不完整的小説作品。

● 七月，香港明窗出版社精選出版衛斯理五十週年十大珍藏套裝，共十冊。

● 七月，香港勤＋緣出版社重新設計封面，陸續再版衛斯理故事單行本，共五十五冊。

● 七月十七日，第二十四屆香港書展主辦衛斯理五十週年紀念展。

二零一四年　七十九歲

● 七月，香港明窗出版社出版《倪匡傳：哈哈哈哈》。口述：倪匡，文：江迅。

二零一五年　八十歲

● 六月，香港明窗出版社出版復刻本《紫青雙劍錄》，共十冊。
● 十二月，香港大山文化出版社出版散文集《倪匡新編》，作為「香港人傳奇系列」之一種。

二零一六年　八十一歲

● 六月，收施陳麗珠為契女。
● 七月，香港豐林文化出版《倪匡談往事》、《倪匡談命運》二書，施仁毅、王錚主編。稱書中序言〈江湖賣藝〉一文為一生最後一篇筆寫文稿。

二零一七年　八十二歲

● 三月，委託契女施陳麗珠署理一切作品衍生權。
● 七月，香港豐林文化出版《倪匡寫武俠》、《倪匡寫奇情》二書，施仁毅、王錚主編。

二零一八年　八十三歲

● 四月九日，網劇《冒險王衛斯理》在愛奇藝網站首播，共分三季，分別為《支離人》、《藍血人》、《無名髮》。星王朝有限公司出品，導演：鍾少雄、霍耀良，編劇：王晶。余文樂飾演衛斯理，胡然飾演白素，任達華飾演白老大，林家棟飾演鄧石，葉項明飾演朱小寶，文凱玲飾演羅剎。文詠珊飾演方天涯、伍允龍飾演羅約翰、楊蓉飾演無名。

- 七月，香港天地圖書有限公司出版《倪匡散文集》，作為「武俠小說家散文系列」之一種，王錚主編。
- 七月，香港明窗出版社借衛斯理網劇之便，再版《藍血人》及《支離人》，加入若干插畫，重新繪製封面，以「別注限定版」形式出版。
- 九月，台灣風雲時代出版社再版「倪匡科幻精品集」，共三十六冊。
- 十月，香港明窗出版社出版衛斯理系列少年版之一《老貓》，分為上下集。
- 十一月，香港明窗出版社出版衛斯理系列少年版之二《支離人》，分為上下集。

二零一九年　八十四歲

- 一月，香港豐林文化出版《倪匡寫科幻》，施仁毅、王錚主編。
- 一月，香港明窗出版社出版衛斯理系列少年版之三《透明光》，分為上下集。
- 二月，香港明窗出版社出版衛斯理系列少年版之四《尋夢》，分為上下集。
- 四月，香港明窗出版社出版衛斯理系列少年版之五《鑽石花》，分為上下集。
- 五月，台灣風雲時代出版社出版《來找人間衛斯理——倪匡與我》，作者：王錚。
- 五月，香港天地圖書有限公司出版《倪匡筆下的一百零八將——小說人物點將錄》，作者：王錚（藍手套）。
- 六月，香港明窗出版社出版衛斯理系列少年版之六《玩具》，分為上下集。
- 六月，香港天地圖書有限公司出版《倪匡‧蔡瀾看亦舒小說》。
- 七月，香港三聯書店出版《衛斯理回憶錄》之《移心》、《乍現》兩冊，作者：葉李華。

- 七月，香港豐林文化出版《衛斯理宇宙》，作者：紫戒。
- 七月，香港豐林文化出版「衛斯理藏書票」，分為「眼睛＋影子」、「十二金人＋天外金球」兩種。
- 七月，香港大山文化出版「歲月留聲名家系列有聲筆記本」，倪匡部分分為《逍》、《遙》、《遊》三冊。
- 八月，由香港插畫家蔡景康先生設計，和 T-SHIRT 品牌 GINGER 合作，生產了三款衛斯理恤衫，主題是「這不是地球上的東西系列」，分別為「老貓」、「藍血人」、「支離人」。
- 九月，台灣風雲時代出版社再版「倪匡奇幻精品集」，共八冊。
- 十月，香港明窗出版社出版衛斯理系列少年版之七《頭髮》，分為上下集。
- 十一月，香港明窗出版社出版衛斯理系列少年版之八《不死藥》，分為上下集。

二零二零年　八十五歲

- 一月，香港明窗出版社出版衛斯理系列少年版之九《藍血人》，分為上下集。
- 二月，香港明窗出版社出版衛斯理系列少年版之十《回歸悲劇》，分為上下集。
- 四月，香港明窗出版社出版衛斯理系列少年版之十一《地底奇人》，分為上下集。
- 六月，香港明窗出版社出版衛斯理系列少年版之十二《衛斯理與白素》，分為上下集。
- 七月，香港明窗出版社出版衛斯理系列少年版之十三《異寶》，分為上下集。
- 七月，香港明窗出版社出版衛斯理小說典藏版《鑽石花》、《地底奇人》、《衛斯理與白素》、《藍血人》、《回歸悲劇》、《玩具》、《尋夢》、《第二種人》、《不死藥》、《頭髮》、《盜墓》、《透明光》十二冊。

- 七月，香港豐林文化出版《倪匡老香港日記》，施仁毅、王錚主編。
- 十月，香港明窗出版社出版衛斯理系列少年版之十四《妖火》，分為上下集。
- 十二月，香港明窗出版社出版衛斯理系列少年版之十五《真菌之毀滅》，分為上下集。
- 十二月，香港豐林文化出版《倪匡群俠傳》，施仁毅、王錚主編。

二零二一年　八十六歲

- 二月，香港明窗出版社出版衛斯理系列少年版之十六《密碼》，分為上下集。
- 四月，香港明窗出版社出版衛斯理系列少年版之十七《活俑》，分為上下集。
- 六月，香港明窗出版社出版衛斯理系列少年版之十八《木炭》，分為上下集。
- 六月，香港天地圖書有限公司出版《倪匡妙語連珠》，王錚、董鳳衛主編。
- 七月，香港明窗出版社出版衛斯理系列少年版之十九《追龍》，分為上下集。
- 七月，香港明窗出版社出版衛斯理小說典藏版《仙境》、《老貓》、《地圖》、《規律》、《大廈》、《木炭》、《神仙》、《追龍》、《洞天》九冊。
- 七月，香港明窗出版社出版倪匡經典散文精選集《倪匡說三道四》四冊。
- 十月，香港明窗出版社出版衛斯理系列少年版之二十《探險》，分為上下集。

二零二二年　八十七歲

- 一月，香港明窗出版社出版衛斯理系列少年版之二十一《繼續探險》，分為上下集。
- 二月，香港明窗出版社出版衛斯理系列少年版之二十二《烈火女》，分為上下集。

● 四月，香港明窗出版社出版衛斯理系列少年版之二十三《地圖》，分為上下集。

● 七月三日，午後一時許，於香港防癌會賽馬會癌症康復中心安詳辭世，按遺願不設儀式不發訃聞，一切從簡。

● 七月五日，遺體於香港哥連臣角火葬場火化。

● 八月，香港天地圖書出版社出版《來找人間衛斯理——倪匡與我》修訂版，作者：王錚，由徐秀美繪製封面。

王錚著作

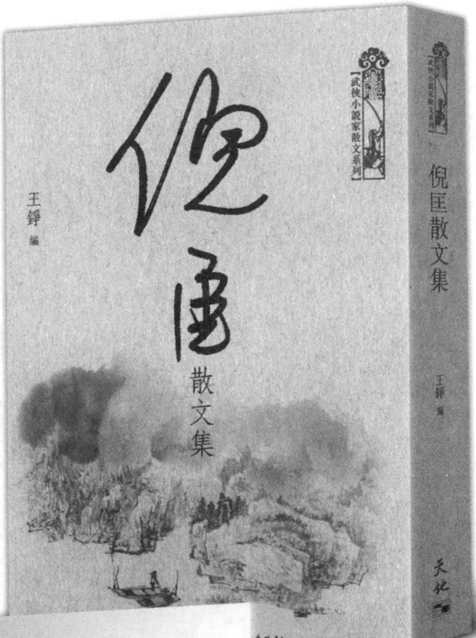
武俠小說家散文系列
倪匡
散文集
王錚 編
倪匡散文集
王錚 編
天地

倪匡筆下的一百零八將
The Main Characters in Nieh Chung's Novels
小說人物點將錄
王錚（藏手套）著
倪匡
天地圖書
倪匡筆下的一百零八將
The Main Characters in Nieh Chung's Novels
小說人物點將錄
天地

倪匡妙語連珠
王錚 董鳳衛 編
倪匡妙語連珠
王錚 董鳳衛 編
天地

來找人間衛斯理
王錚／著
（藍手套）
倪匡與我
來找人間衛斯理——倪匡與我
王錚
天地